KEITAI
SHOUSETSU
BUNKO
SINCE 2009

手をつないで帰ろうよ。

嶺央

JN166435

STARTS
スターツ出版株式会社

イラスト／朝吹まり

「おはよう」と朝目が覚めてから
「おやすみ」と夜眠(ねむ)るまで
「ただいま」と家へ帰れば
「おかえり」と笑ってくれる君がいる
　ふたり住むあの家へ。
　ねぇ、ほら
　またあの頃(ころ)みたいに
　手をつないで帰ろうよ。

登場人物紹介

成海麻耶(なるみまや)

4年前に引っ越してしまった明菜の幼なじみ。イケメンで優しかったが、冷たい男子に豹変してしまう。

東京時代の友達

双葉幸星(ふたばこうせい)

千紘の幼なじみ。つらい時期の麻耶をささえてくれた。

片想い ♡
片想い ♡

本庄千紘(ほんじょうちひろ)

麻耶の引っ越し先でと逢った友達。美人だがさばさばした性格。

contents

1章
世界で一番嫌われてます　　10
そうだ、同居しよう　　28
あの頃の優しさ少し　　43
あきらめないと決めた日　　58

2章
だって、あの頃とはちがうから　80
一難去らずにまた一難　　93
だから、嫌なんだよ―side麻耶　　114
あまり心配させないで　　129

3章
強気なライバル、現る。　　158
キス、されると思った？　　164
抑えきれない―side麻耶　　177

4章
忘れるなんて無理だ　　196
私の知らない君のこと　　214
同居生活に終止符を　　229

5章

俺にしとけよ	244
忘れてしまえ	255
行かないで	265

6章

話してもいいよ	286
いままでずっと秘密にしてた―side麻耶	306
だけど、本当はずっと―side麻耶	322
素直になれよ	340
君が伝えたかったことはなんですか？	353
手をつないで帰ろうよ。	368
あとがき	382

1章

世界で一番嫌われてます

　ただいま、春休みの真っただ中。
　もうすぐ高校3年生になる私、五十嵐明菜は、時計を何度も確認してはそのときをいまかいまかと待ちこがれていた。
　私には同じ17歳の幼なじみがいる。
　名前は成海麻耶。
　女の子のような名前をしているけれど、れっきとした男の子。
　麻耶はその名前が違和感なく似合うほど、中性的でとても綺麗な容姿をしていた。
　耳や目が見える少し短めな傷みを知らない黒髪。手足が細くモデルのようなすらっとした体型。白い肌に目鼻立ちの整った顔。
　そして、誰にでも分けへだてなく優しくて、見た目は大人っぽいのにどこか無邪気な性格をしていて。
　持ち前のルックスと性格のよさに老若男女問わず好かれ、中学生のときは入学早々ファンクラブもできたほど。
　そんな、私の自慢の幼なじみ。
　家がとなり同士で家族のように育ってきた私と麻耶は、なにをするのもいつも一緒だった。
　その関係が終わってしまったのはちょうど4年前。
　麻耶は中学2年生の春に東京へ引っ越してしまった。

本当に突然のことで、お別れの日はそれはそれは大泣きした。泣いたのは、私だけだったけど。
　でも、そのとき約束したんだ。
『また必ず会えるよ』って。
『本当に？』と泣きじゃくる私の頭をなでながら麻耶は『絶対』と優しく笑った。
『一番に会いに来るよ』と小指と小指を絡ませただけの口約束。だけどそれは、確かな約束。
　私は忘れることなく覚えている。
　あのとき、麻耶が言っていたことも。
『もしもまた会えたら、俺から明菜に伝えたいことがある』
　それがなにかはわからないけれど、私にも伝えたいことがあるんだ。
　それは……麻耶が好きっていうこと。
　一緒に過ごすうちに自然と芽生えたこの大きな気持ち。
　麻耶を好きな気持ちは、あれから4年経ったいまも薄れることはない。
　幼なじみという関係のせいでなかなか伝えられずにいたけれど、また会えたときには必ず伝えようと決めたんだ。
　早く……。早く伝えたい。
　ずっと言えなかった私の気持ちを、麻耶に早く聞いてほしい。

「明菜。麻耶君が来たわよー」
「来た!!」

さかのぼること数週間。
　突然、お母さんから『春休みに麻耶君がこっちに帰ってくる』と聞いたときは、夢だと思った。
　麻耶のお父さんから『麻耶をひとりで戻(もど)らせたい』と相談の電話があったらしく、高校卒業まではこの家で暮らせるように、お母さんはいろいろと準備を進めていた。
　麻耶が今日帰ってくる理由も、たったひとりで帰ってくる理由も、なにも知らない。
　けれど会えるんだったらなんでもいい。
　会いたい。早く会いたい。
　そんな募(つの)りに募った想いを抱(かか)えて、ドタバタと廊下(ろうか)を走ると玄関(げんかん)に向かった。

「麻耶……」

　そこにあるのは4年ぶりに見る麻耶の姿。
　白い肌や黒い髪、中性的で綺麗な容姿は相変わらず変わっていないけれど、4年前よりかなり背が伸(の)びたみたい。私とは頭ひとつぶんちがうから175センチはありそう。
　髪が伸びたからか、髪型もだいぶ変わったように見える。サラサラした髪は、耳たぶが隠(かく)れるほどの長さでラフに切られ、前髪は斜(なな)めに流されていて目に少しかかっている。目もとが昔よりもキリッとして、顔立ちもさらに大人っぽくなっていた。
　私はというと、髪こそ肩下(かたした)から胸下(むねした)まで伸びたものの、背は少ししか伸びず155センチと低いままなので、4年前よりも身長差がかなり開いてしまった。

思わずドキリとする。
　これが17歳の麻耶……。
　あぁ、やっと……。やっと君に会えたんだ、と。
「麻耶……！　おかえり！　待ってたよ！」
　私は思わず泣きそうになりながら、麻耶に勢いよく飛びついた。
　よろめきながらも私の体を受けとめる麻耶の手が、私の肩に添えられる。
　4年ぶりに触れた麻耶の細くてしなやかな体。
　本当に麻耶は帰ってきたんだと実感し、うれしくてうれしくてどうにかなりそう。
　やばい、泣いちゃうかも。
「……邪魔、なんだけど」
　え……？　いま……。なんて？
　そっと顔を上げると、私を見下ろす形になるほど背の高くなった麻耶と目が合う。
「麻耶……？」
「さっさと離れて。中に入れない」
　4年ぶりの再会だというのにとても冷たい声、冷たい瞳、そして冷たい態度。
「あ、ごめん……」
　私はビックリしながらとっさに謝り、麻耶から離れた。
　麻耶はそんな私をスルーして、お母さんに「おじゃまします」と頭を下げると家の中に上がる。
「さぁ、入って入って。新幹線は疲れたでしょう？」

「ありがとうございます」
　会話をしながらリビングへと向かうふたり。
　私はひとりぽつんと取りのこされる。
　本物の麻耶……だよね？
　麻耶ってあんな冷たい瞳をする人だった？
「明菜ー！　なにしてるの！　早く来なさい！」
「あ、うん……」
　私はお母さんに呼ばれて我に返ると、玄関のドアを閉めリビングへ向かった。
　そっとリビングのドアを開ける。
　麻耶は椅子に座りお母さんが用意してくれたお茶を飲んでいて、不意に視線が合った。
　しかし、それをサッと私から外す麻耶。
　いま……顔をそらされた？
　勘ちがいかもしれないと麻耶の向かいに座るも、麻耶は私と目を合わせようとしない。
　勘ちがいじゃない。
　やっぱり……おかしい。
　もしかして、私のことを忘れちゃった？
　いや……それはないよね。
「そういえば麻耶君。ついさっきお父さんが電話で言っていたけど、ひとり暮らしするの？」
「はい。そうしようと思ってます」
　お母さんがケーキを用意しながら問いかけると、麻耶はコップをテーブルの上に置き、うなずいた。

へ……？　ひ、ひとり暮らし……？
「俺のために準備を進めていたならすみません。父がこっちのマンションを契約（けいやく）してくれたので、そこに住みます」
　え？　そうなの？　どうして？
　うちに住めばいいじゃん。
　私はてっきりそうするものだと思ってたよ？
　……と思うもなんだか言えず。
　私はお母さんと麻耶のやり取りを黙（だま）って見ているだけしかできない。
「けど、ひとり暮らしなんていろいろ大変でしょう？　この家に住んだらどう？」
　私はお母さんのその言葉に麻耶を見つめながら、コクコクとうなずく。
「遠慮（えんりょ）はしなくてもいいのよ？　うちも人が多いほうが楽しいし。高校を卒業するまではこの家にいたらどう？　家族とみんなで……」
「大丈夫（だいじょうぶ）です。ありがとうございます」
　心配そうな顔をするお母さんの言葉を遮（さえぎ）り、キッパリそう言う麻耶。
　それはまるで『ここにいたくない』と言っているようだった。
　そんな麻耶にお母さんもそれ以上無理強いはできないと思ったのか、「なにかあったら言ってね」とだけ返してこの話は終わった。
　麻耶は、さっそく今日からお父さんが契約してくれたマ

ンションに住むという。
　一緒に暮らすつもりじゃなかったのなら……なにしにこの家に寄ったの？
　私に会いに来てくれた様子でもなかったし……。
　うちのお母さんにあいさつしに寄っただけ？
　なんで私とはなにも会話をしてくれなかったの？
「おじゃましました」
「ええ。気をつけて。またなにかあったらいつでも連絡ちょうだいね」
　お母さんに見送られ家を出る麻耶。
　私には"じゃあね"の言葉もないの？　なんで……！
「あ、明菜、どこ行くの？」
　私はなんだかいても立ってもいられずに家を飛び出すと、お母さんの問いかけを無視して麻耶を追った。
「麻耶……！　麻耶待って！」
　遅い足でなんとか麻耶の元までたどりついた私は、膝に手を置きながら肩で呼吸を繰り返す。
「なに？」
　こちらを振りむくも、麻耶の顔にあの頃の無邪気な笑顔はない。
「えっと……。あの……」
「なんなの？　俺早く帰って荷物の整理したい」
　追いかけて来たはいいがなにを話せばいいのかわからずしどろもどろになる私を、麻耶はうっとうしそうに見る。
　その瞳はやっぱり冷たくて。

「用ないなら行くね」
「ま、待って！　麻耶、私と同じ高校通うんだよね!?　また一緒に登校してくれる!?」
　とっさに麻耶を止め、私の口から出るのはこんなこと。
「はぁ？　なんで？」
　な、なんで……？
「なんでって。それは……。り、理由……いるの、かな？」
　まさかの聞き返しに困ってしまい、笑い方がどこかぎこちなくなってしまう。
「転入試験の日一度行ったし、俺別にひとりで学校行けるけど。なんのために一緒に登校するの？」
　いや、そんなことはわかってるんですが……！
「あ、まぁそうなんだけどさ！　ほら、私たちまた昔みたいに……」
「昔みたいに？　別にいいよ」
　私の声を遮り麻耶はぽつりとつぶやく。
『いいよ』ってことはまた一緒に登校してくれるってことだよね？
　私は、麻耶の返事にパァッと顔を明るくさせた。
　なんだ。やっぱり長旅で疲れていただけだったんだ。
「本当に!?　じゃあ一緒に登校し……」
「は？　バカなの？」
　へ……？　バ、バカ？
「ちがうから。そっちの"いいよ"じゃない。雰囲気でわからないの？　普通わかるよね？」

「え、えっと……。それは……」
「明菜ってさ、本当いつまで経ってもバカなまんまなんだね。いい加減直したら？」
　笑顔のまま固まる私に、バカという言葉をもう一度吐いてきた。
　あの優しい性格だった麻耶の口から『バカ』なんて言葉が出てきたのが信じられない。
「昔のことをそんなふうに引っぱらなくてもいいよって言ってんの。俺と明菜が一緒にいたのは、もう４年も前のことじゃん」
　それは、私たちの幼なじみという関係は、もう過去のことだって……そういうこと……？　どうして？
「な、なんで……？　私はずっと麻耶の帰りを待ってたんだよ。ずっと会いたかったんだよ。麻耶はちがうの……？」
「え？　全然」
　……即答、ですか。
　４年ぶりに再会した私たち。
　私は当然のように、また麻耶とあの頃みたいに過ごせるとばかり思っていた。
　でも、いざ再会してみると麻耶は……。
「そういうのウザいから」
「あ……。でも……。私はね……」
　冷たくて。
「俺がいつ明菜に会いたかったなんて言った？　うぬぼれるなよ。羽虫」

「……は、は、羽虫!? 羽虫ですか!?」
　どこかクールで。
「そうやってさ、すぐうぬぼれんのはバカの証拠だよ。きっと」
「そ、そうかな……」
「そうだよ」
　おまけに毒舌。そんなふうに豹変していました。
　……って、こんなオチがある!?
「じゃあね。暗いから明菜も早く帰りなよ」
「ま、ま、待ってよ！」
「なに？　まだなにかあるの？」
　ぜ、絶対おかしいよ！
　あんなにも優しくて温厚だった性格が……。
「俺は明菜をかまってるほど暇じゃないし、忙しいってわからない？」
　た、たった４年間でこんなに変わっちゃうの!?
　ありえない！　もう"あなた誰ですか？"状態じゃん！
　絶対ありえないよ！
　こんな幼なじみ……、
「ま、麻耶……。どうしちゃったの……？」
「……なにが」
　こんな幼なじみ、私は絶対認めません!!

　４年ぶりの再会の果て、冷たく突きはなされた私は残りの春休み中ずっと悶々としていた。

そりゃあ、麻耶だってもう17歳だし女の子にベタベタされるのが嫌ってこともあるかもしれないけど。
　それでも麻耶の様子は変だった。
　態度も瞳も声もなにもかも冷たくて、あの頃のおもかげがまるでない。
「麻耶……」
　部屋に飾られた写真を見てむなしくつぶやく。
　麻耶が引っ越す日、別れ際に撮った写真。
　泣きじゃくる私をそっと抱きよせ、とてもやわらかな笑顔を見せる麻耶。
　この頃の麻耶はもう、いないの？
「はぁ……。準備しよ……」
　今日から新学期。
　憂鬱な気分を無理やり振りはらい、制服に着替え支度を済ませて家を出る。
　学校の最寄り駅に着いてしばらく歩いていると……。
「あ、麻耶……」
　麻耶の姿を発見。
　信号待ちをしている麻耶は、同じ高校に通うのだから当然だけど、私と同じ制服を着ている。
　青いネクタイ、白のシャツ、黒のカーディガン、紺のブレザー。
　とても似合ってる。かっこいい。
　中学の学ランとは雰囲気が全然ちがう。
　耳には黒色のイヤホンをしている。

話しかけてもいいのかな？
　　はやる気持ちを抑えつつ、駆け足で麻耶に近づく。
「ま、ま、麻耶！　おはよ！」
　　麻耶の横に立ち、ぎゅっと目をつむりあいさつをした。
　　すると、麻耶は私に気づき片方のイヤホンを外して、目線だけをこちらに向けてきた。
「……なんて？」
　　どうやら、音楽を聴いていて聞こえていなかったらしい。
「あ、えっと……。おはようって言いました……」
「あぁ、そう。それだけ？」
「あ、はい。それだけです……」
　　そのとき、ちょうど信号が青に変わった。
　　麻耶はまたイヤホンをすると、そそくさと歩きだす。
　　……なんてこった!!
『おはよう』も返ってきませんね!?
　　寂しい。悲しい。むなしい。なにこれ。
　　私はがくぜんとしながらもとっさに麻耶を追いかけた。
「麻耶！　なんの音楽聴いてるの？　今日暖かいね～」
「………」
「私たち同じクラスかな!?」
「………」
「麻耶はなにか部活とか入るの？」
「………」
　　……オール無視。
　　歩きながらあれこれ必死に話しかけるも、麻耶はビク

りするくらい華麗な無視。
「あ。もしかして聞こえてな……」
「あのさ」
「あ、はい!?」
　急に麻耶がピタリと立ち止まりこちらを振り返る。
　そして、再びイヤホンを外すと、冷たい瞳で私を見下ろす。
「朝からうるさいんだけど。なんなの？」
「あ……。ご、ごめん……」
　……怒られてしまった。
「も、もう黙ってますね……」
「うん。そうして」
「あ、でも……。一緒に学校行ってもいい……？」
　そう聞くと麻耶は『ダメ』とも『いいよ』とも言わず歩きだす。
　私は黙って麻耶のあとをついていった。

　学校に着くと始業式のため体育館に向かう私は、転校生のため先に職員室に向かう麻耶とは一旦お別れ。
　長い長い始業式が終わり、教室に入ると相変わらず代わり映えしないクラス。
　無理もない。だってこの学校は3年間クラス替えがないもん。
　出席番号順に席に着き、チャイムが鳴るとこれまた3年間同じ担任の先生が入ってきた。

そういえば麻耶はどのクラスなんだろ？
　２年の間で団結したクラスにひとりぼっちで入るなんて、不安じゃないのかな？
　しかも３年生というなんとも中途半端な時期だし……。
　なんでこの時期に戻ってきたのだろう？
「おー。お前ら本当代わり映えしないなー。って……淡島は新学期早々休みか？　アイツ絶対寝坊だな」
　麻耶は家でひとりぼっちで心細くないのかな？
「あ、そうそう。代わり映えしないこのクラスに朗報だ。今日から仲間がひとり増える。おい、成海入ってこい」
　……あ、転校生いるんだ。
　って、え!?　成海!?
　担任の先生の話をぼーっと聞きながしていた私は、"成海"という苗字で我に返る。
　もしかして、同じクラス!?
　そう思っていると、教室のドアが開いたと同時に麻耶が入ってきた。
「ま、麻耶！」
　麻耶が入ってきた途端、思わず立ちあがってしまった。
「お、なんだ？　お前ら知り合いか？」
　ひとり騒がしい私にクラス中の視線が集まる。
　チラッと麻耶を見ると、なんともうっとうしそうな顔でにらまれてしまった。
「あ、す、すみません……」
　私は小さく謝ると静かに席に着いた。

私の顔を見て嫌な顔をした。同じクラスがそんなに嫌だったのかな。
「今日からこのクラスの一員になる、成海麻耶だ。もともとはこっちに住んでいたらしい。お前ら仲よくしろよー」
　担任の先生の適当な紹介。
　そして、案の定目を輝かせる女の子たち。
「成海、なんかひと言っておくか？」
「……別にいいです」
「おお。そうか。じゃあ成海は窓際の一番後ろの席な」
　担任の先生に言われて麻耶はスタスタと自分の席へ向かう。
「やばい！　超かっこいい……！」
「仲よくなれるかなー！」
「あとで連絡先聞こうよ！」
　女の子たちは、麻耶を見て顔を赤らめながらヒソヒソと話している。
　やっぱり麻耶はどこに行ってもモテるんだ。
　それからホームルームをして、今日は午前中で終わった。
　チラッと麻耶の席を見ると、麻耶のまわりには女の子たち。
　……あれがリアルハーレム。
「ねぇ、ねぇ。成海君はどこの高校から来たの？」
「成海君、連絡先教えて！」
「もしよかったらこのあと遊びに行かない？」
　一気にしゃべりかける女の子の皆さん。

あ……。
　麻耶、面倒くさそうな顔してる。
『うるさい』って迷惑してるにちがいない。
　よ、よし。ここは、幼なじみの私が助けてあげよう。
「麻耶……！」
　麻耶の席へ行き、女の子たちの声に負けないように名前を呼ぶと、彼の視線がチラッとこちらへ向けられる。
　それと同時に女の子たちの視線も私に。
「さっきも思ったけど、五十嵐さんって成海君の知り合い？」
「知り合いっていうか……幼なじみ？」
「へぇー。幼なじみかぁー」
　そう。
　麻耶は冷たいけど、私たちは深い絆でつながった幼なじみだ。
「昔は家がとなり同士でよくふたりで……」
「邪魔。どいて」
　私の声を遮るように麻耶がガタッと椅子を鳴らして立ちあがる。
「あ、麻耶。帰るなら一緒に……」
「ねぇ、そのさ、幼なじみっていう言い方やめてくれない？　いつまで俺と幼なじみやるつもり？」
　……へ？
「なにを勘ちがいしてるのか知らないけどさ、たまたま家がとなり同士だっただけのことじゃん」

ま、麻耶……？
「言っとくけど俺は……世界で一番明菜が嫌いだから」
　……え？　あ、あの……。
『世界で一番明菜が嫌いだから』
　私って麻耶に……世界で一番嫌われてるの？
　女子軍団の間をすりぬけ、あぜんとする私を置いて麻耶は教室を出ていく。
「えっと……。い、五十嵐さん、大丈夫？」
「へ？　あ、うん！　大丈夫！　大丈夫！　あはは……」
　麻耶が冷たいのは、私のことが嫌いだから……なの？
　だから、同じ家にも住まないし、学校に一緒に行くのも嫌なの？
　どうして？　私、なにかした？
　嫌われるようなことなにかした？
　再会した幼なじみに突然告げられた、衝撃なひと言。
　私が世界で一番好きな彼は、世界で一番私が嫌い。
　どうやら私は、幼なじみに心の底から嫌われてます。

そうだ、同居しよう

　金曜日の始業式の日に麻耶に『嫌い』と言われて早くも３日が経った。
　週末の間ずっと麻耶に言われたことが頭から離れなくて、なにをしてても上の空。
「はぁ……」
　ずっとずっと、仲よしだって思ってた。
　ずっとずっと、変わらないって思ってた。
　でもそれは、私の勘ちがいだった。
　麻耶はずっと私のことなんか嫌いだったんだ。
「明菜」
　深いため息をつきながら玄関で上履きに履きかえていると、ポンと誰かに肩を叩かれた。
「おはよ、明菜」
「千晶……」
　後ろを振り返ると、そこにいたのは千晶だった。
　淡島千晶。背が高くて、クラスの中でもひと際目立っている。千晶は、人あたりがよく、裏表もなく、みんなの人気者。
　そんな彼は……私のもうひとりの幼なじみだ。
　麻耶と千晶というハイスペックな男ふたりを幼なじみに持つ私は、昔はまわりから『両手に花』なんて言われたりしていた。それって男女逆だと思うんだけど。

「どうした明菜？　なんか元気なくね？」

　浮かない顔をした私の顔を心配そうに千晶がのぞきこむ。

　千晶は始業式の日に寝坊して休んだから、なにも知らない。

「千晶……」

「ん？」

　泣きそうになりながら顔を上げると、千晶が首を横にかしげる。麻耶は変わってしまったけれど、千晶は昔と変わらない。そんな姿に安心したような、悲しいような、なんとも言えない気持ちが込みあげて……。

「千晶ぃぃー……!!」

「うおっ!?」

　人目も気にせず千晶に抱きついた。

　とっさのことに千晶はよろめきながらも私の肩をつかみ、なんとか受けとめる。

「ど、どうしたんだよ？　なに泣いてんだよ？　弁当でも忘れた？　俺の半分やるから泣くなよ」

「ちがうよぉ！　お弁当はある！　麻耶が……。麻耶がね！」

「麻耶……？」

　私の言葉に千晶の体が一瞬固まったかと思えば、すぐに「あ"ーーー!!」と大声を出した。

　それはもう、玄関にいる生徒たちが何事かとこちらを振り返るほどに大きな声。

「そうだった！　麻耶！　麻耶帰ってきてるんだった！明菜、もう麻耶に会った!?」
「え、あ、うん。同じクラスだよ、私たち」
「マジかよ！　アイツ連絡くらいよこせよ！」
　そう言う千晶はすごくうれしそう。
　千晶は麻耶とすごく仲よかったもんね。
「もう麻耶は学校来てんのかな？　早く行こ！　俺らの教室どこ!?」
「あ、ちょっと……！」
　麻耶と会えるのがそんなにうれしいのか、新しい教室の場所を知らないくせに私の腕をぐいぐい引っぱりながら階段を上る千晶。
「会うの４年ぶりだなぁー」
　なつかしそうな、うれしそうな、千晶の顔。
「麻耶、なんか変わってた？」
　……ええ、とても。
　それはそれは、誰もが驚きの変化を遂げてましたよ。
「新しい教室ここだよ」
「おー。ここか」
　教室の前まで着くと、私は緊張のあまり立ちどまってしまう。
　麻耶の顔を見るのが怖い。
　そんな私の気も知らないで、千晶は勢いよくドアを開けると教室を見渡した。
「麻耶ー！……ってあれ？　麻耶は？　いないじゃん」

ガッカリしたような千晶の声。
どうやら麻耶はまだ来てないらしい。
よかった……。
と、ホッとしたのもつかの間。
「教室入るなら早く入ってくれない？　邪魔だよ」
　……で、出た！
　突然背後から聞こえた声に、私と千晶はほぼ同時に振りむいた。
「麻耶‼」
　そこにいたのは案の定麻耶で、千晶は顔を一気にパァッと明るくさせた。
「え……。千晶……？」
　麻耶も千晶に気づくと、ちょっと驚いた様子を浮かべる。
「うわぁぁ！　麻耶！　本物！　マジで戻ってきたんだな！　おかえり！」
「ちょっ……」
　千晶の熱い抱擁に麻耶は千晶を引きはなしながら、「千晶も明菜もなんで抱きつくの？」となんとも嫌そうな顔。
「お前、元気にしてたのかよ⁉」
「別に、普通だよ」
「そっか。そっか。普通か！　俺ら三人がそろうのって超久々だな！」
　まだ変わってしまった麻耶に気づかぬ千晶は、再会を喜びながらバシバシと麻耶の肩を叩き、私と麻耶を交互に見る。

「痛いよ、千晶。なんでそんなうれしそうなわけ」
「なんでって、俺も明菜もずっとお前が帰ってくんの待ってたんだからな！　明菜なんて毎日お前の話ばっかりしてたし」
　ちょ、ちょっと！　余計なこと言わないでよ！
　私、この人に"世界で一番嫌い"とか言われてるんですよ……!?
「毎日？」
　千晶の言葉に、麻耶が私に視線を落とす。
「え、あ……えっと……。まぁ……」
　私は麻耶から視線をそらし、ごまかし笑いをする。
　なんか、うまく麻耶の顔を見れないよ。
「よかったなぁ明菜。念願の麻耶に会えて」
　千晶がポンポンと私の頭に手を置き、優しく笑った。
　そんな私たちの様子を見ながら麻耶が口を開いた。
「千晶と明菜はさ……」
「ん？」
「千晶と明菜は、俺がいない間もそんなふうにずっと一緒だったの？」
　そう尋(たず)ねる麻耶は表情のない顔をしていて、なにを思っているのかわからなかった。
「まぁな。なんで？」
　千晶が首をかしげると麻耶は「別に」と素っ気ない返事をし、教室に入っていく。
「あ、待て！」

そんな麻耶を千晶がとっさに腕をつかんで呼びとめる。
「麻耶が帰ってきたお祝いにさ、放課後ご飯でも食べに行かね？　俺、おごるし！」
「いい。行かない」
　千晶の提案に、麻耶は即拒否。
「なんで？　なんか用事あんの？」
「ないよ。行きたくないから行かない」
「んだよ、それ。暇なら来いよ」
「うるさいな。行かないって言ってんじゃん」
　パシッと、麻耶が千晶の手を振りはらう。
「ふたりで行ってくればいいじゃん」
「なんだよそれ。麻耶がいないと意味ないだろ？　せっかく幼なじみが帰っ……」
「だからさっ……」
　千晶の言葉を麻耶が少し大きめの声で遮る。
　その顔は、迷惑とかうっとうしいとかそんなんじゃなく、どこかつらそうに見えた。
「だから、明菜も千晶も幼なじみとかもうそういうのいいから」
　私が『どうしたの？』と聞く間もなく、麻耶はそう言い残してひとり教室へと入っていった。
「な、なんだ、アイツ……。なんか麻耶……変わった？」
　振りはらわれた手を見つめ、あぜんとする千晶。
「麻耶って明菜にもあんな感じだった？」
「というか、世界で一番嫌いと言われまして……」

「はぁ？　世界で一番嫌い？　なんだそれ。なんで嫌われてんの？」

　そんなの私が聞きたい。

　私、麻耶に嫌われることなにかした……？

　それからというもの、麻耶は私たちを避けながら生活しているように思えた。一方的に作られた壁はまるで『関わらないで』と言われているよう。

　せっかくまた、会えたのに。

　クラスの子たちに話しかけられてもかなりの塩対応で、「成海君って冷たいよね」って言われる始末。

　放課後になると麻耶はそそくさと教室を出ていってしまった。

　その後ろ姿を寂しげに見つめていると、千晶がスクールバッグを持ちながら立ちあがった。

「明菜、行くぞ」

「え？　どこに!?」

　私の腕を引っぱり足早に歩く千晶は、学校を出て少し先を歩く麻耶の姿を見つけて立ちどまる。

「麻耶！」

　その場から千晶が大声で麻耶を呼ぶと、麻耶は一瞬立ちどまり、私たちのほうを振り返るなり無視して歩きだす。

「あ、おい！」

　千晶はあわてて追いかけ麻耶に追いつくと、もう逃さまいと肩をつかんだ。

「待てよ！　麻耶！　なんで逃げるんだよ！」

「そっちが追いかけてくるからだろ。なんでついてくるの」
「お前が逃げるから追いかけてんだよ！　逃げるかよ、普通！」
「だから、そっちが追いかけてくるからだろ。ついてくるなよ」

　同じやり取りを繰り返すふたり。

「お前逃げんなよなー。傷つくだろ」
「わかった。逃げない。逃げないよ。逃げないから離してくれない？」

　その言葉に、千晶の手が離れる。

「……で、なんの用？」

　うわぁ……。めんどくさそうな顔。

　これが俗に言う迷惑顔か。

「飯行こう。お前がこっちにいない間に、すぐそこにお好み焼き屋できたんだよ」

　……え？　め、飯？

「飯？　まさかわざわざそれ誘うために追ってきたの？」
「そうだけど？」

　千晶は『それがなにか？』とでも言いたそうな様子で笑う。

　すごい、すごいよ。千晶。メンタル強すぎるよ。

　こんな状況の中でご飯に誘うなんて。

　私なんて、麻耶が変わっちゃった理由がわからなくて、どうしたらいいのかわからないのに。

「行くだろ？」

「どうせ行かないって言っても行かせるくせに」
　麻耶はため息をつくと、しぶしぶ私たちと一緒にお好み焼き屋へと向かった。
　千晶、さすが。

　お好み焼き屋に着くと、座席に案内された。
　麻耶の向かいに私と千晶が並んで座る。
「明菜はなに食べたい？」
「え？　も、もんじゃ焼きとか……？」
　不意に千晶の持つメニュー表から麻耶に視線を移すと、麻耶と目が合った。
「ま、麻耶はなに食べる？」
　なんとなく視線をそらせずとっさに聞くと、麻耶は「なんでもいい」と素っ気なく答える。
　私と会話をするのも嫌なの？
　この店に来たのだって、千晶が強引に誘ったからで。
　もしも誘ったのが私だったら、麻耶は来てくれなかった？
　そんなことを考えていると、もんじゃ焼きとチーズのお好み焼きが運ばれてきた。
「どう？　麻耶。ここのお好み焼き、めちゃくちゃおいしいだろ？」
「別に普通」
「ははっ。なんだよ、それ」
　三人で取る久々の食事。

それなのに麻耶はつまらなそうで、とくに会話が弾むこともなく、私とは目も合わせてくれない。
　それでも千晶は必死にいろんな話題を振って、この場を盛りあげようとしてくれた。
「麻耶、今度は駅前のケーキ屋に行こう。その店も麻耶がいないときにできたんだよ」
「……そう。行かないけど」
「なんでだよ！　明菜とふたりで視察に行ったんだぞ、麻耶が帰ってきたら連れていってあげようって。なぁ？　明菜」
「へ？　あ、うん！」
　話を振られてとっさにうなずく。
「千晶」
「なに？　行く気になった？」
「俺、帰るね」
「そうか。そうか。やっぱり行きたく……って、は!?　帰る!?」
　麻耶は財布を取り出して代金をテーブルの上に置くと、サッと立ちあがる。
　まだ来たばかりなのに……。もう帰るの？
　どうして？　私がいるから？
「なんで帰るんだよ」
「つまんないから」
「麻耶、どうしたんだよ？　こっちに帰ってきてからなんかおかしいよ、お前」

その言葉を聞いた途端、麻耶はイライラした様子を見せ始めた。
「本当、いちいちうるさいな。明菜とふたりで行けばいいじゃん。ケーキ屋もここも、ふたりで来たんじゃないの？」
　とげのある冷たい言葉が私の胸に刺さる。
「俺は別に誘ってもらわなくていいし、幼なじみとかもうそういうの嫌だって言ってんの。子どもみたいにいつまでも。正直、うっとうしいよ」
「なんでそんなこと……」
「俺がいない間……４年間ずっとそうしてたんだから」
　麻耶……。どうしてそんな悲しいことを言うの？
「麻耶さ……」
　思いもよらない麻耶の言葉にしばらくの沈黙が続き、それを破るかのように千晶が口を開く。
「向こうでなにかあったのか？」
「……え？」
「俺らに聞いてほしい話でもあるの？」
　気のせいだろうか。
　千晶の質問に、麻耶に一瞬の動揺が見えたのは。
「はっ。なにそれ。なんでそうなんの」
　麻耶は「なに言ってんの」と目をそらす。
「だってお前、戻ってきてからなんか変わったし、ずっとイライラしてんじゃん。向こうに行く前は全然そんなんじゃなかっただろ」
　たぶん、千晶はこの話をするために麻耶を誘ったんだろ

う。
　自分から壁を作って離れていこうとする麻耶が、これ以上離れてしまわぬように。
「……別になんにもないよ。じゃあね」
　でも、麻耶はそれだけ言うと私たちに背を向けて店を出ていった。
「はぁー」
　麻耶がいなくなり、千晶は深いため息ひとつ。
「とんだひねくれ者になって帰ってきちゃったなー、麻耶。あれ、本当は麻耶じゃなかったりして」
　水を飲みながら、そんな冗談交じりな言葉とともに苦笑いを浮かべる。
　さっきまで麻耶のいた席を見つめ、グッと拳を握る。
　麻耶は、もう私たちといたくない？
　幼なじみの関係は嫌？　このまま離れたい？　私たちまた、離れるの？
　嫌だよ。私は嫌。
　たとえ、麻耶がそうでも。
　たとえ、麻耶が私のことを世界で一番嫌っていても。
　私は好き。好きなんだよ、麻耶。
「ち、千晶！」
「ん？　どうした？」
「私、ちょっと麻耶追いかけてくる！　麻耶に話があるの！」
　麻耶がなにを思っているのか。

麻耶がなんで私を嫌いなのか。
　聞きたいことはたくさんあるよ。
　でも、それよりも……。
　なにを背負っているのかはわからないけど、とにかくそばにいたい。
「ん。行ってこい」
　千晶が優しく微笑み、ポンと私の背中を押す。
　私は「うん！」と首を縦に振ると、急いで店を飛び出した。

　店を出ると、少し先にはまだ麻耶の姿があった。
「麻耶！　麻耶待って！」
　遅い足で追いかけると、麻耶が立ちどまる。
「……なに」
「あ、あのね……！」
　視線が交わる。麻耶の冷たい瞳に私が映る。
　もう、4年前のときのように優しく笑ってはくれないの？
「麻耶は私たちに会いたくなかったかもしれないけど、私と千晶はちがうんだよ！」
「…………」
「麻耶が引っ越してからね。麻耶、元気かなぁって。風邪ひいてないかなぁ、友達できたかなぁって、麻耶の話ばかりしてたんだよっ……！　ずっと、ずっと、ずーっと、麻耶に会いたいって思ってた！　待ってた！」

涙交じりに訴える4年間の気持ち。
　麻耶は「……そう」とつぶやき視線を落とす。
「どれだけ麻耶が私たちから離れたいって思っていたって、私はそんなの嫌だよ！　だから……だからね……！」
　思いつくままにしゃべっているから、なにを言いたいのか自分でもよくわからない。
　でも、麻耶が離れてしまわないように。
　麻耶の近くにいられるように。
　……あ、そうだ！
「だから、そうだ、麻耶！　やっぱり私と同居しよう！」
「……はぁ？」
　そうだ。そうだよ。麻耶の家で同居すればいいんだ！
　同じ家に住めば、毎日一番近くにいられる。
　ちょうど麻耶はいまひとり暮らしだし！
　もともとは私の家に住む予定だったんだし！
「ね!?　麻耶！　そうしようよ！　私の家が嫌なら麻耶の家に私が行くよ！」
　自分ではナイスアイデアだと思ったが、麻耶は「なに？　頭おかしいの？」と冷たいひと言。
「なんで俺が自分の家で、明菜と一緒に暮らさなきゃなんないの。意味わかんないし」
「だからそれは……」
「明菜さ、あんまりくだらないことばかり言わないでくれる？　だから嫌いなんだよ。それに俺は、明菜の家で暮らすのが嫌なんじゃなくて、明菜と暮らすのが嫌なの。なん

でわからないの?」
　……なかなかグサッとくるひと言。
　でも、こんなことでへこたれない。
　だって、嫌われてることなんてわかっているけど。
　だからって、私まで落ちこんで麻耶から離れてしまったら、本当に幼なじみの関係がなくなってしまうような気がするから。
「や、やだ！　麻耶と一緒に暮らすもん！　もう決めたもん！」
　世界で一番嫌われていても、一緒にいたい。
　離れたくないから同居する。
　よくよく考えればとんでもない考えだけど、本気なんだよ。
　好きなんだよ。こんなにも好きなんだ。
「明日、荷物持って麻耶の家行くからね！」
「いや、来ないで。本当」
「来ないでって言われても行くから！」
　帰ってきた幼なじみは驚きの変貌(へんぼう)を遂げ。
　世界で一番嫌いとまで言われ。
　だから、私は決めました。
「よろしくね！　麻耶！」
「勝手によろしくしないで。やめて、マジで」
　私は大好きな幼なじみと、同居します。

あの頃の優しさ少し

「はぁ!?　同居？」
「うん！　まぁ、麻耶は嫌がってたけどもう意地だよね！」
　次の日の朝。
　たまたま登校途中で出くわした千晶に『麻耶と同居することに決めた』と伝えたら、千晶は心底驚いた顔を見せる。
　ちなみに千晶の家は、私と麻耶に比べ少し離れた場所にある。と言っても、徒歩５分ほどの距離。
「いや、あのさ……。同居はさすがにやめとけよ。な？　もっとほかに考えてさ……」
「へ？　なんで？」
「なんでってそりゃあ。つまり、麻耶とふたりきりだろ？　アイツも男なんだし……いろいろ危ないというかなんというか……」
　頭をかきながら浮かべる複雑そうな表情を見ると、どうやら賛成できない様子。
「心配しなくても大丈夫だって！」
「大丈夫って、なにを根拠にお前……」
　そもそも私は麻耶に嫌われてるし、そんな展開100パーセント起きないに決まってる。
「まぁ、とにかく私がんばるからね！」
　意気込む私の横で、千晶は最後まで納得のいかない顔をしていた。

学校に着きローファーから上履きに履きかえていると、ちょうど麻耶が登校してきた。
「あ、麻耶！　おはよ！　今日学校終わったら麻耶の家に行くね！」
「……俺、嫌だって言ったよね」
　麻耶は上履きに履きかえると、顔を上げ私をにらむ。
　心底嫌そうな顔。……が、しかし。
　私はもうこんなことくらいでいちいち傷つかない。
　麻耶の豹変した態度によってきたえられ、私のメンタルは強くなったのだ。
「千晶。明菜をどうにかして」
「いや、俺もやめとけって言ったけど、明菜なんか無駄に意気込んでるし……」
「……俺、本当無理なんだけど」
　わかってるよ。
　けど一番近くにいられる方法が同居なんだと思うの、きっと。
「麻耶！　大丈夫だよ！　光熱費も家賃も半分出すから！　なんなら、住ませてもらう立場だから半分以上出すよ！」
「そういう問題じゃ……」
「私が家事も料理も全部するから！」
「だからさ……」
　と、そこで予鈴が鳴ってしまった。
　麻耶はため息をつくと「とにかく絶対嫌だから」と言い残し、ひとりで教室へ向かっていく。

どうやらひと筋縄ではいかないらしい。
「なんか、あそこまであからさまに嫌がられると逆に燃えてくるよ、私」
「明菜バカか。ポジティブすぎんだろ！　あんなの、嫌がられるどころじゃなかっただろ」
「想定内だよ。そんなの」
　だからこそ私は本気なのだ。
　私はその日一日中、麻耶との同居生活について考えていた。
　住ませてもらう立場なので、光熱費も家賃も当然払うし、料理と家事は全部私がする。
"おはよう" "おやすみ" "ただいま" "おかえり"、そんな何気ないあいさつを毎日交わして。
　そんな生活をしているうちに、麻耶もきっとバカな私のことを見直してくれる。
　まだ始まってもいないのにニヤニヤしてしまう。
　だって、好きな人との同居生活だよ。
　本来の目的を忘れていないとはいえ、やっぱりドキドキするし楽しみになっちゃうよ。
　チラッと麻耶を見ると、机に頬づえをつきながら板書をしている。
　麻耶……。私、絶対にあきらめないからね。
　なにがなんでもこの仲を修復してみせるから！

　放課後になると、私は誰よりも先に教室を飛び出して家

へ帰った。
　そして、スーツケースを手に取り、すぐに家を出た。
　同居する気満々な私は、昨日のうちに準備を済ませてお母さんに同居の許可をもらっておいたんだ。
　家賃も光熱費も、正直自分じゃ払えないから貸してほしいって頼みこんだ。そしたら、もともと麻耶がうちに住むつもりでいたからその生活費分ってことでなんとかすると言ってくれたんだ。
　麻耶の様子がおかしいってお母さんも心配していたから、私の無謀なアイデアを受けいれてくれたみたい。心の広いお母さんで本当よかった！

　お母さんに聞いた麻耶の家の住所は、私の家から電車で駅ふたつぶん離れたところ。
　スーツケース２個をコロコロと引いて電車にのりこむ。
　まさか、こんな私を追い返すほど麻耶も冷たくはないだろう。嫌々でも許可してくれるにちがいない。
「えーっと、たしかこの辺りに……。あ、あった」
　駅から徒歩数分の場所にあるマンションの前で立ちどまる。
　ここが麻耶の住む家かぁ。ずいぶんと静かな場所にあるんだなぁ。
　白く清潔感のある外観。
　私はスーツケースを持ってエレベーターにのりこむと、３階のボタンを押した。

3階に着くと、306号室を探す。廊下には私の肩の高さくらいの壁があって、背伸びするとマンションの前にある通りが見渡せた。
　あった、ここが麻耶の部屋だ。
　ドキドキと胸を鳴らしながらインターホンを押す。
　しばらくすると、「はい」と玄関のドアが開いて麻耶が出てきた。
　部屋着なのか下は黒のジャージ、上は黒の長袖のTシャツとラフな格好の麻耶。そんなのも様になっている。
　麻耶は私の姿を見るなり少し驚いた顔をしたあと、迷惑そうな顔を見せる。
「……なんで本当に来てんの」
「そりゃあ来るよ、約束したもん！」
「約束してないし。ずいぶんと大荷物だけど、俺いいって言ってないし。無理って言ったし」
　麻耶は「はぁ」とため息をつきながら腕を組み、ドアにもたれかかる。
「まぁ、立ち話もあれだし中に入ってお話ししましょう！　さぁさぁ、遠慮せず！」
「ここは俺の家だよ。バカ」
「とにかくさー……」と麻耶は家のドアを少し閉める。
「え、麻耶……？」
「その無駄な根性は認めるよ」
「う、うん。だから一緒に……」
「悪いけど、本当無理だから」

え……？
「じゃあね」
「あ、ちょっ……！」
　　バタンと閉められたドア。
　　う、嘘でしょう？
　　まさかの、追い返されちゃう展開なんですけどー！
　　こんな大荷物を持ってきたのに、普通追い返す!?
　　そんなのってあり!?
「ま、麻耶ー！　話そうよー！　話せば私たちはきっとわかりあえるよー！」
　　私はどこぞの借金取りみたいに、ドンドンとドアを叩き、インターホンを連打する。
　　……が、麻耶は出てこない。あからさまな無視ときた。
「はぁ……」
　　もう夜だし、これ以上騒ぐとほかの部屋の人に迷惑なので一旦やめた。
　　同居しないとそもそも話が始まらないのに。

　　もしかしたら、出てきてくれるかも。
　　そんな淡い期待を寄せて部屋の前で体育座りをしながら30分ほど大人しく待つも、麻耶は出てこない。
「……帰ろ」
　　私はあきらめてスーツケースを持つと、トボトボと歩きその場を離れた。
　　まさか、こんな展開が待っていたなんて。

なんだかこのまま帰りづらくて、麻耶の家の近くの公園に寄るとベンチに腰を下ろした。
　外灯もない真っ暗な公園。ぼーっと、夜空を見上げる。
　麻耶があんなに私のことを嫌っていたなんて。
　やっぱり、もう離れるべきなのかなぁ……。
　いったいどれほどそうしていただろう。
　ポツポツと雨が降りだした。
　それは次第に強まり、あっという間に大雨へと変わる。
「うわ、最悪！　傘ないし……」
　私はあわてて立ちあがると公園を出た。制服のままで来たので、ブレザーを脱ぎ傘の代わりに頭に被せて駅まで走る。
　が、しかし……。
「……きゃ！」
　ポイ捨てされたゴミに物の見事につまずき、華麗に転倒。
「いたぁ。もう、誰……。ポイ捨てなんかする人」
　麻耶には追い返されるし、雨は降りだすし、転ぶし。
　本当に、今日はなんなんだろう……。
　自分が情けなくなり、段々と涙があふれてくる。
「麻耶の、バカッ……」
　地面に座りこんだまま涙をポロポロと流す。
　せめて、なぜ私のことが嫌いなのか言ってくれたらいいのに。そうしたらすぐに直せる。
　それなのに麻耶は、それすらせずに冷たい態度ばかり。

こんな状態で、麻耶のそばから離れられるわけないじゃん。
　なにも言わなきゃわからないじゃん。
「う……っ……バカァ……！　麻耶の、バカァー!!」
　うわーん、と空に向かって泣きさけぶ。
　どんどん雨で冷えていく体とびしょ濡れの制服。
　私の泣き声は雨空に吸いこまれていく。
　すると突然。
「バカはどっち？」
　背後から声がした。
　その声にとっさに振りむく。
　雨と涙でボヤける私の視界には……、
「転んだの？　なにしてんの。どんくさい」
　麻耶がいたんだ。
「ま、麻耶……。麻耶ですか……？」
「そうだよ。それ以外に誰に見えるの？　千晶にでも見える？」
　自分のビニール傘の中に私を入れ、あきれた顔をしながら麻耶が私を見下ろす。
「なんで、いるの……？」
「明菜がちゃんと帰ったか気になって明菜の家に電話したら、おばさんに『帰ってない』って言われたから」
　え……？　それって……。
　私のことを心配してくれたの……？
「ていうかさ、おばさんに俺が同居生活を承諾したとか、

俺が一緒に暮らしたいって言ったとか、なに勝手にデタラメ言ってるの？」
「あ、いや……。それは……。その……。はい。すみません……」
「俺、思わず『そうです』って言っちゃったんだけど」

　麻耶はそう言って深いため息をつきながら私の前にしゃがみこむと、落ちたブレザーを拾いあげてもう一度立ちあがった。
「本当さ……やめてね？　こういうの。もう帰せなくなんじゃん」

　そう言いながらも麻耶がスッと私に自分の手を差し出す。
「立って。帰るよ」
「ど、どこに……？」

　なに……？　なにがどうなってるの？
「どこに帰るの……？」
「はぁ？」

　さっきからあぜんとする私。

　そんな私に、麻耶はポケットの中からあるものを取り出すと「ほら。これ」と私の目の前に出して、めんどくさそうに。嫌そうに。だけど、たしかに。
「俺らの家に決まってんじゃん。暮らすんでしょ？　一緒に」

　そう、言ってくれたんだ。
「それなくしたらダメだからね」

本当に……？
　差し出されたものに私は目を大きくさせた。
　それはあの家の……麻耶の家の鍵だとすぐにわかったから。
　これを持って私を捜しに来てくれたの？
　だって、それじゃあまるで……。
　次第に驚きなのかなんなのか、私の中でじわじわとなにかが込みあげてきて、
「麻耶ぁ……！」
　私は合鍵を受けとると、勢いよく立ちあがって麻耶に抱きついた。
「ちょっ……。俺の服濡れるからやめて」
「麻耶……！　麻耶！　麻耶！」
　私は麻耶に引きはなされながらも、かまわずに泣き続ける。
　麻耶。私、いま涙があふれて止まらないよ。
　だって、久しぶりに麻耶の優しさに触れたから。
　私は、ずっと前から知っている。
　クールになってしまった麻耶が、本当は優しいんだってことを。
　ねぇ、やっぱり。麻耶は麻耶だよ。どんなに冷たくても、毒舌でも、クールでも。麻耶は麻耶だ。

　私たちはもう一度麻耶のマンションへと戻ってきた。
「これで体拭いてから家に入って」

「わ！」

　ふわっと頭にかけられたのは、柔軟剤(じゅうなんざい)のいい香(かお)りがする真っ白なバスタオル。

「制服は置いといて、干しておくから。着替えは自分で持ってきてるならそれに着替えて」

「あ、うん。ありがとう」

「本当、めんどくさい」

　そう言いながら麻耶はリビングへと向かっていく。

　ほら、やっぱり。そうやって面倒見のいいところも変わってない。

　なつかしい優しさに触れて、また泣きそうになりながら体を拭くと家に上がる。

　そして、洗面所で制服を脱ぐと、スーツケースの中からTシャツとスウェットのズボンを取り出して着替えた。

「麻耶ー。着替えたよ」

　そっとリビングのドアを開ける。

　麻耶の家のリビングは、白で統一されとても清潔感があふれていた。

　家具付きの1LDK、かな……？

　思っていたよりも広くて少し驚いた。

　麻耶のお父さん、こんなに広いマンションを用意してくれたんだ。

　ふたりで暮らすにも十分な広さ。

　家賃高そう……。

「適当に座ってて」

麻耶がカウンターキッチンから顔をのぞかせてそう言う。
　私は迷ったあげく、ソファではなくその前のラグに腰を下ろした。
　しばらくして、麻耶が湯気の立つマグカップを持ってやってくると私に差し出す。
「あ、ありがとう」
　ホットココアだ。温かい……。
　雨で冷えた体にホットココアの温かさがよく染みる。
「なんでそこ？」
「へ？」
「ここ座ればいいじゃん。俺がいじめてるみたいになるでしょ」
　麻耶はソファに腰を下ろすと、自分のとなりをポンと叩いた。
　となりに座ってもいいの……？
　私はホットココアをテーブルの上に置き、遠慮がちにソファに座った。
「麻耶ごめんね、いろいろ迷惑かけて。せっかくこんないい家でひとり暮らししてるのに……」
「なら、いますぐ帰る？」
「そ、それは嫌！　ここに住みたいです！」
「どっちなの」
　おもむろに麻耶がテレビをつける。
　静かな部屋に、にぎやかな芸人の声が響く。

「明菜、ご飯は？　食べた？」
　麻耶はつまらなさそうにテレビ番組を観ながら聞いてくる。
「え。あ……まだです。麻耶は？」
「俺はもう食べた」
「そ、そっか」
「残りものでもいいなら出すけど」
　ねぇ。なんか。なんか、これって……。
「いや、おかまいなく……」
「あ、そう。じゃおなか空いたら適当に冷蔵庫あさって」
　普通に夫婦生活みたいではないですか!?
　麻耶とふたりきりのリビングで、テレビを観ながらこんな夫婦みたいな何気ない会話ができてるなんて。
　やばい、ドキドキしてきた。
「……なに？」
　様子のおかしな私に気づいたのか、麻耶がテレビ画面から私に視線を移してきて、私はあわてて視線をそらした。
　なんだか泣きそう。いろんな意味で。
　これが、同居生活なんだと……。
「なぁ、明菜」
「あ、はい!?　なにかね？」
　勝手にひとりで泣きそうになっていると、急にまた麻耶に話しかけられて変な返事をしてしまった。
「先に風呂入ってきなよ」
　風呂!?

『先に風呂入ってきなよ』って、あれだよね!?
　恋愛(れんあい)ドラマでよくある男女が素敵な一夜を過ごす前に男の人が言うあのセリフ!
　あわわ。どうしよう。
　私としては麻耶が異性として好きだし別にその……って、あああ!　ちがう!　ちがう!
「ち、ちがいます!　私は、そういうつもりでここに来たわけではなくてですね!」
　まさかの展開に、私はおのれの邪念(じゃねん)を振りはらうようにブンブンと首を横に振る。
「はぁ?　なに言ってるの?　なにがちがうの?　雨で濡れてるから風呂入ればって言ってるんだけど。風邪ひきたいの?」
「……え?」
　あ、そ、そういうこと?
「……なに勘ちがいしてんの?」
　私の勘ちがいを察したのか、バカにしたような麻耶の視線が向けられる。
　は、は、恥(は)ずかしい……。
「そんな調子で俺と同居できるかな?」
「え!?　な、な、なにが……!?」
　ひとりとんだ勘ちがいをしてしまった私に、麻耶は長い脚(あし)を組みながら「なぁ?」と私の顔を見る。
「なにを思って同居したいなんて言いだしたのかは知らないけどさ」

突然グッと近づけられる顔。
整いすぎた顔とブラウンの綺麗な瞳が目と鼻の先。
思わず息をのんだ。
「俺と明菜以外に誰もいないこの場所で。俺になにされても知らないよ。いいの？　大丈夫？」
「なっ……!?」
麻耶のとんでもない発言にカーッと赤くなる顔。
まさか、千晶の言ってたあれって、こういうこと……!?
「……嘘だよ」
「……へ？」
「なんでも信じるんだね」
麻耶はあたふたとする私をよそに立ちあがると、「風呂わかしてくるから」と行ってしまった。
まさか、からかわれた……!?
17歳の男の子は、ああいう冗談とか言うの!?
麻耶はもう4年前とはちがう。中学生じゃない。
わかってはいたけど……。
そんな麻耶の冗談でいちいち胸をドキドキさせている私は、やっぱり麻耶のことが好きなんだと。そう実感した。
し、しっかりするんだ、私。
同居生活はまだ始まったばかり。

あきらめないと決めた日

　同居生活が始まり1週間が経った。
　昔はなにをするのも一緒だったとはいえ、同居はもちろん初めて。
　なぜか嫌われてしまった私は、この仲を修復させるべくここへ来たんだけど……。
「麻耶！　おはよ！　朝だよ！　……って、もういない!?」
　溝はちっとも埋まっていない。
　同じリビングにいても、会話はほとんどない。
　ていうより、ほぼ無視される。
　ご飯を食べるのも別々で、同じ学校なのに登下校も一緒にしない。
　すでに心が折れそうになる。
　しかも、たったいまリビングに麻耶を起こしに来たのだが、麻耶の姿がないのだ。
　私がこの家に来てから麻耶は毎日リビングで、私は寝室のベッドで寝ている。
　麻耶が『俺はソファで寝るから明菜はベッドを使ってもいい』と言ってくれた。
　住ませてもらっている立場なのでもちろん断ったが、たぶん麻耶の優しさなんだと思う。
　……って、そんなことより麻耶はどこだ!?
　時間はまだ午前7時。

いつもならまだ寝ているはずの麻耶の姿がない。
　もしかして、もう学校へ行っちゃった？
　いや、それはないよね。まだ７時だし。制服あるし。
　……はっ！　まさか、私との同居が嫌になって家出とか!?
「ど、ど、どうしよう……！」
　半泣き状態に陥りながらも、とにかく捜しに行こうとリビングのドアに手をかけた瞬間。
「うわっ！」
「あ、ごめん」
　急にリビングのドアが開いた。
　いきなり開いたドアに鼻をぶつけた私は、じーんとする鼻を押さえながら顔を上げる。
「鼻打った？」
　リビングのドアを開けた人物は麻耶だった。
「ま、ま、麻耶……！」
「……え。なに」
　麻耶の姿を見ただけで顔をパァッと明るくする私に、麻耶は不審そうな顔をする。
「麻耶がいないから、家出しちゃったかと思って……。それで捜しに行こうかと！」
「はぁ？　なんで俺が家出するの」
「寝ぼけてるの？」と言いながら、お風呂上がりなのかバスタオルで髪を拭きながらリビングへと入る。
「麻耶、朝風呂入ってたの……？」

「早くに目が覚めたから」
「そ、そっか」
　麻耶の髪からしたたる水。
　お風呂上がりの麻耶は一段と色っぽい。
「麻耶。朝ごはんは？」
「いらない」
「あ、じゃあお弁当作……」
「いい」
　私の問いに、麻耶は片手でスマホをいじり髪を拭きながら即答。
「で、ですよね」
　答えはいつだって同じで、わかってはいても聞いてしまうバカな自分。
　麻耶が私の手料理を食べるのは夜だけ。
　朝も食べないし、お弁当も持っていかない。
　麻耶はもともと少食だけど、あまりにも食べなさすぎてどうやって生きてるのか謎。
　夜は夜で『あとで食べるから』と食べるタイミングはバラバラだし。
　この空間にはふたりいるのに、いつも会話は皆無。
　麻耶から話しかけてくれることなんてまずない。
　あるとしたら……。
「明菜、なんか入れて」
「あ、は、はい！　かしこまりました！　なにがいい!?」
「紅茶かココア」

……これだけ。
　でも、たったこれだけでも麻耶から話しかけてくれたことが私にとってはありえないほどうれしい。
　私はうれしさのあまり顔をニヤけさせさがら、紅茶を入れると麻耶に差し出した。
　それから、いろいろしているうちに時刻は午前８時。
　とっくに制服に着替えている麻耶は、私になにも言わずに家を出る。
　やっぱり今日も一緒には行ってくれないか……。
「……はぁ」
　深いため息をつき、麻耶の５分遅(おく)れで家を出る。
　学校へ行く足取りは重い。
　一緒に暮らせばまた元のように仲よくなれるという考えは甘(あま)かったのだろうか。
　同居というものはもっとこう……家族同然のように過ごせると思っていたんだけど。
　そりゃあ、たしかに私が無理やり押しかけてしまったけど。
　麻耶は嫌々だったけど。
　それでも、麻耶は私を追い返すことはない。
『帰れ』とも言わない。
　麻耶はなにを考えているのだろう。
　こんなんで、この仲を修復できる？
　こんなつもりじゃなかったんだけどなぁ……。

学校に到着し、自分の席に着く。
　チラッと麻耶を見ると、窓にもたれかかりながらクラスメートの子と話している。
「明菜どうした？　なんか最近また元気ねーけど」
「千晶……」
　不意に千晶が私の席にやってきた。
　千晶は私と麻耶が同居を始めてからなにかと気にかけてくれる。
「まさか、麻耶となんかあったのか？」
「なんかあったというより、なんにもなさすぎる……みたいな」
　あんなすれちがい同居生活、誰が想像していただろうか。
「やっぱり同居なんてしても無理だったのかなぁ……」
　机にへばりつき「あーあ」と弱音をポロリ。
　千晶はそんな私の前の席に座ると「じゃあさ」と口を開き、
「もうやめたら？」
　そう言った。
「やめろよ、麻耶との同居生活なんか」
　ち、千晶……？　いきなりどうしたの？
「そもそも俺は同居なんか反対だったろ。こうなることは目に見えてたんだよ。世界で一番嫌いとか言われてるんだぞ、お前」
　うっ……。グサッとくる、それ。
「それに、麻耶と暮らし始めてから明菜全然元気ないし。俺、

すげー心配」

　急にそんなことを言いだす千晶は、黙ったままの私を「とにかく」と言って真剣に見つめる。
「これ以上落ちこむくらいだったら、同居生活なんかやめろって」

　同居生活をやめる？
　まだほんの少ししか経っていないのに？
　……そうだ。そうだよ。
　たった数日でこんなめそめそしてるなんて、なにやってんの？　私は。
　決めたじゃない。この同居生活でまた麻耶と元のように仲よくなるって。
「千晶ありがとう。心配してくれて。でも私、もう少しがんばってみる！」
「心配だけじゃなくて、俺は……」
「もしも、もう少しがんばってみてもなにも変わらなかったら千晶の言う通り同居やめるから。それまでがんばらせて」

　きっと私はまだ、なにもがんばっていない。
　同居しているだけで満足してしまっている部分があるんだ。
「ね？　千晶。それならいいでしょ？」

　千晶はなにか言いたげだったが、ため息をつくと「そうだな」と眉を下げた。
「明菜ががんばってんのに。余計なこと言ってごめんな」

「ううん。そんなことないよ！　ありがとう」
　千晶は私の元気のない原因が麻耶との同居生活であることを、こんなにも心配してくれている。
　でもね、それは麻耶のせいじゃないんだよ。
　だって私が『同居しよう』と言ったのだから。
　言いだしっぺがこんなんじゃ、変わるものだって変わらないんだ。
「……よし」
　五十嵐明菜。ここらでちょいと本気を出します。

　その日は一日中、どうしたら麻耶と仲よく過ごせるようになるかをいままで以上に考えていた。
　私たちに足りないのは、一緒にいる時間だ。
　それは麻耶が私を避けているからで、それを私はあきらめている部分があった。
　この同居生活においてそんな"あきらめ"はやめにしよう。
　そうとわかれば、さっそく行動だ。
　放課後、ちょうど帰ろうとしていた麻耶の前に、私はニコニコ笑いながら立ちふさがる。
「……なに」
「麻耶、一緒に帰ろう！」
　まずは、一緒に帰ることから始めてみよう。
　麻耶はいつもひとりで帰ってしまうけど、同じ家に住んでいるんだ。

いつだって帰る場所は同じ。
　これを大事にしなくてどうするの？
「はぁ？　なんで。やだよ」
　予想通り麻耶は即答すると、私の横を通り過ぎて行こうとする。
「待って！　やだって言わないで！　やだって言うの禁止！」
　ガシッとすかさず麻耶の腕をつかむ。
　逃さない。あきらめない。
「帰りたいの！　麻耶と！　ふたりで！」
「…………」
　真剣な瞳で訴える。視線は絶対に外さない。
　いつもなら「そっか……」と引き下がる私だが、もうそれはやめるんだ。
　そんな私に、麻耶は驚いたのか少しだけ目を大きくした。
「い、いかな……？」
「嫌。しつこいよ。俺はしつこいの嫌い」
「それでも私は、麻耶がうなずくまでここを通さないから！」
「なんでそんな張りきってんの。わけわかんない。もう」
　私たちのやり取りはずっと平行線のまま。
　それでも私はめげずにじーっと麻耶の顔を見つめて、「せめて今日だけでも！」と強気なお願いだ。
「ね？　麻耶」
「…………」

頑(かたく)なにそこをどかない私に麻耶はしばらく黙ったあと、視線をそらし「はぁ」とため息をつく。

そして、

「……いいよ」

たったひと言、そうつぶやいた。

「いいの!?」

「……今日だけだから」

今日だけか。

自分で言っといてなんだか、そう言われるのは手厳しさを感じる。

でもいまは、今日だけでもいいや。

だってうなずいてくれた。

それがうれしいから。

「本当!? ありがとう! 麻耶!」

一緒に下校するなんて、昔はあたり前だった。

それも含(ふく)めて学校生活みたいなもので。

けど、いまの私にとってそれはあまりにも特別で。

麻耶がうなずいてくれたことがこんなにもうれしくて。

それだけで、私はまだまだがんばれそうな気がしちゃうんだ。

麻耶はこんな私の気持ち、知らないでしょう?

学校から駅までは徒歩10分ほど。

その道のりを、私と麻耶は並んで歩く。

なつかしいな。こうしてとなりを歩いて一緒に下校する

の。
　よく『ラブラブだー』なんて冷やかされたりしたっけ。
　それでも麻耶はそんな冷やかしなんか気にもせず、毎日『一緒に帰ろうよ』って言ってくれたよね。
　いま思えば、昔は麻耶のほうから誘ってくれてたんだよ。麻耶は覚えてる？
「麻耶、今日のご飯なに食べたい？」
「……なんでもいいよ」
　それが一番困るんだよなぁ……。
　あ、そうだ。
「そう。じゃあ、今日はピーマンの肉づめにしよっかなー」
　私はわざとらしく笑ってそう言った。
「は？　なんで？　やだよ」
　麻耶は"ピーマン"という単語にすかさず立ちどまると、顔をしかめた。
　そう、麻耶は昔からピーマンが大の苦手なんだ。
「どうして？　なんでもいいんだよね？」
「なんでもいい……けど、ピーマンはやだ。絶対無理。やめて。だったら今日食べない」
　ちょっと意地悪に笑ってみせると、麻耶は嫌そうなどこか困ったようなそんな表情をし、頑なにピーマンを否定。
　クール男子になってしまっても、そんなところは変わってないんだ。
「あははっ。かわいい」
「……笑わないで。ウザいよ」

「麻耶のピーマン嫌い変わってないんだね」
「なんでそんな変なこと覚えてるの？　ていうか、覚えてるなら聞かないで」
　覚えてるよ。あたり前じゃん。だって、麻耶のことだもん。
　どんな小さなことだって。どんな昔のことだって。
　麻耶のこと、一つひとつ私はちゃんと覚えてるよ。
「それなら麻耶、一緒にお買い物行こうよ」
「やだよ。めんどくさい。『それなら』の意味がわかんないし」
「じゃあ、本当にピーマン買ってきて肉づめにしちゃうよ？　いいの？」
「……今日の明菜は一段とムカつくね。なんなの」
「へへっ。そうかな？」
　私の思惑通り、麻耶は夕飯がピーマンの肉づめになるくらいならと、一緒にお買い物に行くことを選んだ。

　私たちが向かったのは、家から一番近いスーパー。
「麻耶、今日オムライスにしようか？　卵安いし」
「ん」
　とても短い返事が返ってくる。
　ピーマンの肉づめは断固反対だが、オムライスは賛成らしい。
「牛乳切らしそうだし買ってこうかな。安いし。んー。でも、私たちあまり牛乳飲まないし切らしてからでいいかな」

"必要なものを必要なだけ"がモットーだ。
「明菜、お母さんみたいだね。いつもそんなふうにぶつぶつ独り言言いながら買い物してるの?」
「え? 私、口に出てた!?」
「出てた、出てた。思いっきり」
　……恥ずかしい。
「い、いつもね……なるべく安く済ませるけど、でも麻耶には絶対おいしいものを作ってあげたいなって思いながらお買い物するんだよ。でも、毎日私の作るご飯をおいしいって思ってくれてるか心配で……」
　私はちょっと恥ずかしくなって、視線を落としながら笑う。
　そんな私に、麻耶は「……そう」とつぶやくと視線をそらした。

　買い物を終えてスーパーを出ると、麻耶が「貸して」と私から買い物袋を奪う。
「あ、私が持つよ! 重いでしょ?」
「いつもこんな重いものひとりで持ってるの?」
「え? あ、うん。それが私の仕事だから」
　なんで、そんなこと聞くんだろう?
　結局麻耶は、家まで荷物を持ってくれた。

　私は制服から部屋着に着替え少し休憩すると、さっそく夕飯作り。

麻耶はというと、帰ってきてすぐに寝室に行ってしまった。
　しーんと静かなリビング。
　あるのは包丁がまな板にトントンとあたる音だけ。
　寂しい……。あのドアを開ければ麻耶はいるのに。
　あまりにも静かで、まるでひとりで暮らしてるみたい。
　……寝室でなにしてるんだろう。
　玉ねぎを刻みながら、ぼんやりと寝室のドアを見つめる。
　……って、そんなこと考えちゃダメだ。
　年頃の男の子が部屋でひとりでなにしてるのかなんて考えるのはご法度。
　いくら幼なじみで、同居中でも、プライバシーだけは侵害しないと決めている。
　しばらくしてふたりぶんの料理ができた。
　今日のメニューは野菜サラダとコンソメスープ、それにオムライス。凝った料理なんかじゃないけれど、真心だけはたっぷりだ。
「麻耶ー。ご飯できたよ」
　遠慮がちに寝室のドアをノックする。
「一緒に食べ……ないですよね」
　相変わらず返事はない。
「でも、私……たまには麻耶と一緒に食べたいなぁー。なんて」
　あぁ、ひとりでしゃべってるよ、私。
　むなしい。むなしすぎる。

そりゃあ、一緒には食べたいけれど。

今日は一緒に下校してくれて、お買い物まで行ってくれたんだ。

それだけですごい進歩なわけで。

あんまり欲張っちゃダメだよね。

麻耶にも食事を食べるタイミングや、時間の過ごし方があるだろうし。

いくら本気を出すと意気込んだからといって、ご飯を食べる時間まで決めちゃうのはウザいもんね。

私は「はぁ」とため息をつくと、ひとり席に着いた。

「いただきます」

リビングには私だけの声が小さく響く。

オムライスを口に運ぶ。

……うん。我ながら上出来だ。

けど、なんでだろ。全然おいしくなんか感じない。

いつもいつもこうしてひとりきりの寂しい食事。

ねぇ、麻耶……。一緒に食べようよ。

一緒に席に着いて、たわいない話して。

『おいしいね』って。それだけでいいんだよ。

あぁ、そうだった。

私、麻耶に嫌われてるんだった。

下校も買い物も付き合ってくれたけど、内心はきっと……ウザいと思ってるだろう。

そんなの、一緒に食べてくれるわけないじゃんね。

……ダメだな。

せっかく千晶が応援してくれてるのに。
　さっきあきらめないと決めたはずなのに。
　また、自信をなくしそうになってる。
「っ……」
　思わず、涙が落ちそうになった。
　スプーンをお皿の上に置くと、うつむき肩をふるふる震わせる。
　泣いちゃダメだ。
　こんなことで泣いてたら、きっとこれから耐えられない。
　だから、泣いちゃ……。
「……どうしたの」
　……え？
　不意に頭上から声がした。
　そっと顔を上げ、目を見開いた。
　だって、いつの間にか麻耶がいたから。
　麻耶はテーブルに片手を置きながら私の顔をのぞきこむ。
「泣いてるの？　明菜」
「あ……」
「俺が泣かした？」
『ちがう』と言おうとしても、言葉が出てこない。
　麻耶を見上げながら、私はついにポロポロと涙をこぼす。
「ど、どうしよう麻耶……。涙、止められ、ない……」
　壊れたみたいに次々あふれる涙を腕でゴシゴシぬぐう。
　なんで、麻耶の顔を見ただけでこんなにも涙が止まらな

いのだろう。
「……泣くなよ」
　──ポン。
　私の頭の上に、つぶやくような声とともに麻耶の手が置かれる。どこか優しい手つき。
「……頼むから泣かないでよ」
　触れられたことに少し驚いていると、麻耶は私の前に座ったので私はまたもやビックリして目をまん丸にした。
「……麻耶……？」
「なに」
「一緒に食べてくれるの……？」
「ダメなの？」
　嘘……。本当に？
「ダメじゃ……ダメじゃない！　一緒に食べたい！」
「じゃあ、問題ないじゃん」
「うん！　ない……！　問題ない！　麻耶が部屋から出てこないから、また一緒に食べられないと思ってたから、うれしいっ」
　麻耶が一緒にご飯を食べてくれる。
　たったそれだけのことが、こんなにもうれしくて。
　今度は泣きながら笑った。
「人を引きこもりみたいに言うなよ」
「だって……。麻耶が部屋から出てこないから」
「課題、してた。学校の」
　……課題？

「明菜がいつも家事とかやってくれて、自分の時間なくて、毎日夜中にあわてて課題してるの知ってるから」
「え……」
「俺は家事とか料理とか全然できないし……。だから、せめて俺が先に課題をやっていれば明菜はそれを写せるでしょ」
　それって……。
「けど、前の学校と教科書の内容が全然ちがうから苦戦してて」
「……麻耶」
「でも、ちゃんと終わらせたから。これからは俺の写していいから。夜中まで起きてなくていいから」
　ねぇ。それって、私のために……？
　私が夜遅くに課題をしていることに、気づいてくれていたの？
「明菜が一緒に食べたいって言うからなるべく早く終わらせたつもりなのに、明菜は泣いてるし……。焦った。そんなに一緒に食べたがってたなんて知らなかった」
　また、不意にそんな優しさ。
　麻耶が家に帰ってきてすぐ寝室に行っちゃったのは、私と一緒の場所にいるのが嫌だからなんだと思った。
　けど、本当は……。
　家に帰ってきてひと息つく間もなく、私のために課題をやってくれていたんだって。そううぬぼれてもいいよね？
　だって麻耶……制服のままだもん。

「麻耶、ありがとうっ……。優しい、ね……」
「……なんでまた泣くの」
　麻耶がそっと私の涙を指でぬぐう。
「明菜に泣かれると困るの。俺は明菜を泣きやませる方法を知らない」
　困ったようなその声。
「だって明菜は……いつだって俺の前ではバカみたいに笑ってたから。明菜がいまみたいにずっと泣いてたのは、俺が引っ越すときだけだったから」
　どこかなつかしそうなその表情。
　なんで、それ……。
「っ……。麻耶、覚えてたの……？」
「あんな人前で子どもみたいに泣きじゃくってる姿、忘れるほうが難しいよね」
　……ずるいよ。そんなの。
　ふたりが一緒にいたのはもう4年も前のことだって、冷たく突きはなしてきたくせに。
　麻耶の前では私がいつだって笑顔だったこと。麻耶から引っ越すと聞いた日から引っ越し当日まで、私が毎日のように大泣きしたこと。
　ちゃんと覚えているじゃん。
「そろそろ食べていい？」
「あ、うん。どうぞっ」
　私は、ゴシッと服の袖で目をこすると、首を縦に振り笑った。

「……いただきます」
「うん！」
　麻耶は手を合わせスプーンでオムライスをすくい口に運ぶ。
　その姿をじーっと見つめる。
「……見すぎだよ」
「あ、ごめん……」
　あわてて我に返り、私もオムライスをパクパク口に運ぶ。
　感想聞きたい。感想聞きたい。感想聞きたい……。
　平静を装いながらも、頭の中はそればかり。
　すると、麻耶はそんな私になにかを察したのか。
「……おいしいよ」
　そう言って、
「心配しなくても明菜が作るご飯、ちゃんとおいしいから」
　私の欲しかった言葉をくれたんだ。
「ほ、本当にっ……？」
「本当。嘘じゃない」
『毎日私の作るご飯をおいしいって思ってくれてるか心配で……』
　麻耶が答えてくれた。
「会わないうちに料理うまくなったね」
「……っ……」
　あぁ、ダメだ。また泣きそうになってる。
　麻耶が優しい声でそんなこと言うから。
　こんなささいなことがこんなにもうれしいなんて。

「また泣いてるの？　俺がなにしても泣くじゃん」
「だって、麻耶から『いただきます』って、『おいしい』って聞けたからっ……」
「はぁ？　じゃあまさか、これから毎日そんなふうに泣くつもりなの？」
　え？　毎日……？　それって……。
　これからは毎日一緒にご飯を食べるからって。
　そう言ってるように聞こえちゃうよ……？
「こ、これからは一緒に食べてくれるの……？」
「……ダメなの？」
　うれしい。本当にうれしい。
「ダメじゃ、ダメじゃない……！　うれしい！　一緒がいい！　約束だよ！」
「……あっそ」
　そう言うと麻耶はプイッと顔を背けた。
　今日がんばってよかった。
　麻耶の態度は、まだどこかとげとげしいけれど。
　きっとこれから少しずつ変わっていける。
　そしたらきっと……。
　また前みたいに麻耶は笑ってくれるはずだから。
　たった4年間で大きく空いたこの穴を、埋められる日が来るまで……。
「これからもっとよりに腕をかけて料理がんばるね！」
「"腕によりをかけて" ね」
　麻耶はあきれたように顔をしかめたけど。

私はあきらめない。
そう心に決めたんだ。

2章

だって、あの頃とはちがうから

「麻耶ー。おはよう。朝だよー」
　同居を始めて、初めて麻耶と一緒にご飯を食べた日からいくらか経ち、5月に入った。
　あれからとくにこれといった変化はない。
　毎日夜ご飯を一緒に食べてくれるようにはなったけれど、やっぱり家では最小限の会話しかしない。
　学校でも、私と一緒にいるのを嫌がってるように見える。
　けど、それでもあきらめないと決めたから。
　ちょっとずつがんばろうと思う。
「麻耶ー。起きて。もう7時半だよ。遅刻しちゃうよ」
「や、だ……。眠い……」
「えー……」
　どうやら今日はまだ眠りたりない様子。
　とっくに起きた私は、お弁当を作りながらちょくちょく麻耶をこうして起こしているが、まるで起きない。
　しまいには毛布を頭までスッポリ被ってしまった。
「麻耶ってばぁ」
　うー。このまま放っておいたら絶対学校に遅刻しちゃうのに。
　あ、そうだ。
「麻耶、起きないと今日の夜はピーマンの肉……」
「……またそれ」

言い終わる前に、麻耶が毛布から顔を少し出し不機嫌に私をにらむ。
　あれからなにかとピーマンを脅しに使っている。
　これをすれば……。
「さあ、起きよう」
「……ウザ。なんでそんな生意気なの？　居候の分際で」
　麻耶は素直に言うことを聞いてくれたりするんだよね。
　寝起きは不機嫌MAX。
　毛布を剥ぎソファから起きあがると、麻耶は少し寝癖のついた髪をかきあげながら小さなあくびをひとつした。
　極度のピーマン嫌いも。
　たまに朝こうしてぐずるところも。
　きっと、一緒に暮らしている私しか知らない。
　ようやく麻耶が支度を始めたので、私はお湯をわかし始める。
　そして、麻耶が制服に着替え髪を軽くセットし終わる頃に、入れたてのアップルティーを差し出す。
　……まさに気のきく主婦って感じ？
「麻耶、今日お弁当持っていってくれる？」
　洗濯、お弁当作り、麻耶を起こすという朝のひと仕事が終わったので、私もソファに座ってアップルティーを飲みながら聞いてみる。
　ちなみに、麻耶は朝ごはんを絶対食べない。
　朝は食欲がないらしい。
「うん」

白いシャツの袖をまくって、黒のベストを着用し、ネクタイを首にかけただけの状態の麻耶は、アップルティーを飲みながら短い返事をしてくれた。
「今日はね、唐揚げ入れたんだよ」
「そう」
「あ、冷凍じゃないよ！　朝から揚げたよ！」
　麻耶がお弁当を持っていってくれるようになったのはつい最近だ。
　麻耶が持っていかないとわかっていても毎日懲りずに作っていたらある日、
『もったいないから持ってく』
　と言ってくれた。
　決して私のお弁当が食べたいからという理由ではない。
　いいんだ、それでも。
　理由はなんであれ、麻耶が私の作ったお弁当を食べてくれるだけで私はうれしいもん。
「ごちそうさま」
　アップルティーを飲み終えた麻耶はネクタイを結びながら「そろそろ出るから」と立ちあがる。
「あ……。もう、そんな時間か。私は遅れて出ればいいんだよね……？」
「……うん」
「一緒にも帰れない……よね」
「そう言ったよね」
　麻耶は私と一緒に登下校することを頑なに拒んでいる。

ピーマンを脅しに使っても、これだけは折れてくれない。
　この間までは、なぜ嫌がるのか深くは考えなかったけれど……。
　きっと、私と一緒に暮らしていることがまわりに知られるのが嫌なのだろう。
　大嫌いな女と同居ってだけでも憂鬱なのに、それがバレたらたまったもんじゃないもんね。
「じゃあ、また学校でね！　気をつけてね！　行ってらっしゃい！」
　私は平気なふりをして手を振って麻耶を見送った。
　その数分後に私も家を出る。
「一緒に行きたかったなぁ……」
　駅までの道のりを歩きながらポツリとつぶやく。
　麻耶がいなければ口にできる本音。
　でも、私はあきらめないよ。
　一緒に同居しているってまわりに知られても麻耶が恥ずかしくない、できる女になれば、いつかきっと……。
　きっとまた、昔みたいに『一緒に帰ろう』って言ってくれるはずだから。それまで少し寂しいだけだ。
「よし、がんばろ！」
　マイナス思考は捨てさり、グッと拳を握る。

「あ、千晶！　おはよう！」
　学校の目の前で千晶を発見した。
　私はあわてて千晶の背中を追いかけると、ポンと肩に手

を置いた。
「おー。って、お前またひとりで登校してるのかよ。麻耶は？」
「え？　あ、うん……。麻耶は先に行っちゃった」
　私はハハッと苦笑すると、そのまま千晶の横を並んで歩く。
「明菜、お前大丈夫か？」
「え？　なに？　なにが？」
「家で麻耶に冷たいこと言われたりしてない？　あとはなんか……へ、変なこととか……」
　変なことって……。またその心配？
「あはは！　大丈夫だよ、千晶が心配するようなことはなにもないから」
「なら、いいけどさ……」
　本当、心配性だなぁ。千晶は。
「最近ね、ちょっとずつだけど距離を縮められてるんだよ。夜ご飯も一緒に食べてくれるようになったし！」
　まぁ、0.01ミリくらい縮まっただけ、だけど……。
「けど、登下校は拒否られてんじゃん」
「う……」
　痛いところを突かれて言葉がつまる。
　……それはいまからがんばるんだもん。
「なんかさぁ……」
　千晶はどこか寂しそうな、不満そうな表情を私に向ける。
「明菜、最近麻耶のことで頭がいっぱいって感じだな」

「……そ、そうかな?」
　うん。たしかにそうかもしれない。
　一緒に暮らすようになってからはとくに。
「麻耶がこっちに戻ってくる前までは、俺らたまに一緒に登下校してたじゃん?」
　そう嘆き「そんなに麻耶が大事?」なんて冗談交じりで笑う。
「あ、ごめん。変なこと言った」
「え?　あ、ううん」
「にしてもアイツ……。本当なんであんな変わっちゃったんだろうな」
　千晶は我に返ると話をそらしてしまった。
　この間から千晶……なんか少し変?
　私の気のせい?
　気になったけど、千晶が「なんでもない」って言うから私も深くは考えなかった。
　学校に着き、玄関でローファーから上履きに履きかえていると、「あ、やば」と千晶がなにか思い出したかのようにスクールバッグの中をあさりだした。
「どうしたの?」
「今日の朝までに提出の課題出すの忘れてた。いまから職員室行ってくるわ。悪い、先に教室行ってて」
「はーい」
　千晶がパタパタと急いで職員室へと走っていく。
　私も早く教室に行こうとローファーをげた箱にしまった

途端、今度は「ねぇ」と誰かに声をかけられた。
「あなたが五十嵐さん？」
　その声に顔を上げる。
　そこには、いつの間にか私を取りかこむかのように立っている他クラスの女子数名。
　な、なに？
「あ、はい。そうですけど……」
「ちょっといまから付き合ってくれない？」
　……へ？　つ、付き合う？　どこに？　なにしに？
「え、あの……。もうすぐチャイム鳴りますけど……」
　突然の出来事にビックリしすぎて、同い年なのに思わず敬語で話してしまう。
「すぐに終わるから。ほら」
「あ、ちょっ……」
　グイッと強引に腕を引っぱられる。
　どこに連れてかれるの……!?
　もう私は、されるがままに女子たちの後ろをついていく。
　そして、連れてこられたのは使われていない空き教室だった。
「あ、あの。なにかご用ですか……」
　チャイムも鳴ってしまい、呼び出された理由もわからず恐る恐る口を開く。
　私、なにかしたっけ？
　この人たちと同じクラスになったことも関わったこともないし……。

こんな呼び出されるようなこと、した覚えないんですけど……。
　平静を装うも、内心はパニック状態。
　そんな私を見ながらひとりの女子が口を開く。
「五十嵐さんさ……成海君とどういう関係?」
「……へ?」
　な、成海君?　それって麻耶のことだよね?
「ど、どういう関係って……。同きょ……あ」
　つい『同居人です』と言ってしまいそうだったが、とっさに口を閉じた。
　麻耶は私と同居してるのを誰かに知られたくないみたいだし……。
「……幼なじみ、です」
「ふーん?」
　幼なじみという答えに納得していないのか、疑いのような目を向けられる。
　もしかして……麻耶のファンとか?
　中学生のときにもこういう人たちいたっけ。
『麻耶君と近すぎだ』って先輩(せんぱい)に呼び出されたり。
　そのときは麻耶が何度も助けてくれたけど……。
　いまここにはいない。
　いや、きっと……もう私のことなんか助けてくれないのだろう。
「ただの幼なじみってだけで、付き合ってるんじゃないんだよね?」

「も、もちろん！」
　私は彼女(かのじょ)たちに変な誤解をされぬように首を縦にブンブンと振った。
「じゃあなんでいつも成海君にベッタリくっついてんの？」
「本当、邪魔なんだけど。この間も一緒に帰ってたよね？」
　あぁ、やっぱり……。
　中学生の頃と同じパターンだ。
　麻耶といることで、また目をつけられてしまった。
　とりあえずここは……。
「す、すみません！　以後気をつけます！　さようなら！」
「あ……！」
　逃げるが勝ちだ。
　私は隙(すき)をついて空き教室から飛び出すと、一目散に教室へと走った。
　その日はできるだけ教室から出ることなくビクビクしながら過ごした。
　千晶に相談する？
　いや、ダメだ。千晶にはこれ以上心配をかけられない。
　かといって麻耶にも言えない。
　またうっとうしがられちゃう。
　そもそも私……。相談する相手が麻耶か千晶かの二択(たく)って、友達いなすぎじゃないだろうか？
　こんなところで、相談のできる友達のひとりやふたりくらい必要なんだって思いしらされる。

それから数日。
　完璧にあの子たちに目をつけられてしまった私は、嫌がらせを受けていた。
　上履きを隠されたり、どこで私のアドレスを入手したのか悪口の書かれたメールを送ってきたり……。
　やることがネチネチと陰湿で、地味にストレスのたまるやり方。
　高校生になってもこんなことする人がいるんだ。
　一歩まちがえたらイジメだよ。
　まだこれといった大きな被害はないし、別に平気なんだけど……。
「はぁ……」
　やはり、嫌なものは嫌。
　さっきからため息が止まらない。
　誰にも相談できないからなおさら。
　チラッと視線をお皿から麻耶へと移す。
　せめてこの時間だけでも笑っていたいのに。
　麻耶といるときくらい笑っていたいのに。
「……なに？」
「え？」
　麻耶が食べる手を止めて私を見る。
　不意に視線が合ったので、思わずビックリしてしまった。
「ため息ばっかついてる」
「あ、え……。いや……なんでもないよ！」
「じゃあ、どうしたの」

な、なんで今日に限ってそんなにたくさん聞くの……？
いつもはほとんど話なんか振ってこないのに。
「どうして言わないの」
黙りこむ私に、麻耶が再度問いかける。
『どうして』なんて言わないでよ。
「明菜。答えて」
「……っ。だって……だって麻耶はもう、私が聞いてほしい話を聞いてくれなくなったじゃん……！」
こらえきれず、思わず叫んでしまった。
ねぇ、麻耶。
いま、私がここで『嫌がらせを受けているんだ』って言ったら、昔みたいに助けてくれる？　優しく手を取ってくれるの？
きっと、うっとうしがるんでしょう？
もっと嫌いになっちゃうんでしょう？
『めんどくさい』『千晶に言えば？』って。
そう言って突きはなすんでしょう？
「本当は、聞いてほしい話がたくさん、あるんだよ……っ」
それなら『どうしたの？』なんて聞かないでよ。
寂しくなるから。つらいから。
本当は誰よりも麻耶を頼りたいのに。
「あ……」
しまった。
私はなにをしているんだろう。
こんなの、あの子たちから受けてる嫌がらせのストレス

で感情的になって、麻耶に八つあたりしてるだけだ。
　また……。また、麻耶に嫌われてしまう。
「明……」
「ごめんね……！　今日はもう寝る！　食べ終わったら食器はキッチンに置いておいていいよ、明日洗うから。おやすみ！」
　私は麻耶の声を遮って立ちあがると、寝室へと逃げてドアを閉めた。
　これ以上麻耶といると、また変なことを言ってしまいそうだ。
　ふぅ、とため息をついてベッドに横になるとかすかに麻耶のにおいがして、なんだかぎゅーっと胸が締めつけられた。
　私はいったい……なにを悲しくなっているんだろう。
　聞いてほしいことも聞いてもらえない。
　そんなの、もうわかりきっていたことじゃん。
　麻耶がなんとかしてくれるって、もう期待はしちゃいけないのに。
　……あぁ、そうか。
　昔の麻耶は優しくて、いつだって味方でいてくれた。
　私に元気がないときは『明菜、笑って』って優しく微笑んでくれた。
　思えば、私は麻耶を頼りすぎていたんだ。
　きっと、それがダメだったんだ。
　こんなめんどくさい私だから、麻耶に嫌われちゃった。

嫌な顔ひとつしなかった麻耶の裏側を、私は知らなすぎたんだ。
　やっとわかった気がする。
　どうして私がこんなにも麻耶に嫌われてしまったのか。
　しっかりしなきゃ。
　麻耶を頼らずに自分で解決しよう。
　いつまでも思い出に甘えてないで。
　だってもう、あの頃の麻耶とはちがうから。
　いい加減、受けいれなきゃ。
　私……がんばるって決めたもん。
　こんなところで失敗なんかしたくはない。

一難去らずにまた一難

　翌日、いつものように起きた。
　麻耶はまだソファの上で寝ている。
　麻耶……毎日ソファで寝てるけど、体痛くならないかな？
　本来なら私がここで寝るべきなのに。
「あれ……？」
　昨日はあのまま寝てしまったので、食器を洗わなきゃとキッチンへ向かうと、お皿がちゃんと洗って食器棚にしまってあった。
　気を使わせちゃったかな……。
　私は心の中で「ありがとう」とつぶやくとお弁当作りを始めた。
　麻耶が起きたら『昨日はごめんね』って謝ろう。
『なんでもないからね』って。
　それで、気持ちを入れかえよう。
　女の子たちの嫌がらせは、自分ひとりで解決する。
　千晶にも麻耶にも、頼ってばかりはいられない。
　面倒ばかりかけて嫌われてしまったのなら、そういうところから直さなきゃ。
「明菜……。いま、何時……」
「あ。起きた？　おはよ。ちょうど7時だよ」
　お弁当を作っていると、めずらしく麻耶が自分で起きた。

眠そうな声で小さくあくびをしながら体を起こす。
　……昨日のこと、謝らなきゃ。
「麻耶、昨日は……」
「明菜、昨日は……」
　同時に口を開く私たちの声が被った。
「あ、ごめん。なに!?」
　私は麻耶に先に言うよう促す。
「今日は普通なの？」
「へ？」
「昨日、聞いてほしい話があるって泣きそうな顔して怒ってたじゃん」
　そんなこと、どうしてまだ聞くの？
　ひとりで解決しようと決めたばかりなのに。
「な、なんでもないよ！　昨日は本当にごめんね！　本当、なんでもない……なんでもない、から……」
　首を横に振って「なんでもない」と言いきる。
「なんでもなくて、あんな泣きそうな顔しない」
「……泣きそうな顔なんてしてないよ」
「してたでしょ。俺には言いたくないの？」
　もう、もう、もう。
　何度も聞かないでよ。
　言いたくないんじゃなくて、言えないんだよ。
　それなのに、これじゃあまるで……。
「なにかあるなら言えば？」
『なにかあるなら俺に言ってごらん』

あの頃の優しい麻耶みたいだよ。
　口調は冷たくても、あの頃となんら変わりない、優しく私を気にかける麻耶の問いかけがそこにあるような気がしてしまう。
　……ただのうぬぼれだというのに。
「ほ、本当に大丈夫だよ……！　なにかあったとしても、これからは全部自分で解決するし。もう麻耶を頼ったりしないから！」
　平静を装って、笑って見せる。
　麻耶はなにも言わず黙ったまま。
「あ……私、歯磨きしてくるね！」
　とっさにリビングから飛び出し、洗面所へと逃げた。
「言えるわけないじゃん……。また、嫌われちゃう」
　洗面所の鏡に映る自分を見つめながら、ぽつりと力なくつぶやく。
　鏡の中に映る私は、なんだかとても寂しそうな顔をしていた。

　学校ではいつもとなんら変わりない一日を過ごした。
　相変わらず嫌がらせは続いていて、私はそれを誰にも悟られることなく、平気なふりして過ごしている。
　……つもりだった。
「お前、嫌がらせされてんの？」
「へ……!?」
　ビックリした。

だって、千晶がいきなり図星を突いてくるから。
「嫌がらせ!?　なんのこと？」
　思わぬ質問に挙動不審になりながらもとぼけたふりをするが、千晶は「それ」とつぶやくと、視線を私の足もとへと移した。
「なんでスリッパ？」
「あ、それは……ですね……その……えっと……」
　とっさに千晶から視線をそらす。
　上履きを嫌がらせによって隠されてしまったので、代わりに先生から借りたスリッパを履いている。
　まさか、こんなところを見られていたなんて。
　けど、それだけでどうして私が嫌がらせを受けているってわかるの？
「明菜、よく玄関のゴミ箱をあさってなんか捜してんじゃん？　あれって、上履き捜してんだろ？　隠されたんだろ？」
「それは……」
「スリッパ履いて、ゴミ箱の中捜してる姿見ればそれくらいわかるから」
　千晶、気づいてくれてたの……？
「明菜、俺に言えよ」
「本当、なんでもないよ」
「明菜」
「……っ」
『なんでもない』で言いとおそうと思ったが、ちょっと大

きめの声で千晶に名前を呼ばれて肩がビクッと揺(ゆ)れる。
「俺に隠し事はすんなよ。俺、明菜が麻耶と暮らしてるってだけでも心配なんだぞ？　今日だって元気ないし。これ以上俺の心配事を増やすなよ」
　千晶が真剣な瞳で私の顔を見つめながら「なぁ」と促す。
　本当、千晶には敵わないなぁ。
「あ、あのね……」
　私はもう観念して素直にすべてを話した。
　麻耶のファンの子に目をつけられいろいろな嫌がらせを受けていること。
　それを麻耶には言えないこと。
　きっと、こんな面倒事ばかり持ちこむ私だから麻耶に嫌われてしまったこと。
「なんでもっと早く言わないんだよ。バカ」
「だ、だってぇ……」
　千晶には心配かけたくなかったし。
「で？　どこのどいつだよ？　そんなガキみたいなふざけたヤツら、俺がこらしめてやるよ」
　若干(じゃっかん)キレ気味の千晶はポキポキと指を鳴らす。
　……な、なにする気!?
「い、いいよ！　そんなの！」
「けど、それじゃあ、お前が……」
「本当に大丈夫だから！　ね!?」
　私はあわてて千晶の腕をつかんで首を横に振った。
　別に千晶が女の子に手をあげるとか、そういうのを心配

してるんじゃないけど。
　なんか、いまの千晶怖いよ……。
「じゃあ、俺から麻耶に話してやるよ。麻耶のせいでそんな目にあってんだろ？」
「……そ、それはもっとダメ！　麻耶だけには言わないで！　それに麻耶のせいじゃないし。私が麻耶のまわりをうろちょろしてるから……」
　そうだよ。これは全部自分でまいた種。
　あんまり学校で麻耶といたら女の子に目をつけられちゃうって、中学生のときに知ったくせに。
　麻耶には大きな壁を作られてるくせに。
　それなのに私がおかまいなしに麻耶に近づいたりするから。
「お前、まさか家でもずっとそんなふうに麻耶に気を使って生活してんの？」
「ち、ちがうよ！　とにかく麻耶には言わないでよ！」
「お前なぁ……。あれもダメ、これもダメって。ワガママ」
　千晶は腰に手をあてたままあきれ顔。
「だって、もうこれ以上麻耶に嫌われたくないもん……」
「じゃあ幼なじみが嫌がらせされてんのに、それを見て見ぬふりしろって言うのかよ？」
　わかってる。千晶の優しさ。
　昔から変わらない幼なじみ思いの、私の大好きな性格。
　けど………。
「はぁ……。なら、こうしろ。やっぱり俺が明菜に嫌がら

せをしてくるヤツらに一発言ってやるよ。こんなのいつまで経っても終わらないだろ」
「け、けど……」
「それが無理なら………麻耶に言う」
　う……。それは、ずるい。ずるい、けど……。
「めんどくさくない、の……？」
「めんどくさくねーよ」
「昔から頼ってばかりだよ、私……」
「頼ってばっかでいいんだよ」
　不安げな私の問いに、千晶は笑ってすべて即答してくれた。
「でもね……。私、こんなんだから麻耶に嫌われちゃったんだよ、きっと……」
「けど、俺は嫌ってないだろ」
　麻耶がもう見せてはくれないあの優しい笑顔。
　いまは千晶が変わらず見せてくれる。
「昔は麻耶のほうが頼りになったかもしれないけど……。いまはアイツあんなだし。麻耶を頼れないなら俺を頼れよ。お前の幼なじみは、麻耶だけじゃないだろ？」
　そんなこと言われたら、なんだか鼻の奥がつーんとして、瞳がうるうると潤んでくる。
「もう、千晶ぃぃぃ！　ありがとぉ……！」
「バカ！　泣くなよ！」
　感極まって思わず千晶に抱きついた。
　千晶がいてくれる。それがどれだけ心強いか。

私はふたりに頼ってばかりだった。
　だから、麻耶に嫌われてしまった。
　でも千晶は、それでもいいって言ってくれた。
　麻耶が冷たくなってしまっても、私はひとりじゃないから。
　だから、がんばれるんだよ。
　私、千晶という幼なじみがいてよかった。
　それからすぐに千晶は他クラスへと行くと、私に嫌がらせをしてくる麻耶のファンの子たちに注意をしてくれた。
　かっこよくて人気があって、学校ではちょっとした有名人の千晶。
　私に嫌がらせしていることについて、まさかそんな千晶が出てくるとは思っていなかったのだろうか。
　女の子たちはおじけづいた様子で「ごめんなさい」と謝ると、「もうしないから」と約束をしてくれた。
　それからピタリと嫌がらせはやんで、隠された上履きも返ってきた。
　いとも簡単に戻ってきた平凡(へいぼん)な学校生活。
　ひとりでなんとかするとは言ったが、どうすればいいのかわからなかった私に手を差しのべてくれた千晶のおかげだ。
　これで、もう大丈夫。
　そう、思っていた。

　ある日の放課後。

「明菜、悪りぃ。いまから急ぎの用事があって今日は一緒に帰れないわ」
「あ、そうなの？　全然大丈夫だよ」
「最近はなんにもされてないみたいだし、大丈夫だとは思うけど……。なんかあったらすぐ連絡しろよ！　じゃあな！」

　それほど急ぎなのか、千晶は手を振ると騒がしく教室を出ていく。
　今日は久しぶりにひとりで下校かぁ。
　最近は"護衛"だなんて冗談を言う千晶と、駅まで一緒に帰っていたからちょっと寂しいかも。
　でも、千晶のおかげで私は何事もなく学校生活を送っている。
　本当に千晶には感謝してもしきれないや。
　私も帰ろうと思ってスクールバッグを肩にかけて立ちあがると、ちょうど麻耶も教室を出るところだった。
「麻耶！　今日のご飯はなにがいい？」
　こんなにも近くにいるのに、まだ一緒には帰ってくれないから。
　でもせめて、こんな会話だけでも……と思い、まわりに誰もいないことを確認してから麻耶に話しかけた。
　でも麻耶は、それに答える代わりにどこか冷たい視線を私に投げかけてきた。
「もう大丈夫なんだ？」
「え……？」

「この間から様子がおかしかったの。もう大丈夫なの？って聞いてんの」
　二度も言わせるな、とでも言いたげなちょっといら立った声。
　予想外の質問に思わずピタリと体が固まってしまったが、すぐに「う、うん！　大丈夫！」と笑ってうなずいた。
「心配かけてごめんね！　もう大丈夫だから。麻耶は気にしないで！」
　もう麻耶に泣きつくことも、頼ることもしないよ。
　面倒もかけないし、心配もかけない。
　あの頃とはちがう。ちゃんとわかってる。
　だから……。
「……俺が気にするほどでもない？」
「え……？」
　ニコニコと笑って見せる私とは反対に、麻耶が向けてきたものに私はまたも笑顔のまま固まった。
「千晶が全部解決してくれた？」
　それは、抑揚のない声と、
「千晶には話したんだ？　俺には言えないこと、千晶になら言える？」
　冷たさの中に見える、どこか不機嫌な表情。
「千晶に言えば全部解決してもらえるんだ？　４年間ずっとそうしてきたの？」
「麻耶……？」
「相変わらずバカみたいに優しくて、面倒見のいい千晶の

ほうが頼りになるもんね。千晶はなにも変わってない」
　いきなりどうしたの……？
　とまどう私などおかまいなしに、麻耶は言葉を続ける。
「……俺がいなくても、ちゃんと幼なじみ成りたってんじゃん」
　どうしてそんなこと言うの？
　本当は誰よりも麻耶に聞いてほしかったよ。助けてほしかったよ。
　だけど、我慢したんだよ。
「麻耶がいなきゃ、幼なじみなんて成りたたないよ……！ だってね、麻耶。私は……！」
「あー。ごめんね。俺がそうさせたんだね。いいよ、もう聞かないから。全部千晶に言えばいいよ」
　ねぇ、やだよ。そんなふうにあしらわないで。
　麻耶は私の声を遮ると、少し目を伏せる。
　長いまつ毛に隠れて、その瞳がなにを映しているのかわからない。
　そして再び視線を私にやると、
「もう俺らさ、同居とかしなくてもいいんじゃない？　そもそもなんのためにしてるの？　幼なじみは千晶だけじゃダメなわけ？　千晶が明菜の一番近くにいてくれてるのに」
　そんな氷のように冷たい言葉を吐いた。
　どうしてここで、同居の話まで出てくるの？
　どうしてそんなに不機嫌なの？

どうしてそんなに………、
「俺がいなくても大丈夫じゃん。明菜は」
　　寂しい言い方をするの？
「なんで……？　なんで、そんなこと言うのっ……。なんで……」
　　途切れ途切れの言葉。
　　麻耶の言葉があまりにもショックで、油断したらいまにも涙が落ちてきそう。
　　ここで泣いちゃダメだ。また、嫌われちゃう。
「どうして泣くの」
　　必死に泣くのをこらえていると、静かな声が降ってくる。
「俺の言葉に泣くくらい傷ついてるくせに、どうして俺のそばから離れようとしないの」
　　どうして？　そんなの聞かないでよ。
　　答えはひとつしかないに決まってるじゃん。
　　麻耶が大切だからだよ。
　　冷たくても、嫌われていても。
　　それでも麻耶を大切に思っているからだよ。
　　それなのになんで、自分がいなくてもいいなんて言い方するの？
　　麻耶がいなくてもいいなんて。
　　そんなこと誰が言ったの？
　　ずっとそう思っていたの？
　　あの笑顔の裏側で、私たちのそばで、そんな悲しいことを思っていたの？

「私はっ………」
　とうとう我慢できずに涙を落としてしまい、バッと顔を隠した。
　泣いてしまった私と、無言の麻耶。
　しばらくの間沈黙が走って。
「……だから、嫌だったんだよ」
　止まらぬ涙を懸命にぬぐっていると、聞こえるか聞こえないかの声が耳に届く。
「だから嫌だったんだ。明菜に会うのは。そうやって泣くと思ったから」
　そして、また悲しい言葉を言い残し麻耶は教室を出ていってしまった。
　麻耶がいなくなり、ひとり立ちすくむ。
　この間からずっとそう。
　冷たく突きはなしてくると思えば、『どうしたの？』って何度も聞いてきて。
　かと思えば、いままた『もう聞かない』って冷たくして、悲しい言葉をたくさん吐いてきて。
　麻耶の考えていることがわからない。
　私が話したら聞いてくれたの？
　嫌われないために我慢していることが、どうして麻耶をあんな顔にさせてしまうの？
　麻耶がいなくてもいいわけないじゃん。
　そんな悲しいことばかり言わないでよ。
『俺がいなくても大丈夫じゃん。明菜は』

いままで麻耶に言われてきた言葉の中で、一番悲しくて、寂しくて、傷ついている。
　同居を始めて1ヶ月以上が経ったのに。
　どうしてこんなにも、私たちの距離は遠いままなのだろう。
　しばらく動かなかった体を無理やり動かして教室を出る。
　家に帰ったら麻耶とどんなふうに接すればいいのだろう。
　麻耶が考えていることの全部がわかればいいのに。
　麻耶から言われた言葉のショックが癒えぬまま、深いため息をつきながら廊下を歩く。
　すると。
「つっかまえたー」
　突然、後ろからグイッと腕を引っぱられバランスを崩した私の体が壁にぶつかった。
　聞き覚えのある声に、恐る恐る後ろを振り返る。
「久しぶりだね？　五十嵐さん！」
　そこには、いつぞやの麻耶のファンの皆様の姿が……。
「五十嵐さん、淡島君を使ってうまく切りぬけたつもり？　まさか私たちが本当に反省してるとでも思ってるの？」
「成海君にべったりだと思ってたら、淡島君もキープして。五十嵐さんってただの男好きじゃん。ほんっと、ムカつくよねー」
　そんな理不尽な言いがかりを投げつけ、私をキッとにら

んでくる。
　千晶がいないこのタイミングを狙っていた？
　千晶の前での謝罪は上っ面の演技だった？
　そうだ。麻耶のファンは昔からすごく執着深かったんだ。
　し、しまった。すっかり油断してた。
　これは非常に、やばい……。
「あ、あの……。それでなにか……？」
　正直、いまは麻耶のことで頭がいっぱいだからそっとしておいてほしいんだけど……。
　なんて、そんなこと口が滑っても言えるはずはない。
「あのさぁー。よくもまぁ、うちらに嘘ついてくれたよねー」
　う、嘘……？
「嘘ってなんのことですか？」
「とぼける気？　まぁここじゃあれだし。こっち来てよ」
「あ……」
　ま、またですか……？
　この間同様、女子生徒たちに囲まれ連行されてしまう無抵抗な私の体。
　連れてこられた場所は前回とはちがい、いまは使われていないボロい旧体育倉庫前。
　普段まったく人が通らないこの場所は、放課後ともなると人通りは皆無。
　わざわざこんな場所をチョイスするなんて……。
　どうしよう。この間みたいに逃げる？
　でもそんなに都合よく逃げきれるだろうか？

「五十嵐さんさ、成海君とただの幼なじみだなんて嘘でしょ？」
「……へ？」
　どうにかして逃げ出そうと頭の中で考えていると、背の高いリーダー格の女子生徒が腕を組みながら私を見下ろす。
「この間の朝、見ちゃったんだよねー。五十嵐さんが成海君と同じマンションの、同じ部屋から出てくるところ」
「え、あ……なんで、それ」
「私、地元あそこらへんでさー。たまたま見かけて」
　笑顔でクルクルと髪を指先でいじっていたかと思うと、私を見てその顔から笑みすらも消す。
「わざわざ時間差で出てきたりして。ねぇ、なんで？」
　ジリッと体育倉庫の扉に追いやられる。
　前と横には女子生徒たち。後ろには体育倉庫。
　逃げられない。
「私たちさ、いつも成海君に冷たくされて相手にもされないの。それを知っていて、ただの幼なじみだなんて嘘ついたんでしょ？」
「え……？」
「嘘ついて、内心は自分だけ成海君に優しくされてるんだって優越感に浸って。本当は私たちのことバカにして笑ってたんでしょ」
　なに、それ……。
　バカになんてしてない。なんでそうなるの？

「ち、ちがう！　バカになんてしてません！　同居は隠してたわけじゃなくて、麻耶に一緒に登下校するのを嫌がられてるだけで……」
「ふーん？　やっぱり同居してるんだ？」
　あぁぁぁあ！　しまった！
　墓穴掘ってるよ……私はバカですか……？
「同居ねぇ……。あーあ。マジムカつくわ」
「わざわざ嘘ついて私たちを見下してると思ってたら、淡島君もキープしてるような女なんでしょ？　あんた。淡島君の前でも恥かかせやがって」
　彼女たちの口調が段々と荒くなる。
「う、嘘ついてごめんなさい。でも……」
「じゃあ、いますぐ成海君と別れて同居やめてくれない？　あんたがいるから相手にされないんだよ」
　どうやら、私が麻耶と付き合っているから同居しているのだと勘ちがいしている彼女たち。
　そして同居をやめろとまで言いだした。
　なんで昔から麻耶のファンは、こうも気が強くて横暴な人が多いのだろう……。
「ねぇ、聞いてんの？　五十嵐さん、邪魔なの」
　グッと握りしめた拳がカタカタ震える。
　いま、ここには自分しかいない。唯一助けてくれる千晶もいない。
　はむかうのは怖い。
　ここで嘘でもうなずいておけば、きっと逃げられる。

けど、それもこの場だけの話だ。
　弱気でいたら、結局またこの繰り返しにちがいない。
「嫌、です……」
「はぁ？」
　ぎゅっと唇を噛みしめると、顔を上げて強気な瞳で彼女たちをにらむ。
「なんで、言うこと聞かなきゃいけないんですか？」
　私は決めてるの。
　麻耶との同居生活でこの仲を修復するって。
　また、昔みたいに笑いあうんだって。
　それなのに……、
「私は、絶対に麻耶との同居はやめません……!!」
　こんな人たちに邪魔されたくなんかない。
　私は、キッパリと言いきった。
　昔みたいに麻耶に泣きつかなくたって。
　私だって、ひとりで立ちむかうことができるんだ。
「ほんっとムカつくわ……っ！　なんなの!?　あんた。大人しくしてればいいものを！」
　私の言葉にカッと頭に血が上った彼女たちが、私を逃さないように押さえつけると、体育倉庫の扉に手をかけた。
　さびついた扉が、ギギギッと音を立てて開く。
　そして……。
「マジで目障りなんだよ!!」
「……きゃっ！」
　ほんの一瞬だった。

どんっ、と体を押されたかと思えば、私の体はマットの上。
　尻餅をついた途端、ものすごいほこりが舞って涙と咳が出る。
「一生そこにいれば？」
「あ……！」
　ニヤリと笑う彼女たちが体育倉庫の扉を閉め始める。
「待って……！」
　──ガンッ。
　あわてて立ちあがり手を伸ばすも、あと一歩のところでその手は届かず。
　扉は彼女たちの手によって閉められてしまった。
「あははっ。いい様！」
「こんな場所じゃ、淡島君も成海君も来てくれないよねー？」
　外側からは鍵をかける音と、彼女たちの甲高い笑い声が。
　嘘だ……。閉じこめられた……。
「や、やめて！　出してよ！　開けて！」
　ドンドンッ！と必死に扉を叩いて助けを求めるも、開けてくれない。
　次第に彼女たちの声が遠くなっていく。
　試しに扉を自力で開けてみようとしたが、一向に開く気配はない。
　窓もないからほかに出口はない。
　真っ暗でなにも見えなくて、ほこりっぽくて。

怖くなって中から叫んでも、誰も気づいてくれない。
　もしかして、一生このまま？
　私はここで死ぬの……？
　ここで餓死(がし)やら病死やらしていく自分が思いうかび、思わずゾッとした。
「だ、誰か……!　誰かいませんかっ!?」
　偶然(ぐうぜん)誰かがここを通りかかってくれれば……そう思って叫ぶも。
　……ダメだ。
　そばに人がいる気配を感じない。
　そもそもここ、グラウンドからは死角になっている。
　場所が悪すぎる。

　体育倉庫に閉じこめられたまま、時間だけが過ぎてゆく。
　時計もないのでどれだけ時間が経ったのかわからない。
　私の叫びもむなしく、気づいてここを開けてくれる人は現れない。
　いったいどうすれば……。
　──キーンコーンカーンコーン。
「最終下校時刻となりました。まだ残っている生徒は──」
　やたらと遠くで聞こえるチャイムの音と、最終下校時刻を知らせる校内放送。
　最終下校時刻……。
　ってことは、もう７時？
　ここに約３時間も閉じこめられていることになる。

このままでは残っている生徒や先生たちもみんな帰っていく。
　本当に、私は一生ここから出られないかもしれない。
「どうしよ……っ」
　あのときその場しのぎでも『同居をやめる』って、そう言っておけばこんなことにはならなかったかもしれない。
　それなのに、なんで言えなかったんだろう。
　あんなふうに麻耶に突きはなされたのに。
　ズルズルとしゃがみこみ、体育座りをした膝に顔をうずめる。
「怖い、よ……」
　一難去らずにまた一難。
　私は今日生まれて初めて、体育倉庫に閉じこめられた。

だから、嫌なんだよ―side麻耶

『どうして泣くの』
　帰り道の足取りはいつもに増して重かった。
　電車に揺られ、ぼーっと窓にもたれかかる。
　頭から離れない。あのときの明菜の泣き顔が。
　また、泣かせてしまった。
　泣くくらいなら離れたらいいのに。
　頼んだわけでもないのになぜ離れようとしないのか。
　東京からこっちに戻ってきて、早くも１ケ月以上が経った。
　明菜や千晶に『おかえり』って迎えられ、俺は『ただいま』も言わないまま時間だけが経っていく。
　４年間という月日は、あまりにも長かった。
　中学生だったのが、いまではもう大学受験を控える高校３年生となったのだから。
　戻ってきたこの町は、なんにも変わっていなかった。
　建物も景色も。
　千晶も明菜も、ちっとも変わってない。
　変わってしまったのは……俺だけ。
「はぁ……」
　深いため息をつき、おもむろに制服のポケットからスマホを取り出すと１件のメールが届いていた。
　差出人は……千紘だった。

本庄千紘。
　東京で中学、高校と一緒だった同級生。
　初めての土地、しかもその場所は大都会東京という場所で右も左もわからなかった頃、声をかけてくれたのが千紘だった。
《麻耶君、元気？》
　このメール……1週間前にも送ってこなかったっけ？
　憂鬱な気分の中、フッて笑ってしまいそうな内容に、スマホに指を滑らせ文字を打っていく。
《元気だよ》
《そっちの生活はどう？　楽しい？》
《どうだろ》
《楽しくないの？》
　"楽しい？"と聞かれて"うん"と答えられるほど楽しい生活を送っているわけではない。
　けど、千紘にはあまり心配をかけたくないので《楽しいよ》とだけ送っておいた。
《そっか！　たまには東京に遊びに来てね！　幸星も会いたがってるよ！》
　幸星……。
　双葉幸星もまた、東京にいた頃仲よくなった友人のひとり。
　見た目はすごいチャラチャラしてて、いかにも東京人って感じ。
　はじめの頃は苦手だったけど、話してみると気さくな性

格で、いつの間にか幸星と千紘といつも一緒に行動してた。
　まるで、千晶と明菜と一緒にいた頃のように。
　ちなみに、幸星は千紘のことを好きなんだと思う。
　ああ見えて意外と奥手なようだったけど。
　ちゃんと告白とかしたんだろうか？
　……そんなどうでもいいことを考えていると駅に着いた。
　外に出ると、さっきまであんなにも晴天だったのに空はどんよりとしている。
　雨、降りそう……。
　この空の色、なんか嫌い。
　雲が太陽を隠して、灰色に濁（にご）った空。
　あの日の空も……こんな色をしてた。
　なんだかいろいろと思い出してしまう。
　俺は空から視線を外し、足早に駅からマンションまでの道のりを歩き家へ帰る。
　鍵を開け玄関の靴（くつ）を確認すると、明菜はまだ帰ってきていない。
　いつもなら聞こえる『おかえり』の声がない。
　しんと静まり返った部屋。
　空が暗いせいで部屋もどこか暗い。
　パチンと電気をつけて部屋を明るくすると、ブレザーを脱いでソファに腰を下ろした。
　思えば明菜と暮らし始めてからずっと、あたり前のようにあいさつの言葉を毎日聞いている。

朝起きれば『おはよう』、夜寝る前は『おやすみ』。
　俺が家へ帰ってくれば『おかえり』、明菜が帰ってくれば『ただいま』って。それらを明菜は欠かさない。
　けど、俺が言葉を返すことはなかった。
　そんなささいなあいさつのやり取りに触れるのは、あまりにも久々だった。
　東京にいた頃。いつの間にか、俺の家ではあいさつさえなくなっていたから。
　それでも明菜はいつもニコニコ笑っている。
　こんな俺に不満だって言わない。
　本心は知らないけど。
　バカだよ、明菜は。
　こんな俺となんで同居なんてしようと思える？
　４年ぶりに再会したあの日。
　俺はたしかに冷たい言葉で突きはなしたはずなのに。
　なぜあのとき、明菜を家に連れて帰ってしまったのだろう？
　自分に言いきかせていたのに。
"冷たい態度でいなきゃ"って。
　それなのに、意志があまりにも弱すぎる。
　すべてが大誤算。
　こんなつもりじゃなかったのに。
『なんで、そんなこと言うのっ……』
　あんなふうに、泣かせたかったわけじゃない。
　今日何度目かわからないため息がこぼれる。

明菜が帰ってくる前に課題を終わらせとこう……。
　重い腰を上げテーブルのほうへ移動すると、課題に手をつける。
　こっちの授業にもだいぶ慣れた。
　課題を10分くらいで終わらせ、とくになにをするわけでもなく時間を過ごす。
　そろそろ明菜が、学校帰りに買い物に寄ったあと帰ってくる時間だろうか。
　……なんて明菜が帰ってくるのを意識している自分がいて。
　それでも、外が真っ暗になっても明菜は帰ってこなかった。
　遊びに出かけてる？
　誰と？
　明菜、友達いなそうだけど……。
　千晶といるのだろうか？
　千晶と明菜は4年前と変わらず仲がいい。
　相変わらずかっこよくて、優しくて、気さくで。
　こんな俺とは正反対な千晶。
　千晶といる明菜はいつも楽しそう。
　千晶になら優しくしてもらえるんだろう。
　俺が一緒に帰ってあげないから、明菜は千晶と帰るようになったのだろう。
　最近ふたりで下校しているのも知ってる。
　俺がこっちにいない4年間。

ふたりが知らない時間を俺が過ごしたように、俺の知らない時間を過ごしたふたり。
　あの頃よりもきっと、もっとふたりの距離は縮まってるんだろう。
　別にどうでもいいけど……。
　そう思うのに。
「……遅い」
　明菜が一向に帰ってこないのと。
　明菜は千晶と一緒にいるのかもしれないのと。
　そんなことを考えると妙に落ち着かない。
　気を紛らわそうにも明菜の帰りが気になって、無意味にテレビをつけたり消したりを繰り返す。
　それでも落ち着かなくて、柄にもなく雨が降る前に洗濯物を取りこんでたたんだり、弁当箱を洗ったり。
　弁当箱を洗うのも洗濯物もいつも明菜がやってくれるから、弁当箱や明菜の服はどこにしまえばいいのかわからない。
　制服のシャツに関しては、明菜は毎晩アイロンがけをしてくれるけど、アイロンをどこにしまっているのか知らない。
　時計に視線をやると午後７時。
　いつもなら明菜はもうとっくに家にいて、キッチンに立って夕飯を作ってる時間。
　それなのにまだ帰ってこない。
　ご飯……どうしよう。

俺はおなかが空いてないけれど、明菜が誰かと一緒に食べてくるのかどうなのかもわからない。
　せめて、明菜のぶんだけでも作ってみるか……。
　俺はほとんど料理をしたことがない。
　とりあえず卵とウインナーを取り出して適当に味つけをしながら焼いてみるも、卵がフライパンに引っついてうまく巻けず、ウインナーは焼きすぎたのか焦げてしまった。
　仕方なくそれらを取り出して皿に盛ってみるが……。
「あ……」
　ガス台に置いたままのフライパンからはもくもくと煙が上がり、あわてて火を止める。
　皿にサランラップをかける頃にはどっと疲れが出た。
　料理ってこんな疲れるの？
　それを明菜は毎日やってくれている。
　卵やウインナーを焼くだけで疲れているような俺には、到底できない。
　明菜がいないと、俺は夕飯すらまともに作ることができないじゃん。
　明菜がいないと……。
「……なんで、帰ってこないの」
　午後８時に迫る時計を見て、さらに落ち着きをなくす。
　千晶といるなら、それならいいけど……。
　もしかしたらなにかあったのかもしれない。
　事故や事件に巻きこまれたかもしれない。
　はたまた、この家に帰ってくるのが嫌になったのかもし

れない。
　明菜が帰ってこないのなら。もう同居をやめたいのなら。
　それでいい。
　それでいいはずなのに。
　俺がそう言って突きはなしたはずなのに。
　当然の結果が訪れただけなのに。
「っ……」
　なんでこんなにもムシャクシャするのだろう。
　なんでこんなにも、静かな部屋をむなしく思うのだろう。
　ただ、またあの頃に戻っただけなのに。
　スマホを手に取って連絡先を開く。でも……。
　明菜の名前はない。
　まだ明菜がスマホを持っていない頃に俺が引っ越したから。
『いつか、私がスマホを買ったら麻耶の連絡先教えてね！』
『うん。約束』
　そんな約束だって、守れていない。
　仕方なく千晶の名前を選択(せんたく)する。
　千晶は俺が向こうに引っ越す前からスマホを持っていて、連絡先を交換(こうかん)してあるから知っている。
　いまでも番号が変わってないかどうかは、わからないけれど……。
　千晶に電話をかけようとして、ふと手を止めた。
　もしもいま、千晶と明菜が一緒にいたら？
　そう思うとなかなかかけづらい。

そんなことをしている間にも時間は過ぎていく。
　けど、俺は一応明菜と暮らしてる身だし、明菜がどこでなにをしているのかくらいは知っておいていいんじゃないか……。
　さんざん迷って千晶に電話をかけた。
　3コール目で『もしもし？』と千晶の声。
　どうやら電話番号は中学の頃と変わっていないらしい。
「俺。わかる？」
『わかるよ。麻耶だろ？』
　俺の問いに千晶がハハッと笑った。
　俺の連絡先、ずっと入れっぱなしだったんだ……。
　そう思っていると。
『俺の番号、消さずに入れておいてくれてるんだ？』
　と、どうやら千晶も同じことを思ったらしく、
『もう消されてると思ってたわ』
　なんて冗談交じりに笑った。
『で、どうしたんだよ。お前から電話なんてめずらしい』
「……明菜といるの？」
『は？』
「……明菜が帰ってこない。だから、明菜といるのかって。いるならいるで別にいいけど……」
　"けど、早くこっちに帰して"
　とっさに口を閉じた。
　俺……いまなにを言おうとした？
『は？　ちょっと待て！　俺、明菜といないけど!?』

「……え?」
　途端にあわてだす千晶の様子に、俺はスマホを耳にあてたまま固まる。
『俺、今日急にバイト入ってひとりで先帰ったんだわ! ちょうど今休憩中でお前の電話には気づけたけど』
　たしかに……言われてみれば明菜と千晶は教室で別れていた気がする。
　焦ったような千晶の声に嫌な予感がする。
　そのとき、
『次のニュースです。昨夜未明、○○市、○○区で女性が刃物(はもの)を持った何者かに襲(おそ)われ──』
「……っ」
　つけっぱなしのテレビから流れるニュースにハッとした。
　最悪な光景が浮かんで、サーッと血の気が引くような感覚に襲われる。
　でもそんなよからぬ考えは必死に振りはらう。
　自分の家に帰っただけなのかもしれない。
　それなら、まずは明菜の家に電話をして確認したほうがいいのだろうか?
　でも、ただ俺たちの知らない友人と出かけているだけだとして。
　それなのに家に電話をしたら、明菜の母親にどれほどの心配をかけるだろう?
　同居人のくせにそんなこと把握(はあく)してないの?って思われ

てしまうかもしれない。
　あぁ、明菜の連絡先くらい聞いておけばよかった。
「明菜……遊びに出かけるような友達いるの?」
『いや、いないと思う。てかさ……』
　千晶が一瞬口を閉じる。
「なに」
『明菜に、麻耶には言うなって言われてるんだけど……』
　心あたりがあるのか、千晶は言いにくそうだ。
　なに。なんなの。
　それって、俺には話したくなくて千晶になら話せること?
　そう思うと、こんなときなのに胸がどこかモヤッとする。
『アイツ、嫌がらせされてるんだよ』
「嫌がらせ……?」
『お前のファンみたいなヤツらに。中学の頃もあっただろ?最近は収まったから大丈夫だと思ってたけど。もしかしたら……』
　は……?
　なんで千晶には言って俺には言わないの?
「……そんなこと知らなかったんだけど」
『言えなかったんだよ、お前には。面倒かけたくない、もう嫌われたくないからって。けど、本当は聞いてほしかったんじゃねーの?』
　それじゃあ、あのとき……。
『……っ。だって……だって麻耶はもう、私が聞いてほし

い話を聞いてくれなくなったじゃん……！』
　明菜がずっと俺に言いたかったのは、このことだったの？
　バカなの？　なんでそんな変なこと気にして隠してたの？
　なんで俺は、気づけなかった？
　同じ家にいるのに。
　いつから我慢してたの？
　千晶になら頼れる。そうじゃなくて。
　千晶にしか頼れなかっただけなのに。
　それでも明菜は俺に言わず平気なふりしてたんだって、いまさら知ったところで。
　バカなのは俺のほうじゃん。
『なぁ、なんで明菜に冷たくするんだよ』
「…………」
『なんで泣かすんだよ』
　トーンの低い声がやたらと大きく俺の耳に届く。
『俺は、正直お前との同居なんていまも反対だよ。家でも泣かせてんの？　どうなんだよ？』
　まるで責められてるような感覚に、だけどすべて本当のことだから俺はなにも言えない。言い返せない。
『なんでそんなふうになっちゃったんだよ』
　知らない。
　明菜も千晶も。
『お前さ……やっぱり向こうでなんかあったんじゃねー

の?』
　なにも……知らないんだ。
　ふたりには言っていないことがあまりにも多すぎる。
　千晶の問いに黙りこむ。
　言えない、言いたくない。
『……はぁ。とにかく俺はバイト抜け出して明菜を捜しに行くから！　お前も来いよ！』
「……行かないよ、俺は」
『なんでだよ！　明菜のこと心配だから俺に電話してきたんだろ!?』
「ちがう。明菜には千晶がいるじゃん。千晶が捜しに行くんだろ？」
　……それなら俺はいらないじゃん。
「なんで俺が明菜を心配しなくちゃなんないの。元はと言えば、同居したいと言いだしたのは明菜なんだよ。それなのに、なんで明菜が帰ってこないだけで俺がそんな気を使わなきゃなんないわけ？」
　もう、昔のようにはしてあげられないから。
『じゃあ勝手にしろよ！　俺、ひとりで行くから！　お前は家で明菜の帰りを待っとけ！』
　そう言うと、千晶はなにやらドタバタとしだした。
　明菜を捜しに行く準備でもしているのだろうか。
『けどさ……これだけは言っとくよ。アイツはお前と元の関係に戻るためにすげー努力してんの。もうこれ以上お前から嫌われないように。お前の冷たい態度にも弱音なんて

吐かずにな』
　怒っているわけでもない、千晶の真剣な声。
『どんな理由があって明菜を嫌ってんのかは知らないけどさ……。お前はそれでいいわけ？』
　その問いを最後に電話が切られ、通話画面から待ち受けに切りかわったスマホの画面。
　俺はそのままソファに腰を下ろす。
　ふと、ソファの端に置きっぱなしの料理本が視界に入った。
　明菜がよくこの料理本を見ながら夕飯やお弁当のおかずを作っているのを知っている。
　開いたままのページ。
"これは麻耶の嫌いなピーマン抜きで作る！"
"麻耶が好きそう！　練習する！"
　書きこまれているのは、全部、俺のこと。
"これは、いつか麻耶と一緒に作るぞー！"
　俺のこと、ばかり。
　なんで、冷たくされてもそばにいるの。
　なんで、いつも笑ってくれるの。
　なんで、俺のせいで嫌な目にあってるくせに嫌な顔ひとつしないの。
　なんで、帰ってこないの。
　面倒ばかりかけるなよ。
　俺がいなくても大丈夫なんだって思わせてよ。
　だから、嫌だったんだよ。同居なんて。

明菜の近くにいると、揺らぐから。
　　泣かせてしまうから。
　　さっさと俺から離れてよ。
　　でも……。
　　勝手にこの家からいなくなるなよ。
　　バカみたいに矛盾する思い。
　　あの頃の決意はとてももろく。
『お前はそれでいいわけ？』
「……っ……本当、なんなの」

あまり心配させないで

　麻耶は本当に優しい人だった。
　私がその日にあった悲しい出来事や、つらい出来事を話せばいつも、
『俺がいるからもう大丈夫』
『俺がなんとかしてあげるから』
　って、そんな言葉で守ってくれた。
　いつも私の一番の味方でいてくれて、誰よりも優しくて、ときどき見せる子どもみたいな一面もかわいくて。
　そんな麻耶を……私は気づいたら好きになっていたんだ。
『お前ら本当仲いいよなー』
『できてんのかよー』
　いつも一緒にいることで、麻耶のことが好きな私はちょっとしたまわりの冷やかしが気になって恥ずかしくなってしまって。
　麻耶から一歩下がってうつむいてしまうと、麻耶は振り返り、私の手を取って、
『気にしなくてもいいじゃん。別に』
　そう笑ってつないだままの手を引っぱってくれた。
　そんな麻耶が、親の仕事の都合で東京の学校へ転校をしてしまうと知った。
　本当に急なことで、頭が真っ白になった。

いつ戻ってくるのかもわからないなんて。
離れるなんて思いもしなかったから。
一生一緒にいられる。そんな気さえしてたから。
麻耶がいなくなってしまうなんて、素直に受けいれられなくて。
『うわぁぁぁあん。やだよぉー。行かないでよ！　私も行く！　連れてって！』
お見送りの日。
私は麻耶に強く抱きついて、たくさん泣いて、たくさん困らせた。
『明菜、泣かないで。もう行かなきゃ』
『ふぅ……つぅ……や、だよ。なんで行っちゃうの……』
『……ごめんね』
私は、寂しそうに笑う麻耶に抱きついたまま泣きじゃくることしかできなかった。
『明菜』
麻耶が私の名前を呼ぶけれど、顔を上げられなかった。
そうしたら、お別れの言葉を言われそうで。
この時間を終わらせたくなくてわざと困らせた。
『明菜、顔上げて。最後くらいちゃんと顔を見せて』
"最後"
この言葉をこれほどまでに悲しく思うことがあっただろうか？
『明菜って』
『っぅ……』

再度名前を呼ばれ、麻耶の胸にうずめていた顔を上げる。
『ははっ。変な顔』
『な……っ。ひ、ひどい……！』
『うそうそ。かわいいよ』
　涙でぐちゃぐちゃな顔を見て麻耶がおかしそうに笑った。
　なんだかもう、それさえも愛おしくて。
『麻耶だけでも残ってよ……』
『無理だよ。お母さんが寂しがるし』
『私だって寂しいもんっ……』
　わかってた。
　麻耶のお母さんはひとり息子の麻耶をとても大切にしていて、麻耶もお母さんをとても大切に思っていることくらい。
　それでもワガママな私は、最後の最後まで麻耶に駄々をこねた。
『今度はいつ会えるかわからないけれど……。けど、また必ず会えるよ』
『本当に？　絶対に……？』
『本当だよ。絶対に。俺が明菜に嘘をついたことある？』
『ないっ……』
『だよね』
　まるで私をあやすかのように優しい麻耶の声が頭上から降ってくる。
『もしもまた会えたら、俺から明菜に伝えたいことがある』

『伝えたいこと……？』

『そう』

『だから、ほら』と麻耶が小指を差し出す。

『いつか会える日が来たのなら、誰よりも一番に会いに来るよ。千晶よりもね。約束』

　約束……。

『うんっ、わかった……。じゃあ、約束……』

　私もそっと手を差し出して、麻耶と小指を絡めた。

『わ、私も……！　私も、次麻耶に会えたら伝えたいことがあるから、聞いてねっ……』

『うん。聞かせて』

　お互いに"次に会えたら伝えたいことがある"と同じ言葉を交わして。

　見送る背中が遠くなってくるとまた泣けてきて、『麻耶ー！』と大きな声で名前を呼んで手を振れば、麻耶も車の後部座席から顔を出して大きく手を振り返してくれた。

　元気にしているかな？

　友達できたかな？

　寂しい思いはしていないかな？

　楽しいこといっぱいあるかな？

　次はいつ会えるかな？

　麻耶のいない４年間、そんなふうに麻耶のことばかり考えて過ごしてきた。

　麻耶に伝えたいことがある。また会えたら必ず伝えるから。今度こそ、"好き"って。

そう思っていたのに……。
『いつまで俺と幼なじみやるつもり？』
『子どもみたいにいつまでも。正直、うっとうしいよ』
　どうしてそんなふうになっちゃったの……？

　——ザーーーーッ。
　耳を刺すような音でハッと目が覚めた。
　これは……雨の音？　あ、あれ……？
　辺りを見渡す。
　目を凝らしてみても、真っ暗でなにも見えない。
　そうだ……。
　私、体育倉庫に閉じこめられてたんだ。
　いつの間にか眠ってしまっていたらしい。
　いま何時なんだろう。
　ずっと体育座りの姿勢でいたせいか、お尻が痛い。
「……夢か」
　それにしてもずいぶんとなつかしい夢を見た気がする。
　いくらあの頃とはちがうと言いきかせたって、夢なんて見てしまうんだから心は正直だ。
　なんとなく寂しくなって膝に顔を少しうずめた。
　外は雨か。
　洗濯物濡れちゃうなぁ。
　麻耶はご飯食べたかなぁ。
　麻耶は少しでも私のこと心配……。
「してくれてるわけないか……」

自嘲気味なため息があふれる。
　きっと、私が帰ってこなくてせいせいしているんだろうな。
　明日になれば誰かに助けてもらえるかな。
"一夜を体育倉庫で過ごした女"
　なんて、学校中の笑い者になっちゃうかも。
　やばい、なんか泣けてきた………。
　みじめな自分を想像してグスッと鼻をすする。
　と、そのときだった。
　――ピロロンピロロンピロピロリーン〜。
「……な、なに!?」
　突然、いまの私の憂鬱な気分とは正反対の軽快な音楽が近くで鳴り響いて、ビクッと肩が揺れた。
　は……！　スマホ！　スマホだ！
　そうだった！
　私、学校の帰りにここに連れてこられて閉じこめられたんだ。
　スクールバッグ持ってたんだし、その中には当然スマホもあるじゃん！
　初めて体育倉庫に閉じこめられた状況にパニックになって、そんなことに気づかなかった。まあそのあと寝ちゃってたんだけど。
「たしかここら辺から音が……」
　着信音がやんでしまったので、さっきまでしていた音の場所を頼りに、なにも見えない中を手探りで探す。

「あ、あった……！」
　触りなれた感触がし、それが自分のスクールバッグだと気づくと急いでスマホを取り出した。
　着信は千晶からだった。
　よく見ると留守番電話が20件ほどあって、着信履歴はすべて千晶で埋めつくされていた。
　それなのに……私ったら、寝てしまっていて気づかないなんて……。
　でも、なんで千晶からこんなにたくさんの着信が……？
　いや、いまはそんなことどうでもいい。
　スマホ画面を確認すると、もうすぐ9時になるところだ。
　私は急いで千晶に電話をかけなおした。
「もしもし？　ちあ……」
『明菜!!　お前いまどこにいんだよ!?　てか、なんで電話出ないんだよ!?』
　1コール目で千晶が電話に出たかと思うと、耳をつんざくような大きな声が受話器越しなのに体育倉庫いっぱいに広がった。
「あ、あのね。実は麻耶のファンの子に捕まって。それで、同居がバレて体育倉庫に閉じこめられちゃって……」
『はぁぁぁ!?　体育倉庫!?　お前ずっとそこにいんの!?』
「うん……」
　千晶……心底驚いた様子だ。
　それもそうだよね。
　まさか私がいまのいままでずっと体育倉庫の中にいたな

んて、思いもしなかっただろう。
『くそっ……。完璧に油断してたわ……。ごめん』
「なんで千晶が謝るの？　私がぼけーっとしてるからだよ！」
　せっかく千晶が守ってくれたのに……。
　最後の最後で結局こうなっちゃうなんて、申し訳ないのは私のほうだ。
『とにかくいますぐ行くから！　待ってろ！』
「うん。ありがとうっ」
　電話が切られ、スマホを握りしめながら千晶を待つ。
　また千晶に迷惑かけちゃったなぁ……。
　けど、これでやっとここから出られる。
　もうこんなの懲り懲りだ。
　でも……。
　30分経っても、千晶は現れなかった。
　どうしたんだろう。
　遠い場所にいたのかな。
　今日は用事があるって言ってたし。
　次第に雨と風が強くなって、さびついた体育倉庫の扉がガタガタと鳴りだした。
　ときおり変な音もする。
　ど、どうしよう……。
　なんだか怖くなってきた。
　こんなときに限って学校の怪談話とか余計なことを思い出してしまうし……。

「いや、ないないない……！」
　背筋が凍るような感覚にあわてて首を振って、よからぬ考えはかき消す。
　そもそも幽霊なんているわけないし。
　千晶だってきっとすぐに来てくれる。
　――ドンドンッ！
「ひぃ……！」
　突然、扉を強く叩く音がして体が飛びはねた。
　だ、だ、だ、誰……!?
　誰かがガチャガチャと体育倉庫の鍵をいじっている。
　そういえばこんなことを聞いたことがある……。
　悪い幽霊は生きている人間をあの世へ一緒に連れていこうとするって……。
　ま、まさか……幽霊が私を迎えに来たとか？
　じゃあ、さっき私が電話で話していたのは……千晶じゃなくて……千晶に化けた幽霊？
　……なんてパニックのあまり思考がどんどんおかしな方向へといってしまう。
　やだ、やだ、やだ！　まだ死にたくないよ！
　――ギギギッ……。
　ゆっくり体育倉庫の扉が開く。
「……や、やだ……っ……！」
　視界に映る人かげは暗くてよく見えない。
　そして、
「明菜」

その得体の知れぬかげに名前を呼ばれた瞬間、恐怖(きょうふ)は最高潮に達して……。
「やぁぁぁぁ！　おばけーー!!」
　私は、今世紀最大の大声を出しながら、そばに落ちていたボールを思いっきり投げつけた。
「痛っ！」
　腰を抜かしガタガタと震えながらぎゅっと目をつむる。
　神様、仏様、女神様。
　誰でもいいのでどうか私をこのおばけから守ってくださいっ。このおばけから……。
「誰がおばけだよ。アホ」
　……え？
「やっぱりこっちの体育倉庫にいたの」
　聞きなれた声が震える私の耳に届く。
　あ……。
　この声は……。
　千晶。
「旧体育倉庫ならそう言ってよ」
　ううん。ちがう。
「……本当、なんでこんなところにいるの」
　千晶じゃない。
「明菜」
　……麻耶だ。
　恐る恐る目を開けた先にいたのは、さっき迎えに行くと言ってくれた千晶じゃない。

よく見れば、涙でぼやけた視界でもわかる。
　頭から足のつま先まで全身雨ですぶ濡れで、濡れたせいで髪はぺたんこで。
　息を切らし、疲れたようにも、あきれたようにも、そして安心したようにも見えるその顔はまちがいなく、麻耶だった。
　私が勢いよく投げたボールがヒットしたのか、みぞおちを痛そうに押さえている麻耶。
「ま、麻耶がなんでここにいるの……？」
「はぁ……？」
　ぼうぜんとする私に麻耶は少しうつむいて、「そんなの……」と口を開くと今度は勢いよく顔を上げて……。
「明菜が家に帰ってこないから、心配したに決まってるだろ……！」
「同居人なんだからあたり前だろ!?」とめずらしく声を張りあげた。
「何時間帰りを待って、何時間捜したと思ってるの……？」
　心配……？
　麻耶が？　私を？
「どうしてそんなに驚いた顔するの。迎えに来たのが千晶じゃなくて俺だから？　千晶のほうがよかった？」
　どこかひねくれたようなその発言。
　でも。
「麻耶ぁ……!!」
　私は立ちあがるなりそのまま麻耶の胸に飛びこんだ。

「……もうバカ。本当、バカ」
　ずぶ濡れで冷えた麻耶の体。
「なんでこんな迷惑かけるの。ありえないよ。マジで嫌い」
　それなのにその体がとてもあたたかく感じるのは、
「……けど、無事でよかった」
　麻耶が迷うことなく自分の手を私の背中にまわして、抱きしめてくれたからだ。
「……ケガしてない？　明菜」
「うんっ……。してないよっ……」
　思わず涙があふれちゃうようなその声で発せられるのは、とてもとても優しい言葉。
「麻耶は……ボール、あたった……？」
「あたったよ。思いっきり。痛い。いきなりなにすんの」
「ご、ごめんなさい……。おばけかと思ってつい……」
　私、麻耶が来てくれるなんて思わなかったよ。
「もう、泣くなよ。どんだけ泣いてるの」
「だって、だってぇ……」
「なんでそんなに泣くの」
　わからないよ。
　体育倉庫に閉じこめられて怖かったからか。
　やっと体育倉庫から出られた安心感からか。
　麻耶が私のことを心配して、こんな雨の中捜しまわっていてくれたことに驚いたからか。
　それとも、麻耶の腕の中があまりにもあたたかいからか。
　わからないのに涙があふれて止まらないの。

「そんなに泣かなくても……俺がいるからもう大丈夫でしょ？」
　この優しさが、あたたかさが、夢で見た麻耶となにもかも同じで。
　私になにかあったとき、最後は麻耶が助けてくれる。
『俺がいるからもう大丈夫』
　その言葉で私を落ち着かせてくれる。
「大丈夫でしょ？って」
「うん……。うんっ。麻耶がいるからもう大丈夫っ！」
　ねぇ、麻耶。気づいてる？
　いまの麻耶、昔となにひとつ変わってないよ。
「なぁ、明菜。あまり心配させないで」
　麻耶はそう言うと小さなため息をつき、そっと私の体を引きはなして私の頬に触れた。
　そして、雨で濡れた長い指で私の涙をぬぐう。
「本当になんでこんな心配かけるの？　まぬけ」
　ま、まぬけ!?
　こんなときに、ひどい……！
　あぁ、でも、こんなまぬけな私、また嫌われてしまうかな。
　迷惑ばかりかける。
　だから私は、麻耶に嫌われている。
　今度こそ本気であの家を追い出されてしまうかもしれない。
　そう思ったらまた泣けてきて。

でも、
「嘘だよ。千晶から聞いた、嫌がらせのこと。気づかなくてごめんね。俺が言いにくくさせてたね。……俺のせいでごめん」
　麻耶は私に謝りながら少しだけ眉を下げた。
「帰るよ、家に。……俺らの家に」
"俺らの家"
　その言葉の中には、あたり前のように私がいる。
「それとも、もう嫌？　自分の家に帰りたい？　俺にあんなこと言われたから、俺のせいでこんな目にあったから、もう同居やめたい？」
　勘ちがいかな？
　いまの麻耶の顔がとても寂しそうに見えるのは。
「や、やだ！　やめたくないっ」
「俺といるの嫌じゃないの？」
「嫌じゃないもんっ」
「……そっか」
　そうつぶやく麻耶の顔が、どこか安心したように見えたのは。
「明菜！」
「あ、千晶！」
　そのとき千晶が走ってやってきて、私と麻耶は同時に振り返った。
　千晶も麻耶同様にずぶ濡れだ。
「お前、大丈夫だったのかよ!?」

「う、うん……」
「はぁ……。よかった。本当、よかった……」
　グラグラと私の肩を揺する千晶は、私がうなずくと一気に力が抜けたのか、安堵のため息を漏らしてヘナヘナとその場にしゃがみこむ。
「まさかこっちの体育倉庫だったとは……。お前いつ気づいた？」
　千晶が疲れたような表情で顔を上げ、麻耶の顔を見る。
「あっちにいないとわかってすぐ思いついた。それで職員室向かったんだよ、鍵借りに。まだ残業してる先生がいて助かった。千晶、焦りすぎ」
「な……!?」
　相変わらずクールな麻耶の態度に見開く千晶の目。
「お前なぁ！　俺を置いて急に走りだしやがって！　それにお前だってめずらしく焦ってたじゃねーか！　一度目の電話のときはあんなこと言ってたくせに！」
「俺は別に焦ってないよ」
　なにやらガーガー言いあうふたり。
　なんだかなつかしいな。このふたりのやり取り。
　千晶と麻耶って仲がいいくせに、どうでもいいようなことでいつもこんなふうに言い合いしてたっけ。
　思わずフフッと笑みがこぼれる。
「……なに笑ってんの」
「あ、なんでもないよ！」
　麻耶に横目でにらまれ、あわてて首を横に振る。

「ふ、ふたりとも……今日は迷惑かけてごめんなさい。ありがとう……。私を助けてくれて、ありがとう」
　私はふたりに深く頭を下げた。
　麻耶と千晶。
　私を助けてくれたふたりは、やっぱり私の大切な幼なじみ。

　帰り道。
　学校を出る頃にはすっかり雨はやみ、駅までの道のりを三人で歩く。
　三人で一緒に帰るなんて、いまではそれさえも特別な気がする。
「……ねぇ、千晶」
「ん？」
「麻耶がね、私に『心配した』って。『俺がいるからもう大丈夫』って言ってくれたんだ」
　私たちの少し先を歩く麻耶の背中を見つめながら、麻耶に聞こえないようぼんやりとつぶやく。
「……さっきの麻耶、昔となんにも変わってなかったんだ」
「……そうだな」
　千晶も麻耶の背中を見つめながら少し笑ったあと「アイツさ……」と口を開き、いろいろ教えてくれた。
　私が帰ってこないと麻耶から電話があったこと。
　心配していないようなことを言っていても、その声はとても焦っていたこと。

一緒に捜しに行こうと言ったら麻耶は『行かない』と言ったこと。
　それでも、しばらくしてまた電話がかかってきて今度は『俺も一緒に捜す』と言われたこと。
　私が体育倉庫にいると言ったから、ふたりとも学校に忍びこんでからはじめは新しい体育倉庫のほうを捜していたこと。
　でも私がいる気配はなくて、突然麻耶がなにかを思いついたような表情をしたかと思えば、急に走りだしたこと。
　すべて教えてくれた。
「ご、ごめんね……。旧体育倉庫って言いそびれちゃって。それに寝ちゃって千晶の電話にも気づけなくて……」
「ハハッ。あの状況で寝てたのかよ」
「お前、すごいな」と笑う千晶。
「アイツ、なんやかんや言って俺よりも焦ってたよ。そんなそぶり見せてないけど」
「……うん」
「お前のことになるといつもそうだよ。麻耶は。変わってない」
「あーあ」と千晶が雨のやんだ夜空を見上げる。
「アイツに代わって俺が明菜を守ってやるつもりだったのに……。最後の最後で油断して。俺、頼りなさすぎ」
「…………」
「結局お前を助けてやれんのはいまも昔も……麻耶だけ、なんだな」

千晶……？
「そ、そんなことないよ！　なに言ってんの？　千晶から電話もらったときすごく心強かったよ！」
「……そう？」
「うん！」
　どこか自嘲気味に笑みを浮かべる千晶に、私は首をブンブンと縦に振る。
「千晶がいなきゃ、いま頃私は体育倉庫の幽霊にあの世へ連れてかれてたよ！」
「体育倉庫の幽霊？　なんだそれ。ガキかよ」
　……な!?　ひどい！　本当に怖かったんだから！
「とにかく私は、いつもいつも千晶には感謝してるんだよ！」
　……と、そんなやり取りをしていると。
「なにしてんの、早く。電車来るんだけど」
「あ、うん！　千晶、早く行こう！」
　クルリと麻耶が私たちのほうを振り返って「早く」と促してきたので、私は急いで麻耶の元へ走った。
「……でもお前は、麻耶のことばっかり」
　千晶がなにかつぶやいた気がしたけど、私にはなにも聞こえなかった。

　途中の駅で千晶と別れ、無事家に帰ってこられた私と麻耶。
　家に入った瞬間、なんだかしみじみとしてしまう。

またこの家に帰ってこれたんだぁ。今日はいろんなことがあったなぁ……。
「先、シャワー浴びてもいい？　それとも先に浴びたい？」
「ううん、私はあとでいいよ。麻耶が先に浴びてきなよ！　体濡れてるし！」
　私がそう言うと麻耶は「じゃあ浴びてくる」と言ってネクタイを緩めながら脱衣所へ向かっていった。
「……ハッ！　そういえば、洗濯物！」
　麻耶がいなくなった直後、雨の中洗濯物を干しっぱなしだったことを思い出してあわててベランダへ出ようとしたが……。
　あれ……？　取りこんである。
　しかも、すべて綺麗にたたまれている。
　雨が降る前に麻耶がやってくれたのかな……？
　なんとなくキッチンを見ると、お弁当箱も綺麗に洗ってある。
「……ありがとう。麻耶」
　この間も私がお皿を洗わずに寝てしまったとき、麻耶がなにも言わずに洗っておいてくれたのを思い出す。
　麻耶って、こういうところがあるんだ。
　そんなところも変わってない。
　しばらくすると、麻耶がお風呂から上がってきた。
　水がしたたる髪をバスタオルで拭く仕草はいつ見ても色っぽい。
「麻耶、洗濯物ありがとう」

「……別に」
　麻耶は小さく返事をしてソファに座ると、おもむろにテレビをつける。
「あ、そうだ。軽くなにか食べる？　たしか冷蔵庫に……」
「あ、待って」
「……へ？」
　冷蔵庫を開けようとした途端、麻耶はハッとなにか思い出した様子で立ちあがった。
「……どうしたの？」
「あ、いや……。俺はおなか空いてないから、先に風呂入ってきなよ」
　どこか気まずそうでなにか隠してそうな麻耶の様子。
　それはまるで、冷蔵庫を開けるなと言われてるみたいで。
　そんなことをされたら気になってしまう。
「麻耶、冷蔵庫になにかあるの？」
「……ち、ちがう」
「それなら開けるね」
「あ、バカ……！」
　麻耶の制止を無視して冷蔵庫を開けた。
「……ん？　なにこれ？」
　冷蔵庫の中に入っていたのは、お皿に盛られた卵焼きとウインナー。
「……麻耶が作ったの？」
「ちがう……」
　私の問いに、麻耶は視線をそらしこっちを見ようとしな

い。
「でもこれ……」
「知らない。俺じゃないし。捨てなよ。そんなん」
　嘘だ。
　これ、麻耶が家に帰ってきてから作ったんだ。
「ねぇ、食べてもいい?」
「は?　だ、ダメ……!」
　よっぽど食べられたくないのか、麻耶は勢いよく私からお皿を取りあげる。
「これは失敗作だから。おなか空いたなら自分で作って食べて。それか俺がコンビニでなにか買ってきてあげるから。とにかくこれは食べなくてい……あ」
　自ら墓穴を掘ってしまった麻耶は、とっさに口を閉じるがもう遅い。
「麻耶が作ったんだね」
「……明菜になにか作っとこうと思ったんだけど。うまくできなかった」
　麻耶は観念したのか本当のことを吐いた。
　麻耶が私のために……。
「ねぇ、やっぱり私これ食べたいよ。捨てるなんてやだよ」
「は?　俺の話聞いてた?　だからこれは失敗……」
「うん。それでも食べたい。麻耶が私に作ってくれた料理。食べたい」
　もう一度「ダメ?」と聞くと、麻耶は「……勝手にすれば」とあきらめた様子を見せた。

「うん！　勝手にする！」
　私はさっそくお皿ごと電子レンジで温めると席について、卵焼きを口に運んだ。
　……ん。辛い。なんだこれは。
　生まれて初めてこんなに辛い卵焼きを食べた。
　すごく辛いや。
　すごく……。
「ふっ……ぅ……」
「は？　ちょっ……。なに泣いてんの」
　いつの間にかポロポロと泣きだした私に、麻耶はまたも焦った様子でソファから立ちあがる。
　私は泣きながらも、これまた味の濃すぎるウインナーを口に運んだ。
「泣くくらいまずいなら、無理して食べなくてもいいよ。だから食べてほしくなかったのに」
「ううん。おいしいよ。すごくすごくおいしいっ………！すごく……」
　すごくうれしかった。
　麻耶は泣きながら食べる私になにがなんだかわからない様子だけれど、麻耶が私のことを思って夕飯を用意してくれたんだと思ったら、思わず泣いてしまうほどにうれしかったの。
　失敗作でもいいよ。
　麻耶のその気持ちが本当にうれしいから。
　もうなんか、うれしい以外に言葉が見つからない。

「……へへっ。これ、朝食みたいなメニューだね。けど、ありがとう。うれしいっ!」
「……うっさい」
　泣いたり笑ったり変な私に、麻耶はどこか恥ずかしそうにそっぽを向いてしまった。
　麻耶の作った卵焼きは、いままで食べた卵焼きの中で一番辛くて。一番、おいしかった。

　翌日。
「あれー?　五十嵐さんじゃん」
　……ゲッ!
　学校に着いて早々、昨日私を体育倉庫に閉じこめたあの子たちが絡んできた。
「出られたんだー?」
「体育倉庫で過ごした気分はどう?」
　クスクスと私をあざ笑う彼女たち。
　この彼女たちの笑顔はトラウマだ……。
「で、どうやってあそこから出たわけ?　誰に助けてもらったの?」
「どうせ、そこら辺の先生か誰かでしょ?　運がよかったねー」
　ちがうもん。麻耶だもん。
　でも、それを言ったらまた彼女たちの神経を逆なでてしまうかもしれないからグッとこらえる。我慢だ我慢。
「五十嵐さんって友達いなそうだしね。あんな場所じゃ、

五十嵐さんなんか……」
　我慢……。
「俺、だけど」
　……え？
「……な、成海君!?」
「……麻耶!?」
　声の主に、私と彼女たちの声が被った。
　……彼女たちの背後から出てきたのは、麻耶だ。
「明菜になにか用なの？」
「え、あっ……。その……」
　まさかの麻耶の登場に、彼女たちの顔から一瞬にして笑みが消える。
「嫌がらせとか、体育倉庫に閉じこめるとかさ……」
　言いながら麻耶が私の元へと近づく。
「そういうの本当やめてね。俺が助けなきゃいけなくなるから」
『俺が助けなきゃいけなくなるから』
　麻耶は、そう言った。
「わかった？」
　優しい顔と声のトーンがまるで合っていない。
　Noとは言わせないと言わんばかりの『わかった？』の破壊力がすごい。
「ご、ごめんなさい……！　麻耶君の彼女とか、うらやましくてつい……！」
「彼女？」

彼女という言葉に麻耶が反応を示した。
　そういえば彼女たちは、私と麻耶が付き合っているんだと勘ちがいしてるんだっけ。
　すると、勘のいい麻耶はそれをすぐに察したのか、
「そーだね。次、"彼女"に手出したら俺マジでキレるかも」
　そんな言葉を吐いたんだ。
「ほ、本当にもうしません……！　すみませんでした！」
　麻耶ににらみつけられ、勢いよく去っていく彼女たち。
　一瞬にして廊下が静かになる。
　麻耶の言葉が頭の中をぐるぐる駆けまわる。
「明菜。昨日言いそびれたけど……」
　――ドキン、ドキン。
　心臓の音が速くなる。
　顔がみるみる熱くなってゆく。
　だって、だって……。
『次、彼女に手出したら俺マジでキレるかも』
　その言葉は……ずるい。
　わかってる。
　あれは彼女たちを追いはらうためであって、深い意味なんてないんだって。
　ちゃんとわかってる、けど……。
　あの子たちに勘ちがいされたままでいいの……？
　大嫌いな私が彼女って、嘘でも言いたくないんじゃないの……？
「明菜、聞いてるの？」

「……は、はい!?」
　固まったまま一切動かない私の顔を麻耶がのぞきこみ、心臓がひと際飛びはねた。
「俺の話ちゃんと聞いてた？」
「は、はい……」
「じゃあ、俺いまなんて言った？」
「『明菜、聞いてるの？』って言いました」
「ちがう、アホ。その前」
　そ、その前……？
「だから……。昨日言いそびれたけど、今度嫌がらせされたら俺に言ってって言ってるの。千晶じゃなくて俺に」
「…………」
「わかった？」
　それは、あの子たちに向けたものとはちがう『わかった？』の言い方。
　まるでYesとしか答えられないような。
　だって……。
「だって、ひとりで解決できないじゃん。千晶に相談したって結局は体育倉庫に閉じこめられて、いまだって絡まれてた。けど、きっともうこれであの子たちは明菜には絡んでこないよ。俺がいるから」
　あんなに、麻耶に相談したらめんどくさがられるとか。
　こんな私だから嫌われてしまったとか。
　そんなことばかり思って麻耶には頑なに言わなかったのに。

「昔から俺にしかできないじゃん」
「うんっ。うんっ。へへっ。私は麻耶がいないとなにもできないダメな人間だねっ……。ありがとうっ……」
「別にそこまで言ってないよ」
　いまではこんなにも素直にうなずけちゃうんだから。
　本人に言われると、どうしてこんなにも心がスッと軽くなるんだろう。
「それからさ。連絡先交換しよう。知らないのは不便でしょ」
　麻耶が制服のポケットからスマホを取り出した。
「え……？」
「なに？　ダメなの？　嫌なの？」
　まさか麻耶がそんなことを言ってくれるなんて思いもせず、少しビックリして固まる私を、麻耶は少しムッとしてにらむ。
　……うれしい。本当にうれしい。
「ううん……！　嫌じゃ……嫌じゃない！　交換したい！」
　ねぇ、麻耶。
　私ね、どうしてもわからないことがあるんだ。
　変わってしまった麻耶は、私にたくさん冷たくて寂しい言葉を吐くけれど。
　それでも、冷たさの裏に隠された優しさを私はすべて感じとっている。
　麻耶は、優しくしてるつもりはない？
　でも私にはわかるよ。麻耶の優しさが。
　だってそれが、私が麻耶を好きになった理由だから。

麻耶の優しさ一つひとつを私はちゃんと覚えている。
　だから本当は、なにも変わってないんじゃないかなぁと思っちゃうんだ。
　それでも麻耶は否定する？
　あの頃とはちがうってあしらう？
　じゃあいまは、どれが本当の君？
　うぬぼれだとしても、どうしても聞きたいよ。
　ねぇ、麻耶は本当に私のことが、嫌い……？

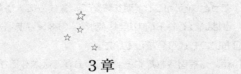

3章

強気なライバル、現る。

　あっという間に1学期を終えて、夏休みに入った。
　とはいっても午前中だけ強制参加の補習があるため、今日もいつも通り登校していた。
「麻耶ー。補習疲れたねー。今日のお昼ご飯はなにがいい？」
　やっと補習が終わると私は麻耶の元へ駆けよった。
「お昼いらない。用事あるから」
「用事……？」
「東京の友達がこっちに遊びに来てるらしいから会ってくる」
　麻耶が東京にいた頃の友達……？
　なんだか会ってみたいかもしれない。
　どういう人たちと4年間過ごしたんだろう。
「わ、私も会ってみたい！」
「え。なんで」
「ダメかな……？」
「……別にいいけど」
　麻耶は「なにもおもしろくないよ」と言いながらも承諾してくれたので、千晶も誘って行くことにした。
　待ち合わせ場所のファミレスに着いて、お店の前でしばらく待っていると、
「おーい！　麻耶ー！」
　手を振りながらこちらへ歩いてくる人たちが見えた。

「麻耶、久しぶり！　元気してたか？」
「うん。てか、なんで急に来ることになったの」
「今日俺らの好きなバンドのライブがあるんだよ。で、麻耶にも会っておこうってなって。家事も料理もできないお前が、ひとり暮らしとかずっと心配だったし！　ちゃんと生きてんのか？」

　そう言って笑うのは、髪を金色に染めて耳にたくさんのピアスをつけた、いかにもやんちゃそうな男の子。

　そして、もうひとりは……、
「麻耶君、久しぶり！　会いたかったよ！」

　モデルのようなとても美人な女の子。

　サラサラなセンター分けの茶色くて長い髪に、薄メイクでもはっきりわかる整った顔立ち。

　そしてなによりスタイル抜群（ばつぐん）で胸も大きくて、まさにボンキュッキュッだ。

　麻耶……こんな美人と仲よくなっていたんだ……。

　ファミレスに入ると、すぐ席に案内された。

　女の子はすかさず麻耶のとなりに座ると、ぴったり麻耶に密着する。

　なんか、嫌だ……。
「あいさつまだだったよな？　俺は、双葉幸星。んで、こっちは本庄千紘」

　双葉君に紹介され、軽く会釈（えしゃく）する本庄さん。
「お前らは幼なじみだろ？　麻耶から聞いた。名前はたし

か……。えっーと」
「俺は、淡島千晶ね」
「あ、五十嵐明菜です!」
　千晶に続いて私もあわてて自己紹介をすると、本庄さんがじーっとこちらを見てきた。
「ふーん。あなたが明菜ちゃんかー」
　な、なに?
「よろしくね。私のことは千紘でいいよ」
「あ、じゃ……。千紘ちゃんで……」
　いま、一瞬千紘ちゃんににらまれたような気がするのは気のせい……?
　しばらくして注文したものが運ばれてくると、千晶はすっかりふたりと打ちとけて楽しそうに談笑していた。
　千晶と双葉君なんか、もうお互いを呼び捨てで呼びあってるし。
　聞くと、3人は麻耶が転校してきて同じクラスになったのをきっかけに仲よくなって、高校も同じだったらしい。
「けどさー意外だよな。麻耶は幸星みたいなタイプの人間は苦手なはずなんだけど」
「俺みたいなタイプって、なんだよ!　こう見えても俺、すげーいいヤツだから。な?　麻耶!」
「ははっ。それ自分で言うー?　ねー?　麻耶君!」
　こうして見てると、双葉君と千紘ちゃんは本当に麻耶と仲がよかったんだなって思う。
　ふたりとも、麻耶に会えてすごくうれしそうだもん。

麻耶がひとりぼっちじゃなくてよかった。
　いい人と出会えてよかった。
　本来ならそう思えるはずなのに……私は終始、異様に麻耶にベッタリくっついている千紘ちゃんが気になって仕方なかった。
　それから１時間ほど談笑した私たちは、それぞれ連絡先を交換してファミレスを出ると駅まで歩いた。
　双葉君たちはこのままライブ会場へ向かうらしい。
「じゃーな！　また遊びに来るわ。あ、そうだ！　文化祭にでも呼んで！　行くから！」
「おう。時期来たら呼んでやるわ」
「もう来なくてもいいよ」
「またまたー。本当はうれしいくせに！　麻耶ちゃんは照れ屋さんなのか？　んー？」
「……うっとうしい」
　男の子三人がそんなやり取りをしている中、「ねぇ、明菜ちゃん」と千紘ちゃんが麻耶を見つめながら声をかけてきた。
「明菜ちゃんってさ、麻耶君のことどう思う？」
　え？　いきなりなに？
「私ね、麻耶君のこと好きなんだー。引っ越しちゃってからもずっと。だから今日、久々に会えてすごくうれしい」
　な、なんて……？
　好き……？　千紘ちゃんが麻耶を？
　だから千紘ちゃんは、麻耶の異性の幼なじみである私を

敵対視するかのような、そんな態度なの……？
　いきなり言われてとまどう私に、さらに追い打ちをかけるように千紘ちゃんはこんなことを言いだした。
「実は私ね、麻耶君とキスしちゃったんだー」
「え……？」
「ふふっ。明菜ちゃんはないでしょー？　幼なじみの明菜ちゃんでさえしたことないのに、私はあるんだよ～」
　キ、キス……？
　いま、キスって言った？
　なんで？
　なんで千紘ちゃんと麻耶がキスするの……？
「ど、どうしてキスしたの……？」
「んー……。秘密！」
「ちょっと……！」
　千紘ちゃんは自分の言いたいことだけを言うと、麻耶たちの元へ行ってしまった。
　そんな言い逃げなんてあり？
　キスだなんて、そんな……。
　麻耶も……麻耶も、千紘ちゃんのことが好きなの？
　だからキスしたの？
　やだよ。ありえない、そんなの。
　けど、ただ私がそう思いたいだけで。
　麻耶はもう中学生じゃない。
　17歳だから、女の子とキスくらいする。
　わかってるけど……。

キス、されると思った?

「麻耶ー。今日の夜は鮭(さけ)を焼こうと思うんだけどいい?」
「ん」
　キッチンに立って尋ねると、麻耶はつまらなそうにテレビを観ながらお決まりの短い返事をした。
　麻耶が『嫌だ』と言うのは、ピーマンを使った料理のときだけだ。
　キッチンに立って火を使うと、冷房(れいぼう)を入れていても汗(あせ)が出るほどに暑い。
　そんな私を気遣ってか、麻耶がなにも言わずに冷房の温度を下げてくれた。
　麻耶は冷房が苦手なのに。そんなさり気ない行動がいちいちうれしい。
　こうして私がキッチンに立って、麻耶がソファに座ってスマホをいじったりテレビを観ているような。
　こんな、どうってことない時間が私は大好きだった。
　ただふたり同じ空間にいて、お互いがしていることを把握している。
　それだけで、なんだかとても特別なことのように思えるんだ。
　思えるのだけれど……。
『実は私ね、麻耶君とキスしちゃったんだー』
　やっぱりどうしても思い出しちゃうのは千紘ちゃんのあ

の言葉。
　あれ以来ずっとあの言葉が頭から離れず、なにをしていても上の空の毎日。
　でも『千紘ちゃんとキスしたの？』なんて麻耶に聞けるはずもなく。
　ねぇ、麻耶……。どうして千紘ちゃんとキスしたの？
　胸の内ではこんなにも簡単に問いかけられるのに……。
　夕飯の最中。
「ゲホッ……！　うぅ……。な、なにこれ……」
「麻耶……!?　ど、どうしたの……!?」
　麻耶が焼き鮭を口に入れた瞬間、突然片手で口を押さえ苦しそうに咳きこみだした。
　あまりの勢いに私はとっさに立ちあがると、麻耶のほうへ移動して背中をさすってあげる。
「だ、大丈夫？　ビックリした。つまったの？」
「この鮭、なんでこんな甘いの……」
　え？　甘い……？　鮭が!?
　私もパクッとひと口鮭を口に入れた。
「う……」
　なにこれ……。
　鮭らしからぬ甘ったるい味が口いっぱいに広がり、吐き気がこみあげる。
「ご、ご、ごめんなさい……！　塩と砂糖まちがえちゃってる……！」
　料理の最中に千紘ちゃんと麻耶のことばかり考えて、

ぼーっとしすぎだ、私!
「作りなおすねっ」
「いや、もういいよ……。けど、これは食べられないね」
　そりゃあそうだ。
　こんな激甘な焼き鮭、誰も好んで食べない。
「お茶ちょうだい」
「あ、うん……!」
　ってあれ?　お茶は?
　いつも食事のときにはテーブルの上に置いておくのに、ない。
　出し忘れたかなと思ってあわてて冷蔵庫の中を確認するがなかった。
　そうだ、お茶切らしてたんだった……。
　買わなきゃって思っていたのに、すっかり忘れてたよ。
　本当、上の空にもほどがある。
「ご、ごめん切らしてた……。ちょっと下の自動販売機まで行って買ってくるね!　すぐに戻る!」
「あぁ、うん。じゃあ俺の財布持ってって」
　麻耶はとくに私をとがめることなく自分の財布を指さしたが、申し訳なさすぎて自分が情けない。
「いや、私が出すから!　麻耶は待ってて!」
　とにかく早くお茶を買ってこよう。
　私は財布とスマホを持ってリビングを飛び出すと、マンションのすぐ下にある自動販売機へお茶を買いに走った。
「……なんで?」

なんと、緑茶が売りきれている。
「公園の自動販売機ならあるかな……」
　近くだし、行ってみることにした。
「なにやってんだろ、私……」
　もう夜なのにすごく暑い。
　お昼よりはマシだけど、風ひとつなくて歩いているだけで汗が出る。
　しばらく歩いてやってきたのは、近所にある小さな公園だった。
　そういえば、同居する前麻耶に追い返されたときもここに来たっけ。
　そんななつかしさを感じつつ自動販売機でお茶を買ったあと、ベンチに腰を下ろして星の散りばめられた空を見上げる。
「はぁ……」
　麻耶と千紘ちゃんかぁ。
　キスするなんて、どんな関係なんだろう。
　どういう経緯でキスなんかしたんだろう？
　まさか、もう付き合ってるとか？
　いや、それなら千紘ちゃんはそう言うだろうし……。
　私はおもむろにポケットからスマホを取り出すと、意味もなく千晶に電話をかけた。
『もしもし？』
「あ、千晶……。いまなにしてる？」
『友達が家に遊びに来てて、一緒に飯食ってるけど？』

「私ってさ、色気ないかな？」
『は？　いきなりなんだよ！』
「胸もないし……」
『ちょっ、明菜？　なに？　どうした？』
「千紘ちゃんは色気たっぷりの巨乳で……。だから、麻耶は……千紘ちゃんと……」
　千紘ちゃんと、キスしたんだ。
「千晶ぃぃぃ……!!　私も色気ムンムンなボンキュッキュッガールになりたかったよー!!」
『お前さっきからなに言ってんだよ！』
　いきなり電話をかけてきたかと思えば、意味のわからないことばかり言うわ泣きだすわで、千晶もなにがなんだかさっぱりという状態。
『な、なにがあったかは知らねーけど泣くなよ！　お前はたしかに本庄と比べたら色気も胸もないけど……。そもそも比べるレベルがおかしいっつーか、お前は、普通に……か、かわいいし……』
　段々と声が小さくなっていって、最後のほうはまったく聞きとれなかったけど。
「やっぱり私は色気ないんじゃんかぁ！」
　千晶なら慰めてくれると思ったのに……！
「もういい！　切るね！　バイバイ！」
『は？　あ、おい、ちょっと……！　なんで怒っ……』
　私は勝手に怒ってブチッと電話を切ると、再び深いため息をついた。

折り返し千晶から電話が来たが、出る気にはならなくて無視した。
　……ごめん、千晶。
　今度会ったら謝っとこう。
　そんなことを思っていると、スマホが鳴りだした。
　また千晶からかと思ったけど、画面には"着信：麻耶"の文字。
　やばい、お茶待たせちゃってる！
「はい、もしもし。ごめ……」
『なめてるの？　いったいどこの自動販売機まで行ってるんだよ』
　低い第一声。
　あ、あれ……怒ってる？
『いまどこにいるの。マンションの下に来たけど、明菜いないよね』
「公園なの。近所の」
『なんで公園』
　下の自動販売機に行くと言って出たはずの私が公園にいるだなんて、麻耶は思いもしなかっただろう。
「ごめんね。いますぐ帰……」
『いいよ。そこにいて。迎え行く』
「む、迎え……？　私ひとりで帰れるよ？」
『こんな時間に女ひとりで歩いてると危ないから。いいからそこにいなよ。すぐ行く』
　そう言って電話が切られた。

どうしよう……。
うれしい。
麻耶のさりげないひと言が私をこんなにもドキドキさせる。

「明菜」
　５分ほどで麻耶が公園にやってきた。
　走って来たのか、少し息が上がって髪が乱れている。
「なんでこんなところにいるの。バカだからマンションの下に行くまでに迷子になったのかと思ったよ」
　麻耶はいつものように毒舌を交えながら私の前に立つ。
「やっぱりちゃんと連絡先聞いといてよかった」
　思わずドキッとする。その顔に。
「なにかあったの？」
「お茶が売りきれてたから、それでこっちに」
「そうじゃなくて。なんか今日変じゃん。てか最近ずっと変だよ。よくぼーっとしてるし」
『千紘ちゃんと麻耶がキスしたって聞いて毎日落ちこんでいるんだ』なんて言える？
　言えないよ。
「俺がなんかした？」
「ち、ちがうよ！」
「じゃあなに？」
　そ、そんなに問いつめないでよ！
「ま、麻耶さ……」

「なに」
「ち、千紘ちゃんと……その……キ、キ……」
　聞いてもいいのかな？
　もしもうなずかれたらどうするの？
　私、絶対泣いちゃうじゃん。
「なに。言って」
　その先をなかなか言わない私に麻耶は「早く言ってよ」と促す。
　えい……！　もう聞いちゃえ！
「だ、だから……！　麻耶は千紘ちゃんとキスしたことあるの？」
　勢いに任せて聞いてしまった。
　どうしよう。
　麻耶、なんて言うかな。
　若干、聞いたことを後悔しながら麻耶の言葉を待つ。
　その返事は、
「あるけど……」
「え、ぁ……それって……」
「それがどうしたの？」
　Yesだった。
　麻耶は否定することなく認めた。
　そうなんだ。やっぱり本当だったんだ。
　やだな、私……。
　自分から聞いといてすごく傷ついてる。
「つ、付き合ってるの……？　千紘ちゃんと……？　千紘

ちゃんのこと好き、なの……？」
　認められてしまったらもうどうしようもない。
　苦しい、悲しい。
　もうこれ以上聞きたくないくせに、口からは次々と質問が出てくる。
　ついでに涙もポロポロとあふれて落ちる。
　私はきっと、麻耶にまったく女として見られていないんだろう。
　貧乳だし、色気ないし。
　麻耶がキスするのは……胸も色気もある千紘ちゃんみたいな美人な女の子なんだ。
　私なんて……。
「なんで泣くの？　そんなこと気にして最近ずっと変だったの？」
　だって、好きだもん。
　私だって麻耶のことが好きだもん。
　麻耶が私の知らぬ間に誰かのものになってたなんて、考えたくないもん。
「麻耶はもう、大人なのぉ……っ？」
　麻耶は私の手に届かないような、そんな遠くまで行ってしまいましたか……？
「ぅ……ふ……っ……」
「バカだね」
　子どもみたいに泣きじゃくっていると、麻耶が「泣きすぎだよ」とあきれたような顔をして、私の頭に手を置いた。

「俺が千紘と付き合ってたら、明菜と同居なんてしないでしょ」
「よく考えてみなよ」と言われ、あぁたしかにと思った。
　でも、じゃあ麻耶は付き合っていない人とキスとかしちゃうってこと？
「そう、だけどぉ……。でもキスしたんでしょ……？」
「した、けど」
「けど……？」
「けど、あれは事故だよ」
　え？　じ、事故……？
「千紘がどんな言い方をしたのか知らないけど、走ってた千紘とぶつかった拍子にしただけで。俺は別に千紘と付き合ってない」
　麻耶は「千紘、背高いから」と付けたす。
「ほ、本当……？」
「嘘つく理由がどこにあるの」
　な、なんだ、そっか。
　そうなんだ、事故かぁ……。
　千紘ちゃん、事故でした麻耶とのキスを自慢してただけなんだ。
　その瞬間、一気にスーッと胸が軽くなっていくのを感じた。
「わかった？」
「うんっ、うんっ……！　わかった……っ！」
　安心したようにへにゃっと笑ったと同時に、私の目から

はまた涙。
　そんな私を見て、麻耶は少しだけ目を大きくしたかと思うと、
「なぁ」
「……へ？　きゃっ……！」
　急に私の腕をぐいっと引っぱり立ちあがらせ、自分のほうに思いっきり引きよせた。
　バランスを崩した私の体が麻耶にもたれかかってしまう。まさに密着状態。
　そのままクイッと顎を持ちあげられ、麻耶の顔が目と鼻の先まで近づく。
　え!?　え!?　なにこれ……!?
　これじゃあまるで……。
　麻耶の綺麗な顔がぐんぐん近づく。
　なにがどうなってるのかわからない。
　麻耶に体を強く抱きよせられ、逃げることなんかできなくて……。
　私はそのままぎゅっと目をつぶった。
　けど……。
　あ、あれ……？
　いつまで経ってもなにもなくて、そっと片目だけ開けると、まさに寸止め状態だった。
「なに期待してんの」
「あ……」
　その顔が意地悪になった気がした。

毒舌や冷たい言葉を吐くときとはちがうその顔は、反則級だ。
「キス、されると思った？」
　な、なにそれ……。
　まさか、まさか……からかわれた……？
「き、き、期待なんてしてないよ……！」
「嘘つき」
「嘘って……。って、うわっ！　ちょっと……！」
　今度はガシッと頭をつかまれ、上に向けさせられる。
　麻耶の瞳に自分が映っていることを確認できるほどに近い距離。
「じゃあ、どうしてあんな顔したの？」
　逃さないと言わんばかりに、その瞳は私が視線をそらすことを許してくれない。
「千紘と俺がキスしたくらいで泣いちゃって。事故だとわかった途端、あんなふうに安心したように笑って。俺にキスしてほしいのかと思った」
「っ……」
「どうなの？」
　綺麗な瞳に捉えられ、私はまるで人形のようになにも言うことができない。
「素直に言えば……」
　なに？　素直に言えば……なに？
　ゴクリと唾を飲みこむ。
　その口が次に発する言葉を待つように、私は麻耶の顔を

見つめたまま。
　けど麻耶は、その先を言うことなく私から体を離して「帰ろ」とひとり歩きだした。
「あんな顔、男の前で簡単にしちゃダメだよ」
　そう言い残して。
　私の体はしばらく動かなかった。
　顔が火照る。熱い。とても。
　見透かされてる気がした。
　だって、麻耶の言う通りだ。
　少し……期待してた。
　してほしかった。
　麻耶にキス、してほしかった。
　だって好きな人だから。
　今日は私も変だけど、麻耶も変だ。
　普段の麻耶は絶対あんなことしないのに。
　鳴りやまない胸を押さえると、手にもその振動が伝わる。
　触れられた場所の熱が冷めない。
　もしも、いまここで。
　その背中を追いかけてぎゅっと抱きついて。
　本当はあのままキスしてほしかった。
　なんて言ったのなら。
　どうなるんだろう。

抑えきれない―side麻耶

「ま、麻耶……！　今日から新学期だよ！」
「ん……」
　俺の一日は、休日平日問わず明菜に起こしてもらうことから始まる。
　それがあたり前になっていて、たぶんもうひとりじゃ起きられない。
　体を起こしてまだどこかぼーっとする意識の中、明菜と目が合った。
「ぁ……。お、お、おはよう！　麻耶……！　紅茶入れますね！」
　すると明菜は、俺からあわてて視線をそらして、キッチンのほうへと走っていってしまった。
　あの日から明菜はずっとこんな調子。
　俺にキスされそうになったあの日から。
　すぐ顔を赤くして目をそらしてしまう。
　恥ずかしいの？　気まずいの？
　それとも嫌だった？
　わからない。
　いつも通り明菜が昨晩アイロンをかけてくれた制服のシャツに腕を通す。
　午前8時前頃になると、明菜よりも先に家を出て学校へと向かう。

明菜とは、一緒に暮らし始めてから一度も一緒に登校してあげたことがない。
　明菜はそんな俺をどう思ってるんだろう。
　学校に着いて、無駄に長い始業式があり、ホームルームは10月の始めに行われる文化祭についての話し合いだった。
　俺はこの高校の文化祭には今年初めて参加する。
　正直、どうでもいいんだけど。
「じゃあ、僕(ぼく)たちのクラスは喫茶店(きっさてん)でいいですか？　接客、呼びこみ、調理で担当を分けたいと思います。皆さん必ずどれかに手をあげてください」
　ぼーっとしているといつの間にかクラスの出し物が決まった。
　調理……は絶対無理。
　接客もすごくめんどくさい。
　というより、接客は嫌な思い出しかない。
　去年の文化祭で茶菓子屋(ちゃがしや)をやったとき、無理やり接客をやらされた。すると他校生の女子に囲まれてちょっとした騒ぎになり、急きょ模擬店(もぎてん)を閉店するという事態になってしまったのだ。
　だから……呼び込みでいいや。
　歩いてるだけだろうし。
「それじゃあ、呼び込み希望の人ー」
　俺は静かに手をあげた。
　そうすると、クラスがちょっと騒つく。

「マジかよー。成海のルックスなら接客だろ!」
「いや、呼び込みのほうがいいんじゃね? 成海が看板持ってるだけで女子は食いつくし」
　なんていう声が聞こえる中。
「はい! はい! はい! 私も呼び込みがいいです!」
　明菜が勢いよく手をあげた。
　なんで明菜も呼び込みなの?
　明菜は絶対調理のほうがいいのに。
　不思議に思って明菜を見ると目が合う。
　でも明菜は、またあわてて視線をそらしてしまった。
　……なに?

　放課後。
　今日はホームルームが終わるとそのまま午前中で下校。
　俺も帰ろうとスクールバッグを肩にかけると、不意に明菜と千晶の話し声が耳に届いた。
「お前、夏休みのあの電話なんだよ! かけなおしても出ねーし」
「あ、えっと……。ごめんなさい……。あれはなんでもないです……。はははは」
　なんの会話をしてるんだろう。
　俺の知らないふたりの会話。
　最近、思うことがある。
　千晶は昔から本当にいいヤツで、こんな俺のこともなにかと気にかけてくれるけれど、

「お前、最近どう？　麻耶との同居……うまくやれてんの？」
　それは、明菜に対しては別格で。
　明菜を本当に大切にしていることが伝わってくる。
　いまはどう思っているのか知らないけれど、はじめ俺との同居を反対していたのは、俺が明菜に冷たくしてたから。
　明菜が傷つくことをすごく嫌う。
　いまだってそう。
「大丈夫だよ。いつもありがとう」
　そう言う明菜に、千晶は安心したような、切ないようななんとも言えない表情をしている。
　それは、明菜が傷つかず笑顔でいてくれることに安心していると同時に、明菜と俺の同居生活が思いのほか長く続いていることに、少しだけ嫉妬しているような。
　願いと本音が交差して、もどかしさで揺れている顔。
　だから、思う。
　明菜は気づいていないかもしれないけれど、俺は思ってる。
　千晶はきっと、明菜のことが——。
　もしも、千晶の気持ちに明菜が気づいて、明菜がそれを受けいれたとき、俺はなにを思うんだろう？
　俺なんかより何倍も幼なじみ思いで、明菜を傷つけることなく、泣かせることもなく、大切に扱うことのできる千晶なら、きっと明菜は幸せになれる。
　俺なんかいなくても、明菜はきっと困らない。

だって4年間そうしてきたんだから。
　……って、そう思ってたはずだった。
　ほんの少し前までは。
　でも、いまは……？
「いまから昼飯でも行く？」
「あ、いいね！　麻耶も誘って三人で……」
　明菜を連れていかないで、明菜に触れないで。
　もう二度と……。
「ダメ」
　もう二度と、明菜と千晶をふたりきりにしたくない。
「……麻耶？」
　ほぼ、無意識に近かった。
　俺はふたりの間に割って入ると、明菜の腕をグイッと引っぱり千晶から離す。
　なにも言わない俺に困惑した様子で、明菜が俺の顔を見上げる。
　明菜から視線を離すと千晶と目が合ったけど俺はすぐにそらし、「来て」と明菜の腕を引っぱって教室を出た。
「麻耶？　どうしたの!?」
　明菜の問いかけにも答えずに腕をつかんだまま無言で歩く。
　俺が早歩きをするから、明菜がときおり転びそうになる。
　どうして俺は焦ってるんだろう。
　どうして気に食わないのだろう。
　明菜にさんざん冷たくして、泣かせておいて。

それなのに、なんでいまさらこんなにも気になって仕方ないのだろう。
　明菜と千晶、ふたりの距離があまりに近いことに、いまさら焦っている。
　４年の間どんな時間を過ごして、どれほど距離が縮まったのか気になって仕方ない。
　それもこれも明菜と同居しているせい。
　明菜がこんな俺のことばかり考えてくれるから。
　冷たくしたって、変わらずに笑っていてくれるから。
　なにを言っても同居をやめないから。
　家に帰れば、必ず明菜がいてくれるから。
　それがあまりにもあたたかすぎるから。
　明菜と一緒にいると、昔の自分に戻ってしまう。
「麻耶……！　麻耶ってば！　どこ行く……きゃっ……！」
「あ……」
　明菜が転びそうになり、俺はハッとするととっさに受けとめた。
「……ごめん、大丈夫？」
「え？　あ、う、うん………」
　俺の体にもたれかかる明菜と近い距離で目が合うが、その黒目がちな大きな目は俺を映すと、また恥ずかしそうに下を向く。
「あ、あの……もう離しても……」
「なんで？」
「なんでって……え？」

明菜が俺から離れようとするから、グッと力を込めて動きを止める。
　……千晶にはあんなふうに触れさせるくせに。
「……なんですぐ目をそらしちゃうの」
「だって……」
「俺と話すの嫌なの？」
「ち、ちがうよ！」
　バッと上げた明菜の顔は真っ赤だ。
「麻耶いきなりどうしたの……!?」
「千晶と一緒にご飯行きたかったの？　家帰って作ってくれないの？」
「そ、それは麻耶も誘って三人で行こうって話してたんだよ！」
「俺は、あの家で食べたい」
　千晶と明菜と三人じゃなくて、俺と明菜のふたりがいい。
　千晶と明菜がふたりで一緒にいる姿が気に食わない。
　本当に俺は……いまさらなんでこんなことが言えるんだろう。
「そ、そっか！　じゃ、じゃあ家帰って作るね！　千晶にはメールしとくよ！」
　そしてそれを、なんで明菜は受けいれてくれるんだろう。
　俺の勝手な感情で振りまわされてばかりなんだから、冷たく突きはなしてくれればいいのに。
　俺がそうしたみたいに、やり返してくれればいいのに。
　でも、そうされたら俺はきっと、耐えられないくせに。

なんだかいまここで明菜を離したら、このまま千晶の元へ行ってしまいそうで。
「……一緒に、帰りたい？」
「え？」
「今日は、俺と一緒に帰る？」
「帰りたい？」なんて少々上から目線で俺がそう尋ねれば、
「い、いいの!?　帰る！　帰りたい！　帰ろう！」
　明菜はまん丸に目を見開いて、大げさなくらいに喜んでみせる。
　まだ、俺と一緒に帰りたいって思ってくれてるんだと。
　そんな安心感と明菜の単純さに、思わず顔がほころんでしまいそうになるのをこらえる。
　そんな顔で俺に笑わないで。
「……今日だけね」
「うん！　うん！」
"今日だけ"なんて言ってるけれど、結構前にも同じことを言った気がする。
　本当は今日だけじゃなくたって……。

　久々の明菜との下校。
　昔は毎日一緒に帰ってたっけ。
　俺から毎日『帰ろう』って誘ってた。
　明菜は毎日毎日俺のとなりでニコニコ笑って、今日学校であった出来事を身振り手振りを交じえながら話してくれた。

オレンジ色に染まる空の下を、ふたりでかげを作って歩いたり。
　予報外れの雨の日は、ひとつの傘をふたりで使ったり。
　特別じゃなくてもいい。
　そんな何気ない時間だけが、俺の心のよりどころだったんだ。あの頃は。
「明菜」
「ん？　なに？」
「文化祭、なんで呼び込みなの？　明菜は調理のほうが絶対いいでしょ」
　明菜のとなりを歩きながら問いかける。
　すると、明菜は足を止めて少しうつむいた。
「ん？」
　不思議に思い俺も立ちどまって後ろを振り返ると、明菜はどこか緊張したような面持ちでそっと口を開いた。
「麻耶とね……同じ呼び込みにすれば、文化祭の日はずっと一緒にいられるかなって思ったの。つ、つまりね……」
　また赤くなってゆく明菜の顔。
「あ、あのね……！　私、麻耶と文化祭まわりたい！」
　そして、スカートの裾をぎゅっと握って、勇気を振りしぼるかのような声で、俺の目を見てそう言った。
「だ、ダメかな……？」
　背の低い明菜の上目遣い。
　……なんか、やばい。
　その顔に見つめられ、思わず俺のほうが視線をそらして

しまいそうになる。
　明菜は……俺以外にもこんな顔をするんだろうか。
　それとも、俺だけにしか見せないのだろうか。
　明菜は知ってるだろうか。
　俺は昔から、その顔にすごく弱い。
　だから、ここで『嫌だ』って冷たくあしらうこともできるのに。
「……いーよ」
　俺はどんどんそれができなくなってしまうんだ。
　悟られないために平静を装った無愛想な返事でごまかす。
「やったー！　約束だよ！　絶対だよ！」
　俺の気も知らないで、こんな子どもみたいにうれしそうにはしゃいで。
　いつもいつも本当にけなげ。
　本当にさ。頼むからもうこれ以上俺に……。

　家に帰ると、明菜がお昼ごはんを作ってくれた。
　明菜は俺と一緒に文化祭をまわれることがそんなにうれしいのか、鼻歌交じりに料理をしていた。
　けど、その鼻歌がへたくそすぎて少しおかしかった。
　あまりにも気分がよさそうだったので言わなかったけど。
　お昼ごはんを食べ終えると、俺は椅子に座って読書を、明菜はソファに座って料理番組を観ながらそれぞれの時間

を過ごす。
　さっきまで「おいしそー」とか「今度作ろう」とかうるさかったのに、急に静かになったので不思議に思い明菜のほうを見ると、明菜はいつの間にかソファで丸くなり眠っていた。
　明菜が昼寝とか、めずらしい……。
　俺はブランケットを取り出して明菜の体にかけると、なんとなくとなりに腰を下ろす。
　手を伸ばして、明菜の目にかかる前髪をそっと払いのけた。
　ふにゃっとした寝顔とか。
　制服のままだから、見えそうな下着とか。
　あまりにも無防備すぎる。
　明菜はいつもそうだ。
　夏はやけに短いショーパンなんかはくし、制服のスカートは短いし。
　同居人が俺だからって油断しすぎ。
　俺になら何もされないって思ってる？
「ん……」
「あ、起きた？」
「な、な、な……!?」
　目を覚ました明菜が俺の顔を見るなり、まるで宇宙人にでも遭遇したかのように目を見開いて口をパクパクさせる。
「なに」

「ま、麻耶がすごく近いから、ビックリした……」
　……なにをいまさら。
「あ、ま、麻耶、座る？　いますぐどくね！」
「どこ行くの」
「うわっ!?」
　逃げようとする明菜の腕をつかみ、ソファに押したおす。
　あまりにもひ弱で無防備。
　そのまま明菜の上に覆いかぶさると、逃さないように両手首をつかんだ。
「ま、ま、ま、麻耶……!?　な、な、なにしてるの……!?」
　俺の下で身動きの取れない明菜は、これ以上ないくらいにパニック状態に陥る。
　そういえば、まだ聞いていない。
「どうして、俺から逃げるの？　目をそらすの？」
「それはっ……」
「俺にキスされそうになった日からこんな調子だよね？明菜は」
　意地悪にそう聞くと、明菜はなにも言えなくなってしまう。
「明菜はいつも無防備なんだよ。もっと危機感持って」
「む、無防備って……」
「だって俺に対して警戒心がまるでない。俺だからって安心しきってる。千晶にもそう。簡単に触れさせて。男の前でそんな姿は見せちゃダメなんだって」
　男は明菜が思うよりもずっと危険なんだって。

言わなきゃわからないの？
　　本当に心配になるからやめて。
「俺、一番最初に言ったよね？　この家で俺になにされても知らないよって。でも、もう逃げられないね。どうするの？」
「ほら」と明菜の手首をつかむ手にグッと力を込める。
「け、けど麻耶は……私のことなんか、女として見てないじゃん。私は、胸も色気もないし……」
「そんなこと俺がいつ言ったの？」
　　胸がないのはまぁたしかにそう思うけど、別に色気がないなんて思わないよ。
　　そういうのを油断って言うんだよ。
「そうやって安心しきってるから……。だから、俺にキスされそうになったんでしょ？」
「……なっ!?」
　　本当に、とことん無防備なんだから困る。
「ほら、明菜。話そらさないで、俺の質問に答えて」
　　どうしても聞きたい。
　　あのとき、あの公園で。
　　キスされそうになっても拒まなかったのは。
「……あのとき、俺にキスしてほしかった？」
　　相手が俺だったから？
「……っ……な……ぁ……」
　　また明菜は言葉をつまらせ黙ってしまう。
　　普段はよくしゃべるのに、こういうときだけなにも言え

なくなってしまうんだ。
「答えないの？　千晶にあんなことされそうになっても拒まなかったってことなの？」
「そ、そんなこと……」
「じゃあ言って。それを証明して」
「え……？　しょ、証明……？」
　なぁ、明菜はどう思ってるの？
　千晶のこと。
　俺に冷たくされたときに、傷心に入りこむように千晶に優しくされて。
　俺がいなくても千晶だけがいればいいって、少しでも思ったことある？
　俺なんか嫌いだって思ったことは？
　俺のことどう思ってるの？
　明菜は本当に俺が、必要……？
　あぁ、今日の俺はおかしいんだ。
　もう、抑えきれなくなってる。
　なにもかも。
　いままで冷たくしてきたぶん、優しくできなかったぶん、焦っている。
「あのとき、俺にキスされてもいいって思ったのなら……いまここで」
　千晶と明菜の仲が気に食わない。
　明菜の無防備さにも腹が立つ。
　俺以外の男にあんな顔見せないでほしい。

そんな完璧な嫉妬と独占欲が……、
「俺になら なにをされてもいいって。……ほら、言ってみなよ」
　もうずっと、抑えられないんだ。
　しばらくシーンとなる室内。
　少しやりすぎた……。
　また気まずくなってしまうかもしれない。
　そろそろどいてやろうかと思ったとき、
「じゃ、じゃあ麻耶は……」
　明菜がやっと口を開いた。
「ん？　なに？」
「じゃあ、麻耶はどうしてあのとき私にキスしようとしたの……？」
　まるで仕返しだと言わんばかりのその問いに、今度は俺がなにも言えなくなってしまう。
　まさか、聞き返されるなんて思わなかった。
「それは……」
　本当はちゃんと理由があるのに。
　しようとした理由も。できなかった理由も。
　からかったとかそんなんじゃないのに。
「……秘密」
　そのちゃんとした理由さえ知られたくなくて、隠してしまう。
「な……!?　そ、そんなのずるい！」
　本当にずるいヤツだね、俺は。

肝心(かんじん)なことはこれっぽっちも明菜に話してないくせに。
　そのくせ答えばかり求めてしまう。
「明菜はそんなずるい俺が嫌い?」
「ど、どうして……?　どうして、そんな寂しそうな顔をしてそんなこと聞くの?」
　寂しそうな顔なんて、俺はしてる?
「……わかんない」
　俺はぽそっとつぶやくと、自分の顔を隠すかのように明菜の首もとにそっと顔をうずめる。
「ちょ、ちょ、麻耶……!?」
　明菜は俺の背中をバシバシ叩く。
「……痛いよ。叩かないで」
「あ、ご、ごめんね……」
「うん。いいよ」
「……じゃなくて!　なんで私が謝ってるの!?　麻耶なにしてるの!?」
　騒ぎすぎ……。うるさい。
　もう少しこのままでいさせてくれないの?
「本当に今日はどうしたの?　今日の麻耶はおかしいよ!」
「うん。おかしいよ。おかしいからいまの出来事は全部忘れてもいいよ」
　そんな自分勝手なことばかり言う俺は、明菜の首もとにうずめた顔を上げ、「けど、これだけは覚えてて……」と明菜の頬に手を添える。
　こんなこといまさら言ったって、信じてくれないかもし

れないけれど。
「俺はね……本当はもっと明菜に優しくしてあげたいんだよ」
　いろいろな感情が抑えきれなくなって、ひとつだけ明菜に本音を伝えてしまった。
「え……？」
「本当は、ずっとずっと思ってた」
　明菜はいつも俺に対してけなげで、一生懸命だから。
　大切にしたくなってしまう。
　戻ってきた当初はあんなにもとげを張りめぐらせるかのような態度でいられたのに。
　いまはもうそれができなくなっている。
　こんなこと聞かされた明菜は、じゃあどうして冷たくするの？って。そう聞きたいにちがいない。
　だって、言っていることとやっていることが矛盾しすぎてる。
「麻耶……」
　あぁ、本当に今日の自分はどうしたんだろう。
　明菜の目に、いまの俺はいったいどう映ってる……？

4章

忘れるなんて無理だ

　昨日の麻耶はいったいなんだったんだろう。
　ただいま、クラスで文化祭の準備中。
　さっきから廊下で呼び込み用の看板作りをしているが、作業は一向に進まない。
　あのときの麻耶、絶対変だったよ。
　真剣な瞳で私を捉えて、とても冗談を言っているようには見えなかった。本気で言ってた。
『俺にならなにをされてもいいって。……ほら、言ってみなよ』
　……あーもう！
　思い出して、体が熱くなる。
　恥ずかしいやらなにやらで頭がパンクしてしまいそう。
　あのとき、麻耶の質問に答えられなかった。
　あまりにも急すぎて、麻耶にキスされそうになったときの自分の気持ちを言えなかった。
　けど、麻耶も言わなかった。
　私にキスをしようとした理由を。
『明菜はそんなずるい俺が嫌い？』
　だなんて、あんな不安そうに問いかけて。
　それを聞きたいのは、いつだって私のほうだというのに。
　それに……。
『俺はね……本当はもっと明菜に優しくしてあげたいんだ

よ』

　あの言葉を吐いたとき、どうしてあんなにも悲しそうな、苦しそうな瞳をしていたの？

　あんなのまるで、麻耶が私に冷たくするのは不本意だって言ったようなもの。

　そういえば……麻耶が戻ってきた日から麻耶の笑顔を一度も見ていない。

　いつから麻耶は笑わなくなってしまったんだろう。

「明菜ー。なんか手伝おうか？　俺暇だし」
「へ!?　あ、千晶！」

　ぼーっとしていると、どこからともなくやってきた千晶に声をかけられ我に返る。

　千晶は私のとなりに座ると、絵の具を手に取って看板を塗り始めた。

「千晶は文化祭、接客だよね」
「そうそう。だからあんまやることねーんだよ」
「ふふっ。そのぶん当日は大変だよー」

　何気に一番大変なのは接客なんじゃないだろうか。

「なぁ、明菜」
「んー？」

　千晶が看板を塗る手を止めて、急に真面目な顔をする。

「昨日さ、あれからどうなったの？」
「あれから？」
「昨日の放課後。麻耶、急にお前を連れてどっか行っちゃうし。どうしたわけ？」

「あ、それは……」
　昨日の出来事を話す？
　いや、話せるわけない。
　私だってなにがなんだかわからないのに。
「まぁ、俺はなんとなくわかるけど。アイツがなんであんなことしたのか……」
　千晶はそうつぶやくと、"3-5　喫茶店"と書かれた看板をぼんやりと見つめる。
「アイツさ、戻ってきた当初は本当なに考えてんのかわかんないくらいだったのに。最近は自己主張が激しくなったよな。嫉妬心丸出し」
「嫉妬心……？」
「だってほら」
　そのとき、私と千晶の前にかげができた。
　ふたり同時に顔を上げると、私たちの前に立つのは麻耶だった。
「それ、俺の仕事」
　私たちを見下ろすその顔は、なんだか千晶をにらんでいるようにも見える。
「ほらな？」と千晶が笑う。
「俺も手伝うよ」
「いいよ、別に。ふたりでできる」
「お前、美術苦手じゃん」
「なに言ってんの。美術5だけど」
「あれ、そうだっけ？　苦手なのは家庭科のほうだったっ

け?」
　な、なんか……。
　ふたりの間に険悪なムードを感じるのは気のせい?
「淡島くーん!　エプロンのサイズ合わせたいからこっち来てー!」
　妙な雰囲気に少しとまどっていると、クラスメートの子が教室の中から千晶を呼んだ。
　タイミングがいいんだか悪いんだか。
「千晶、呼ばれてるよ。行かないの?　早く行きなよ」
　まるで『早く行け』と言わんばかりに麻耶に促された千晶は「はいはい」と立ちあがる。
「あ、千晶……手伝ってくれてありがとう!」
「おう」
　去り際にあわててお礼を言うと、千晶はこちらを振り返り普段通りに笑って、クラスメートのほうへと行ってしまった。
　千晶がいなくなり麻耶とふたりきりになる。
　麻耶は床(ゆか)に座ると「筆貸して」と私に手を差し出した。
「あ、うん。どうぞ」
　私の手から麻耶の手へと筆が渡(わた)る。
　それだけでどうしようもなく、私の胸はドキドキしてしまうんだ。
　こんな近くに麻耶がいると、窓から吹(ふ)きこむ風に麻耶の髪が揺れるたびに、昨日私の頬に触れたやわらかな髪の感触とか、筆を持つその細くて長い指に両手首をつかまれて

いた感覚とか。
　そんなことまで思い出してしまう。
　麻耶はどうしてそんなに普通なの？
　そんなことを考えていると、
「ねぇ。明菜。昨日はごめんね」
　不意に麻耶が口を開く。
「え？」
「俺、昨日変だった」
「う、うん。たしかに……。頭がおかしくなっちゃったんじゃないかと思った」
「そこまで言う？」
　あ、ちょっと言いすぎたかも。
「それで？　明菜は昨日のことずっと考えてるの？　夜も眠れなかった？」
「は!?　そ、そんなこと……！」
　急に図星を突かれ、筆を落としそうになってしまった。
　その通りだ。
「クマできてるよ。寝てないの？」
「う……」
「忘れてもいいって言ったでしょ」
　……無理だよ。
　あんなことしといて、『忘れてもいい』なんてずるい。
　私は、なかったことになんてできないのに……。
　やっぱり、ただからかってきただけなの？

文化祭当日。

　この日は、快晴で校内は朝からにぎわっていた。

　文化祭は一般公開もされているため、毎年たくさんの他校生や近所の人たちが遊びに来る。

　うちのクラスの喫茶店も、まだ開店前にもかかわらず教室の前にはすでに行列ができている。

「明菜ー。ひも結んで」

「はーい」

　茶色いエプロンを身にまとう千晶が私の元にやってきて背中を向けるので、結んであげる。

「千晶このエプロンすごく似合ってる」

「マジで？　エプロンとかめちゃくちゃ恥ずかしいんだけど」

「エプロンとかいつぶりだよ」と笑う千晶は、首を少しだけひねってこっちを振りむく。

「明菜はいまから呼び込み行くんだろ？」

「あ、うん！　麻耶とふたりで行ってくる。たくさん呼びこんでくるからねー！」

　呼び込みは初めてするけど、看板持って歩いて、手あたり次第に声をかければいいんだよね？

　まだ少し……。いやかなり、麻耶とふたりきりになるのは気まずいというか、緊張というか、ドキドキしちゃうというか、なんというか……。

　相変わらずこんな調子だけど、麻耶とふたりでがんばらなきゃ。

それに今日は、麻耶と参加する最初で最後の高校の文化祭なんだ。
　すごくすごく楽しみにしてた。
　だから、麻耶が一緒にまわってくれるって言ったとき、本当にうれしかった。
　今日はなるべく平常心でいよう。
　楽しい一日になるといいな。
「はい、できたよ！　ほどけないようにきつく結んだけど苦しくない？」
「おう。大丈夫。サンキュー」
　千晶のエプロンを結び終えると、ちょうど開店時間を迎え、私も呼び込みに行こうと看板を手に持った。
「……もう、大丈夫なのかな。お前らは」
　そんな私を見て、千晶がどこか笑いながらつぶやく。
「え？　どういうこと？」
　安心したような、どこか切なげなその声のトーンに顔を上げると、少し眉を下げて笑う千晶と目が合うも、
「ううん。なんでもない。独り言。じゃあな。呼び込みがんばれよ」
　千晶は首を横に振ってそう言い残すと、同じ接客担当の子に呼ばれて行ってしまった。
　……なんだったんだろう。
「五十嵐さーん！　呼び込み行ってきてー！」
「あ、はい！」
　クラスメートの子に叫ばれて、私はハッとするとあわて

て立ちあがった。
「麻耶! 行こう! たくさんお客さん呼ぼうね!」

　私と麻耶は教室を出ると、にぎわう廊下を歩く。
　呼び込みは交代時間がない。
　一日中看板を持って歩いてなきゃならない。
　その代わり、呼び込み最中は自由に文化祭を楽しんでもいいことになっているから、実質ずっと自由時間みたいなもの。
　つまり、今日は麻耶とずっと一緒にまわれるんだ。
「喫茶店来てくださーい! 北校舎３階、３年５組でやってまーす!」
　いつもの何倍も騒がしい廊下では普段通りの声じゃダメだと、私はほかの宣伝者に負けぬように看板を持って大声で宣伝をしながら歩く。
　麻耶はそのとなりで黙って歩いてるだけ。
　……やる気なさそー。
「麻耶も声出さなきゃ!」
「やだよ」
　こんなお祭りムードにものまれず、いつも通りクールだ。
　もう、さっきから私ばかりが声を張りあげてがんばってるじゃん。
　それなのに……。
「きゃー! あの人やばい! かっこいい!」
「あの、私喫茶店行きます! あなたが接客してくれるん

ですか!?　指名します!」
「今度うちの文化祭にも来てください!」
　なんで、みんな私よりも麻耶に食いつくの!?
　必死な私には見向きもしないで、みんなが注目するのは、ただとなりで歩いているだけの麻耶ばかり。
　麻耶の人気具合は相変わらず恐ろしい。
　女の子たちに「喫茶店行ってね」と麻耶が申し訳程度の宣伝をすれば、女の子たちは「はい……」と語尾(ごび)にハートがつくくらいメロメロな目をして私たちのクラスへと向かっていく。
　私なんかよりも何倍も宣伝効果を発揮してるよ……。
　次から次へと麻耶の元へやってくる女の子たちのせいで、私は麻耶からどんどん離されていく。
　そんな光景に圧倒されながら、遠目で見つめることしかできず。
「ねぇねぇ」
「ん?」
　ポンと、誰かに肩を叩かれた。
　振りむくと、他校生の男の子たち数人。
「やべー。超かわいいね。何年生?」
「喫茶店行くから俺らに案内してよ」
　あ、やった!
　私にも声をかけてもらえた。
　麻耶ばかりが宣伝効果を発揮してるから、うれしい。
「俺ら場所わかんないから教室まで案内してくれない?」

「はい！　では、ご案内しますねー！」
　どうせ麻耶はしばらくあの状態だろうしね。
　レッツゴーとウキウキ気分で歩きだした途端、ガシッと腕をつかまれた。
「勝手にどこ行くの」
「へ？」
　私の腕をつかんだのは、麻耶だった。
　麻耶は、女の子たちに取りかこまれながらも私の腕を強くつかんでいる。
「この人たちを教室まで案内しようかと……」
　私がそう言うと、麻耶は男の子たちに視線をやる。
「この階段を上がってすぐだよ。明菜を連れてかなくても階段上がればわかるよ」
　なんだかその声は低く、男の子たちを怖い目でにらんでるようにも見える。
　仮にもお客さんなのに……。
　麻耶がそんな態度をするから男の子たちはビクッとすると、「あ、ありがとうございます……」と逃げるように階段を上っていった。
「麻耶……？」
「本当に明菜は危機感ない。俺言ったじゃん。もっと危機感持ってって。簡単に男についていったらダメなんだって」
「ついていくってか……連れていくだけだよ？」
　それが仕事だし……。
「なんにもわかってない。そういうのを危機感ゼロのアホっ

て言うんだよ。ただでさえ文化祭で変な男が多いのに」
　……ア、アホ!?
　いまさりげなく、アホって言った？
「とにかく……」
　ぼけーっとする私に、麻耶はため息をついて女の子たちから抜け出すと、私の体を思いっきり引っぱった。
「今日は俺から勝手に離れるの禁止だからね」
　──ドキッ。
　な、なにそのセリフ……。
　勘ちがいしちゃうよ。
　本当に私は、最近の麻耶にはドキドキしっぱなしだ。
　冷たいと思ったら、優しくて。
　優しいと思ったら、どこか甘くて。
　最近の麻耶は私の気も知らないで、こういうことばかりするんだ。
「行くよ」
　グイッとそのまま腕を引っぱられ、私も歩きだす。
　麻耶のサラッと吐いた先ほどの言葉にドキドキしすぎて黙りこんでしまう私に「ほら、しっかり宣伝しないと」なんて言ってきて。
　やっぱり麻耶は、私の気持ちには気づいてないんだなぁと思った。
　それからも、麻耶のおかげで呼び込みは順調に進んだ。
　そろそろお昼か……。
　いろいろな模擬店からおいしそうなにおいがするから、

おなかが空いてしまった。
　けど、麻耶はおなか空いてそうじゃないし、我慢しながらライブで盛りあがっている中庭に出てくると、クレープ屋を発見。
　おいしそうー。
「どれ」
「え？」
「食べたいのどれ？」
　……まさか、私がクレープを食べたがってることに気づいた!?
「いや、別に見てるだけだよ……！」
　なんか恥ずかしくて首を横に振るけれど、麻耶は「食べればいいじゃん」とそのままクレープ屋へと向かう。
「選んで」
「え、あ……。チョコバナナ？」
　言われるがままにチョコバナナを選ぶと、麻耶はそれをひとつ購入して、「どうぞ」と私に渡してくれた。
「え？　くれるの？」
「明菜のために買ったんだよ」
「いいの？」
「いいよ」
　……うれしい。
　すごくうれしい。
「ありがとう！　麻耶！」
　私は麻耶からクレープを受けとると、ひと口食べた。

甘いホイップクリームと、バナナの味が口いっぱいに広がる。
「おいしい？」
「うん！」
「そう。よかったね」
「……っ」
　麻耶はこんな子どもみたいな私とは正反対にあまりにも大人っぽく、そして昔みたいにやわらかく優しい顔をする。
　どうしよう。どうしよう。どうしよう。
　また、ドキドキしてきた。
「ま、麻耶も……食べる？」
「俺はいらないよ」
　なんだか私、朝からずっとドキドキしてるよ。
　今日は平常心でいようと思ったのに。
　できない。
　麻耶がとなりにいるだけで、平常心ではいられなくなる。
　ほんのささいな優しさが、いちいち私の胸の音を加速させる。
「さっきから歩いてるだけだね、俺ら。いろいろまわろ」
「……う、うん！」
　麻耶からこんなこと言ってくるのもうれしい。
　もうなんか、全部全部うれしく感じちゃう。
　私がクレープを食べ終わると、麻耶と一緒にライブを観てまわったり、模擬店でお好み焼きやタピオカを買って食べたりして文化祭を満喫する。

とは言っても、食べているのは私だけなんだけど……。
　麻耶はおなかが空いてないらしい。
「明菜、あれ入ってきなよ」
「ん？　どれ？」
　南校舎２階にやってくると、麻耶はとある教室を指さした。
　それは、なんとお化け屋敷(やしき)。
「む、無理！　無理！　やだよ！　怖いよ！」
　なんでよりによってお化け屋敷!?
　それに『入ってきなよ』って……私ひとりで入らせる気？
「怖くないよ。俺、ここで待ってるから」
「絶対怖いよ！　"超怖いよ"って書いてるじゃん！」
「"怖くない"って宣伝するお化け屋敷なんてないでしょ」
　いや、そういうことを言ってるんじゃなくて……。
「な、なんでお化け屋敷なの……？　私が昔からお化け屋敷苦手なの、知ってるよね？」
「知ってるよ。だから言ってんじゃん」
　……な!?
　なにそのいきなりの意地悪発言！
「麻耶のイジワル……」
「じゃあ、一緒に入る？」
「え？」
「どうせ暇だし入ろ」
「あ、ちょっ……」
　麻耶は私の腕を引っぱると受付をして、無理やり中へ連

行していく。
　ひとりだから無理だとか、一緒だからいいとかじゃなくて、お化け屋敷自体が怖いんですけど……！
　麻耶に強制的に連れてこられた私は、一歩も進めず立ちどまる。
　本当にここは教室？と疑いたいほどに真っ暗でなにも見えない。クオリティが高すぎる。
「ねぇ、やっぱりやめようよ……」
「後ろつまるから早く」
　怖がる私のことなんておかまいなしに行っちゃうから、私も仕方なく歩きだす。
「な、なにも見えないよ……。もうやだぁ……」
「早く歩いてよ」
　そんなこと言ったって……。
「麻耶！　麻耶いる……？」
「いるよ」
「どこ!?」
「ここ」
「どこ!?　いないじゃん……！」
「だから」
　声は聞こえるのに麻耶の姿が見えず半泣き状態に陥っていると、麻耶が突然グッと私の体を引きよせて両頰をつかんで顔を上に上げた。
　そして。
「ここにいるでしょ」

その距離があまりにも近すぎるから、暗闇の中でもバッチリと麻耶の顔が見え、私の鼓動がまたもや暴走する。
「見えた？」
「は、はい……。見えました……」
　この近さは、この間の出来事を思い出してしまう。
　そんなこんなでやっと廊下に出た私は、一気に力が抜けてヘナヘナとその場にしゃがみこんだ。
「そんなに怖かったの？」
「こ、怖かったよ……」
「ごめん。いじめすぎた」
　もう、本当だよ。
　でも……。
「……あははっ」
「なに笑ってんの」
　さっきまでガクガク震えていた私が急に笑いだし、麻耶が『なんだコイツ』と言いたげな顔をして私を見る。
「……なつかしいなぁーって思って」
「なつかしい？」
「うん。昔、一緒にお化け屋敷に入ったよね」
　中学生の頃、一度だけ麻耶と遊園地に行ったことがある。
　そのときもこうしてお化け屋敷に無理やり入れられた。
　腰を抜かして歩けなくなってしまい途中リタイアをする私を見て、麻耶はケラケラ笑ってたっけ。
　それでも麻耶は、最後まで私の手をつないで離れないでいてくれた。

いまだって、手はつながなかったけれど……ずっと私のそばを歩いてくれていた。
　なんだか中学の頃のふたりに戻ったみたいで、心があたたかくなったんだ。
　お化け屋敷を出た私たちは、少し休憩することにして再び中庭にやってくるとベンチに腰を下ろした。
　さっきまでライブで騒がしかった中庭は、演奏が終わったようでいまはとても静か。
「麻耶、私ね……。麻耶とこうして文化祭をまわるの、本当の本当に夢だったんだよ」
　私はクレープ屋をぼんやりと見ながらそうつぶやくと、今度は麻耶のほうに視線を移した。
「あのね、麻耶……。私、やっぱり無理だよ」
「……なにが？」
　麻耶もこちらを見る。
　目が合った瞬間ドキドキして。
「忘れるなんてやっぱり無理だよ」
　麻耶はこの間のことを忘れてもいいって言ったけど、やっぱり無理だ。
　麻耶といると、なにも忘れられない自分がいる。
　きっと私はこれからも忘れないよ。
　麻耶とこうして文化祭をまわれたことも。
　クレープを買ってくれたときのあのやわらかくて優しい顔も。
　麻耶に意地悪されてお化け屋敷に入れられたことも。

キスされそうになったことも。
　　ずっとずっと前の出来事だって。
　　その全部を覚えてて、必ず思い出して。
　　そしてそのたびに『あぁ、やっぱり私は麻耶のことが好きなんだ』って、そう実感させられるんだ。
　　なんで私はいまこんなことを言っているんだろう。
　　あぁ、そうか。
　　麻耶が『忘れて』なんて言うからだ。
　　その上でさらにドキドキさせてくるからだ。
「麻耶は忘れちゃう……？」
　　できることなら、麻耶も忘れないでいてほしいのに。
「私との思い出も、私にキスしようとしたことも、全部忘れてなかったことにしちゃうの……？　私だけが覚えてるの……？　私だけが覚えてなくちゃいけないの……？」
　　不安でいっぱいな声で問いかけた。
　　今度こそ麻耶にも答えてほしい。
　　しばらく走る沈黙。
　　また『秘密』って言われるかと思った。
　　けど……。
「俺は……」
　　麻耶がなにかを言おうと口を開く。
　　なにを言うのだろう。
　　その口から次に発せられる言葉を待って……私はゴクリと唾を飲んだ。

私の知らない君のこと

「俺は……」
「麻耶くーーん!」
　……あぁ、ダメだ。
　聞けなかった。
　麻耶の声は遠くから大きく手を振りながら走ってくる子によってかき消されてしまった。
「千紘……?」
　声の主は千紘ちゃんで、麻耶はそれに気づくと私から千紘ちゃんへと視線を移した。
「こんなところにいたんだー!　ずっと捜してたんだよ!」
「おい千紘!　ひとりで走んなよ!　迷子になるだろうが!」
　千紘ちゃんに少し遅れて双葉君も走ってやってきた。
　……そうだった。すっかり忘れていた。
　このふたり、文化祭に来るとか言ってたっけ……。
「麻耶、いままでどこにいたんだよ?　ずっと電話してたのに出ねーし。この高校無駄に広いから歩きまわって疲れたわ」
「あぁ、ごめん。気づかなかった」
　双葉君は「まぁ、いいけど……」と私の反対側に腰を下ろす。
「で、お前らいまなに中なの?」

「見てわからないの？　宣伝中」
「いや、ただ座ってるだけじゃねーか！」
「もう、幸星！　どいて！　ねぇ、ねぇ。麻耶君！　一緒にまわろうよー！」
　千紘ちゃんは双葉君を無理やりどかすと、麻耶のとなりにぴったり座って腕を組み、ちょっと上目遣いで麻耶の顔に視線をやる。
「俺、いま休憩中」
「いや、宣伝中じゃないのかよ」
「じゃあ、休憩終わったらまわろう？」
　千紘ちゃんは双葉君のツッコミを無視してそうお願いするが、
「ダメ。明菜と宣伝まわるから」
　麻耶の素っ気ない返答に、千紘ちゃんは頬を膨らまし反対側に座る私をにらんできた。
「どうせ明菜ちゃんは仕事してないでしょ！　ひとりでやらせればいいじゃん！」
　し、失礼な……！
　言っとくけど麻耶よりもがんばってるもん！
　歩いてるだけの麻耶より全然宣伝できてはないんだけど……。
「がんばってるよ、明菜は。仕事してないのは俺のほう」
　麻耶が私をかばうような発言をすると、千紘ちゃんの機嫌はますます悪くなってしまう。
「せっかく遊びに来たのに……！　麻耶君は明菜ちゃん

ばっかりじゃん！　意味わかんない！」
「なんでそんなに明菜にあたり強いの。もっと仲よくしてよ」
「やだよ！」
　麻耶は気づいてない。
　千紘ちゃんの気持ちにも、私の気持ちにも。
　頭がいいくせにこういうのは意外とうとい。
　ここまで鈍感だと、もしかしたらさっきの私の言葉の意味もわかっていないかもしれない。
「おい、千紘。あんまり困らせるなよ。仕方ないだろ、ふたりは仕事中なんだから。俺らだけで……」
　見かねた双葉君が止めに入るが……。
「うるさい！　ぽんこつバカ！」
「ぽ、ぽんこつバカ……!?　おい！　ぽんこつバカってなんだよ！　俺はバカだけどぽんこつではねーよ！」
　双葉君、バカなのは認めちゃうんだ……。
「お前こそ、麻耶麻耶って……。俺の気も知らねーで麻耶ばっかりで、バカなのはお前のほうだろ！」
　え？　なに……その大胆発言。
　もしかしてもしかすると、双葉君って千紘ちゃんのことが好き、なの……？
　なんとなくハラハラしていると、
「はぁ？　幸星の気持ち？　どういう意味？」
「あ……。いや……。いまのは……その……」
「なに言ってんの!?　ハッキリ言ってよ！」

「うっせー！　察しろよ！　バカ！」
　ふたりはケンカを始めてしまった。
　これはもう完璧に、双葉君は千紘ちゃんのことが好きだ。
「はぁ……。じゃあ、みんな一緒にまわる？」
　このままじゃこのやり取りが無限ループしてしまいそうだと、麻耶はため息をつくとそう言いながら立ちあがる。
「……うん！　まわる！」
　それに対してうれしそうに笑う千紘ちゃん。
「明菜、いい？」
「う、うん……」
　麻耶に尋ねられ、私はコクリとうなずいた。
　せっかくふたりきりでまわってたのに……。
　でもここで『嫌だ』なんて言ったら麻耶は困っちゃうもんね。

　結局４人で文化祭をまわることになった私たちは、千晶にも会えるということで自分らのクラスの喫茶店に行くことにした。
「千晶ー！　遊びに来たぞー！」
「お、幸星と本庄じゃん！　学校まで迷わず来れた？」
「来れた。来れた。お前の説明わかりやすかったし」
　喫茶店に入ると千晶が忙しそうに接客していて、私たちに気づくと駆け足でこちらへやってきた。
「お前も一緒にまわらねー？」
「あぁ、そうしたいんだけど……なんか、『お前は休憩なし』

とか言われて」
　そう千晶が苦笑すると、「おい！　淡島！　お前に指名入ってるぞ！」と向こうでクラスメートが叫んだ。
「やべーな。指名って……。ホストクラブかよ！　お前、むっちゃ人気じゃん」
「うっせぇよ」
　双葉君がからかうようにククッと笑う。
　どうやら千晶目あての女の子たちがたくさん来るせいで、休憩どころじゃないらしい。
「ちょうど席空いてるけどお前らなんか頼む？」
　千晶にそう言われ、私たちは4人席に腰を下ろす。
　双葉君と千紘ちゃんはケーキセットを注文した。
　私は食べすぎ、麻耶はケーキが嫌いなので、ふたりとも紅茶だけ。
「淡島君、すごく人気だね」
「去年の麻耶もあんな感じだったよな。いや、もっとか？　女が殺到したせいで模擬店閉鎖はマジで笑ったわ。伝説じゃね？」
「あははっ。たしかに！　麻耶君、それがあったから接客にしなかったんでしょー？」
　ふたりがそんな会話で盛りあがってる中、私はなんだか居心地が悪くて「お手洗いへ行ってくる」とひとり廊下へ出た。
　千紘ちゃんがいると、私なんて入る余地がない。
　さっきの話だってまだ途中なのにな。

麻耶がなにを言おうとしたのかわからずじまいだ。
　続きが気になるよ。
　あとで教えてくれる……？
　そんなことを考えながらトイレへ向かっていると、
「あ……。あの人……」
　私は、とある人を発見した。
　スーツを着こなしたあの背の高い男性は……麻耶のお父さんだ。
　それと、となりには見知らぬ女の人の姿も。
「あの……」
　私はとっさに麻耶のお父さんの元へ駆けよると、後ろから声をかけた。
「あれ、君は……」
「お久しぶりです。明菜です。覚えてますか？」
「あぁ、もちろんだよ。見ないうちになんだかずいぶんと大きくなったな」
　そう言って笑う麻耶のお父さん。
　となりの女の人は誰だろう……？
　仕事関係の人とかかな？
「麻耶君のお友達？」
「あぁ。彼女は麻耶の幼なじみだ」
「あら、そうなの」
　女の人は「初めまして。静香といいます」と微笑んだ。
　女の私から見てもドキッとしてしまうくらい、妖艶で大人の色気がただようような美しさだ。

「あ、もしかして麻耶に会いに来たんですか？　よかったらご案内しましょうか？　麻耶はいま教室にいるので」
　きっと麻耶に会いに来たのだろうと思ってそう言うと、麻耶のお父さんは目を伏せてなぜか寂しげに笑った。
「……麻耶は会ってくれるだろうか」
　え？　どういう意味……？
「あ、あたり前ですよ！　なに言ってるんですか！　麻耶もきっと会いたがってますよ！」
　私は言葉の意味がわからず、若干とまどいながらも首を縦に振った。
　そして、来た道を引き返すとふたりを自分のクラスへと案内した。
「ちょっとここで待っててください。麻耶を呼んできます」
　ふたりを廊下に残してクラスに入ると、さっきまで自分のいた場所へと戻る。
「あの……。麻耶……」
「あ、戻ってきたの。なに？」
　後ろから声をかけると、麻耶がこちらを振り返る。
「えっと、麻耶に会いたいって言ってる人がいるんだけど」
「会いたいって言ってる人？」
　麻耶は双葉君たちに「ちょっと行ってくる」と言い残すと、席を立った。
　私も麻耶のあとをついていく。
「誰？　俺に会いたいって言ってる人って」
「うん、それがね……」

私が答える前に麻耶が教室のドアを開ける。
　そして、
「麻耶……」
「麻耶君……」
「……は？」
　ふたりと対面するなり、麻耶は大きく目を見開いた。
　まさかお父さんが会いに来るとは思わず、ビックリしたのだろう。
　麻耶にとって春休みぶりとなるお父さんとの再会。
　うれしいだろうな。
　そう思ったのに、チラッと麻耶を見るとそれとはまるで正反対の反応だった。
　だって、おじさんたちを見る麻耶の表情は曇っていて、あまりにも冷たい目をしていたから……。
「麻耶、元気にしてたか？」
「……なんで来てんの」
　麻耶はおじさんの問いに答えることなく、そんなことを言いはなつ。
「ごめんね。急に来て。麻耶君の学校で文化祭があるって知って会いに来たの！」
「そういうことを聞いてるんじゃないんだけど」
　おじさんだけでなく、静香さんにも冷たい態度。
　麻耶とおじさんはあんなにも仲がよかったのに、いまでは大きな壁ができているような気がした。
　麻耶……？　どうしたの？

「俺、もう二度と会いたくないって言ったじゃん」
「わかってるの……！　だけど……！」
「わかってるなら俺の前に姿を現すなよ！」
　麻耶がひと際大きな声をあげた。
　廊下にいる人たちがビックリした顔をしてこちらを見ている。
「麻耶……！」
「……帰れよ」
　私があわてて止めに入るも、麻耶はそれを無視して低い声で言って、ひと際冷たい表情でおじさんたちをにらむ。
　せっかく麻耶に会いに来たのに、こんなにも拒絶的な態度を取られたふたりは「……ごめんね」とつぶやくと、麻耶に背を向けて行ってしまった。
　ふたりがいなくなっても、麻耶はその場を動かずに一点を見つめる。
　さっきまであんなに冷たい顔をしていたのに、その顔はどこか寂しそうにも見えて。
　どうしていま、そんな表情をするの……？
「麻耶、どうしたの……？」
「なんでもないよ」
「でも、麻耶……。せっかくお父さんに会えたのにあんな態度で……」
　気になるのに。
　麻耶がそんな表情するから、すごく気になるのに。
　なにかあるなら聞いてあげたいのに。

「あの女の人はだ……」
「なんでもないって言ってんじゃん。うるさいな。ちょっと黙ってて」
"あの女の人は誰？"
　その問いは遮られてしまう。
「あ、あのね麻耶。私があのふたりを連れてきたの。麻耶に会いたそうだったから……」
「……するなよ」
「え？」
「勝手なことするなよ」
　なに、それ……。
「じゃあ、あのまま放っておけばよかったの？　どうしてあんな態度を取るの？　きっと傷ついてるよ」
　そう問いかける私に、
「……なにも知らないくせに」
　麻耶はそう言いはなつと、私を残して教室へと戻っていってしまった。
　それから麻耶とはひと言も会話をしないまま、文化祭を終えた。
　あんなにも楽しい時間が、一瞬にして崩れてこんな終わり方を迎えてしまった。
　麻耶……きっと、怒ってる。
　私が余計なことをしたから。
　でも、麻耶だってなにも言わないじゃん……。

放課後。
　文化祭の片づけなどもあり、帰宅は5時を過ぎていた。
　千紘ちゃんと双葉君は、門の前で私たちの帰りを待っていてくれた。
　待っていたというよりは……千紘ちゃんが麻耶と少しでも長くいたいから帰らなかっただけだけど。
　私と千晶と麻耶。
　それから、双葉君と千紘ちゃんは校門で合流すると、駅までの道のりを歩く。
　チラッと麻耶を見る。
　でも、麻耶はこちらを見てはくれず、千紘ちゃんのほうを見てる。それがすごく寂しい。
『余計なことしてごめんね』って謝りたいけれど、となりにはずっと千紘ちゃんがいるからタイミングがつかめない。
　家に帰ったら……謝ろう。
「麻耶君……大丈夫？」
「なにが？」
　なにやら話す麻耶と千紘ちゃん。
　私はふたりの会話にそっと耳を傾（かたむ）ける。
「さっき麻耶君に会いに来た人……静香さんたちなんでしょ？」
　え……？
　なんで？　どうして千紘ちゃんの口からその名前が出るの？

麻耶と静香さんにはなにかあるの？
　千紘ちゃんはそれを知っているの？
　私はなにも知らないよ。
　私が聞いても、麻耶は教えてくれなかった。
　なんで私には話さないのに、千紘ちゃんには話すの？
「麻耶君、無理しないで。悲しいことがあったらいつでも連絡して。私に話して。私だけが聞いてあげるから」
　そんなのやだよ。私にも話してよ。
　千紘ちゃんだけが知ってるのやだよ。
　お父さんのこととか、あの女の人のこととか。
　なにかあるなら言ってよ。
　聞いてあげるから。聞かせてよ。
「……ありがとう」
　そんなふうに、千紘ちゃんにだけうなずいたりしないでよ。
　駅に着くと、双葉君たちとはここでお別れ。
　バイバイと双葉君と千紘ちゃんが手を振り歩きだすと、私はとっさに千紘ちゃんに駆けよった。
「千紘ちゃん！」
「なに？」
「麻耶の……麻耶のことなにか知ってるの……？　静香さんのこととか……」
　思わず聞いてしまった。
　だって、私だけ知らないなんて嫌だ。
「どうして？」

「私、麻耶と静香さんたちとの関係を知らなくて、麻耶と会わせちゃったの。それで……」
「あー。明菜ちゃんが会わせたんだ。本当、余計なことしちゃったんだね」

　なに、その言い方……。
「私はね、知ってるよ」

　千紘ちゃんが少し得意げな目で私を見る。
「静香さんのことだけじゃない。麻耶君のこと、私は全部知ってる。明菜ちゃんはやっぱり知らないんだ？」

　まるで自分が優位にでも立っていると言わんばかりの、勝ちほこったような表情。
「お、教えてくれなくて……」
「ふーん。信用されてないんだね。麻耶君に」
「え……？」
「だってそうじゃん。幼なじみの明菜ちゃんが教えてもらえなくて、私は知ってるんだもん。幼なじみといってもしょせんはその程度なんだね」

　信用されてない。

　だから、麻耶はなにも話してくれないの？
「自分が麻耶君と離れていたのはたった４年間なのにって。そのたった４年の間で知りあった私が気にくわないって思ってる？　じゃあそれさ、麻耶君の前でも言える？"たった"４年って言える？」

　どういう意味……？
「知らないでしょ？　麻耶君が東京に引っ越した本当の理

由なんて。どんなふうに4年間を過ごしていたかなんて。麻耶君にとっての4年間なんて。察することだってできないでしょ?」

　麻耶が東京へ引っ越した本当の理由……?

　なにそれ。お父さんの仕事の都合じゃないの……?

「麻耶君の家族のことも。麻耶君がそっちにいた頃からずっとひとりで悩んでいたことも。私しか知らない。だから、私だけが麻耶君の力になれる」

　悩んでた?　麻耶が?

　引っ越す前から?

　そんな態度、一切見せなかったよ。

　なにも話してこなかったよ。

　最後の最後まで、いつも通り優しく笑ってたよ。

　麻耶はなにを私に言わないまま引っ越していったの?

「明菜ちゃんはなにもできないでしょう?　幼なじみなのに麻耶君になにもしてあげられないでしょう?」

　あぁ、思えば私は……なにも知らなかった。

　麻耶が向こうでの長い4年間を、どんなふうに過ごしていたのか。

　がくぜんとする私に千紘ちゃんはフッと笑うと、

「麻耶君はきっとこっちに戻りたくなるよ」

　と言った。

　その言葉が、麻耶が私から離れたくなると言われているみたいで、とても悔しくて。

「そ、そんなことない!」

それでも私は、ありきたりな言葉で否定することしかできない。
「そう？　私は思うけど？　そもそも麻耶君が戻ること自体がまちがいだったんだって。麻耶君も言わないだけで本当は後悔してるんじゃない？　明菜ちゃんの元に戻ったこと」
　麻耶が私の元へ戻ってきたことを後悔……。
「私といたほうが、麻耶君は笑顔でいられる。私なら、麻耶君にあんな寂しそうな顔はさせない」
　千紘ちゃんが私の耳もとに近づく。
　そして、
「明菜ちゃんに麻耶君は渡さないよ」
　そう言い残すと、双葉君に呼ばれて去っていった。
　私にとって麻耶との空白の４年間が、千紘ちゃんが麻耶と過ごした４年間。
　その４年の間でなにがあったのか。
　引っ越す前のことも。
　千紘ちゃんはすべて知っている。なにもかも。
　だから優しい言葉をかけてあげられる。
　話を聞いてあげることもできる。
　私には、できないのに。
「おい明菜！　なにしてんの？　電車来るぞ」
　千晶に肩に手を置かれ「早くしろ」と促されるも、私の体はしばらく動かなかった。

同居生活に終止符を

　家に帰ってきた私たちの間に会話はなかった。
　帰宅してかれこれ1時間は経つが、お互い同じリビングにいるのに口を開かず。
　麻耶はいまなにを考えているのだろう……。
「麻耶、今日のご飯はクリームシチューでいい？　材料あるから」
　正直、いまは夕飯を作っていられるような気持ちではないけれど、無理やりでもキッチンに立つ。
　でも、麻耶は「いらない」と返してきた。
「今日はいい。食欲ない」
「でも麻耶、朝からなにも食べてないし……」
「いらないって言ってんじゃん」
　少し強めに私の声を遮った麻耶は、無意識だったのかハッとすると「ごめん」とつぶやいた。
　そして、またしばらくの間沈黙が走ってしまう。
　これからは毎日一緒に夕飯を食べるって約束をしたあの日から、麻耶はちゃんとその約束を守ってくれていたのに。
　けど、いまはそれすらしたくないほどに怒ってるの？
「ごめんなさい……。麻耶」
　若干震える声。
　また距離が遠い同居生活が始まりそうで怖くて。
「どうして謝るの？」

「怒ってるんでしょ？　私がふたりと会わせたから」
「……別に怒ってないよ」
　嘘だよ。
　こっちを見てくれないじゃん。
「麻耶、私ね……麻耶たちの関係を知らないから余計なことしちゃったの。だから……」
　「だから、私にも教えて」と言葉を続けた。
　全部聞きたいと思った。私の知らないこと。
　教えてくれると思った。
　千紘ちゃんに教えたのだから、聞けば私にも教えてくれるはずだって。
　私と麻耶は幼なじみなんだ。
　千紘ちゃんよりも、長く一緒にいるんだ。
　千紘ちゃんのほうが信用されているなんて、そんなことあるはずない。
　でも……。
「……なんでもないよ」
　麻耶はまた『なんでもない』ってそうあしらってきたんだ。
　その瞬間、あぁやっぱり私は……麻耶にとってそんな程度の存在なんだって思いしった。
「また、なんでもないって言うの……？」
「…………」
「麻耶はいつもそうだよ。そうやって教えてくれない……」
　私だけ……？

なんでも話しあえる仲が幼なじみなんだと、そう思っていたのは私だけ？
「なんで……？　なんで千紘ちゃんには話して私には話してくれないの？」
　悔しくて、寂しくて、なんだか異様に苦しくて。
　私の知らない麻耶を、千紘ちゃんは知っている
　そんなくだらない嫉妬心がわきあがる。
「……なに言ってんの」
「だって千紘ちゃんは知ってるんでしょ!?　お父さんのこととか、静香さんのこととか！　どうして私には話してくれないの？　東京に引っ越した理由も……どうしてお父さんの仕事の都合だなんて、そんな嘘ついたの!?」
　我慢できなくなって、思わず声を張りあげた。
　それでも麻耶は「明菜には関係ない」と言ってまたあしらった。
「千紘になにを言われたかは知らないけど、明菜が気にするようなことはなにもない」
　私が気にするようなことはない？
　私は気になっているのに？
　勝手に決めつけないでよ。
「嘘つき！　千紘ちゃんには言うくせに！」
　幼なじみなのに知らないことがひとつあるだけで、こんなにも胸が締めつけられる。
　麻耶はこの気持ちをわかってはくれない？
「千紘ちゃんにだけ言うのは、私が信用できないから？

頼りないから？」
「…………」
「麻耶には千紘ちゃんがいるから？　麻耶には千紘ちゃんがいるから、私なんていらないの……!?」
　ねぇ、黙ってないで答えてよ。
「私のことが、嫌いだから……っ？　どうして……？　私、麻耶に嫌われるようなこと。なにかしたっ……？」
　ちゃんと答えてよ、麻耶。
　ついに、涙があふれて落ちる。
　麻耶は私の問いに黙ったまま。
　それがもう答えなんじゃないだろうか。
　やっぱり、そうなんだ。
　麻耶は私のことなんて、ずっとずっと嫌いだったんだ。
　だから、私にはなにも言わないんだ。
　また、あの頃みたいに戻れるって信じてた。
　この同居生活で絆とか信頼関係とか、そんなものがまたはぐくめると思ってた。
　でも、距離はちっとも埋まってなかったんだ。
　私だけが勘ちがいしていた。
　千紘ちゃんの言う通りだ。
　麻耶はきっと、こっちに戻ってきたことを後悔しているんだろう。
　千紘ちゃんのそばにいたほうがよかったって。
　本当に、私はなにを勘ちがいしてたんだろう。
　麻耶ははじめから同居生活を……私といることを嫌がっ

てたじゃない。
　世界で一番嫌いだって、あのとき言われたじゃない。
　麻耶は、私のことなんてこれっぽっちも……。
　その瞬間、私の中でなにかが壊れたみたいに、カーッと頭に血が上っていくのを感じた。
「優しくしたいって。私にもっと優しくしたいって言ってくれたじゃんっ……！」
　いままで我慢してきたものが一気に爆発(ばくはつ)して、いろんな感情があふれて止まらない。
「いまの麻耶、全然優しくなんかないよ！」
　それでも麻耶は、言い返してこないから。
　それが余計につらくて。
　感情に任せた言葉で麻耶を傷つけていることにさえ気づかなかった。
「なにも話したくないくらいに私が嫌いなんでしょ……？
　千紘ちゃんのほうが信用できるんでしょ？　なら、戻ってこなかったらよかったじゃん!!　冷たくするくらいなら戻ってこないでよ!!　戻ってこずに、ずっとずっと千紘ちゃんのそばにいればよかったじゃん!!　そのほうがいいんでしょ!?」
　ちがう。ちがうの。
　こんなことを言いたいんじゃないのに。
「私のことが嫌いなら……どうして戻ってきたのっ……？」
　本当はすごくうれしかったんだよ。
　麻耶が戻ってきてくれて。また会えてうれしかったのに。

「どうして私にキスしようとしたの？」
　……寂しい。
「どうして冷たくするの？　どうして優しくするの？」
　……苦しい。
「どうして麻耶は、いつもいつも私を惑わせるようなことばかりするの……!?」
　こんなに好きでも。
　こんなに想っていても。
『世界で一番明菜が嫌いだから』
　きっと、あのときから。
「どうして、嫌いだなんて……そんなこと言うのっ……」
　お互いの気持ちはなにひとつ伝わらないようにできていたんだ。
「こんなの、同居している意味なんてないっ……」
　自分でもなにを言っているのかわけがわからなかった。
　始まりはただのくだらない嫉妬心だったのに。
　部屋には私の泣き声だけが響く。
「じゃあ、聞くけどさ……」
　そんな私を見て、麻耶がやっと口を開く。
「明菜にいったいなにができるの？　話せばなにか変わるの？　明菜が……どうにかしてくれるの？」
「そんなの、言ってくれなきゃわかんないよっ」
「だから、なにも知らないくせに簡単に言うなよ」
　私の声を遮って、そのまま伏せられる目。
　そして、しばらく黙ったあと。

そのあまりにも寂しげな瞳で静かに告げられたのは、
「……お母さんが死んだ」
　そんな言葉だった。
「え……？」
　その言葉を聞いたとき、金づちで頭を殴られたような衝撃に襲われた。
　麻耶の……お母さんが亡くなった？
　信じられなかった。
　いつもニコニコしていて、優しくて、麻耶ともすごく仲がよくて。
　あの人が私の知らぬ間にこの世から去っていたことが信じられなかった。
「……ほら、なにも言えない。なにもできないじゃん」
　ただ黙る私に、麻耶が冷たく言う。
「それならもうこれ以上は話す意味がない。知らなくていいよ。聞いてもらわなくてもいいよ。だからもう、なにも聞いてこないで」
　本当に私は……なにもできないじゃん。
　お母さんはいつ亡くなったの？
　なぜ亡くなったの？
　おばさんの死で、おじさんとの関係がこじれてしまったの？
　たくさんたくさん聞きたいことがあるはずなのに。
　かけるべき言葉があるはずなのに。
　なにも口から出てこない。

なにを言えばいいのかわからない。
　麻耶がいままでずっと言わなかったこと。
　いま初めてひとつだけ知って。
　でもきっと、ほかにもたくさんたくさんあって。
　それでも私がこんな頼りないから。嫌いだから。
　麻耶はもう……なにも話してくれない。
「もう、やめる？」
「え？」
「一緒に生活するの……もうやめようか」
　その言葉と同時に、麻耶はソファに腰を下ろすとこちらを見てきた。
　その目は、あのときと同じで、ドクンと胸が鳴った。
　それは……４年ぶりに再会したあの日に見た、すべてを拒絶するかのような氷みたいに冷たい目。
「同居する意味なんてないんでしょ？　俺は戻ってこなかったほうがよかったんでしょ？」
「ち、ちがう……！　さっきのはつい……！」
「ちょうどいいじゃん。俺もそう思ってたんだから」
　やだ。やだ。やだ。
「本当……戻ってこなければよかった」
　やだよ。そんなこと言わないで。
「俺はきっと、これからもたくさん明菜を傷つけるよ。こんなふうに。そのたびに明菜は、そうやって泣くんでしょ？」
　どうして……。

どうしてこんなことになっちゃうんだろう。
　私は、ただ……。
「俺のそばをうろちょろするくせに、俺のひと言ふた言ですぐ泣く」
　淡々と述べられる麻耶の冷たい言葉。
「俺のことすべてわかったかのような顔をして。傷ついた顔をして。自分が一番の被害者づら？　自分が勝手に俺のそばにいるくせに」
　久々に浴びせられる冷たい言葉が、心にひとつ、またひとつと刺さっていく。
「本当、そうやっていちいち泣かれるのウザかったんだよ」
　痛い。痛いよ。胸が、すごく痛い。
「……だから、もうやめよ。疲れた」
　それが、半年間私とこの家で暮らした麻耶が、いまここで言いたいことなの……？
「麻耶は私がいなくてもいいの……？　平気？」
　……嫌だ。謝るから。
　感情的になってごめんねって。謝るから。
「離れたいの……？　麻耶にとって、私とこの家で一緒に過ごした時間は、簡単に切り捨てられるもの？」
　だから、ちがうって言って。
　否定して。首を横に振ってよ。
　私をここにいさせてよ。
「この半年間、ずっとそう思ってたの？　麻耶は私がここからいなくなってもいいの……？」

お願いだから、嘘でもいいから。
　私をいまここで、引きとめてよ──。
「……勝手にしたらいいじゃん」
　冷めた言葉が、瞳が、態度が。
　そのすべてが言っている。私はここにいらないと。
「じゃあ、もういいよっ……！　二度と帰ってこないから！ 麻耶なんて……。麻耶なんて、大っ嫌い！」
　本当はこんなことを言いたいわけじゃないのに。
　私はキッチンを飛び出すと、麻耶に合鍵を投げつけた。
　そして、自分のスクールバッグだけ持って家を出ると、行くあてもなく走った。
　髪と涙が後ろに流れていく。
　呼吸も乱れてきて苦しい。
　次第に走る気力もなくなって、私は人気のない道路の真ん中で立ちどまると、そっとしゃがみこんだ。
　大っ嫌いだなんて、嘘なんだよ。
　だって、麻耶にあんなこと言われたって。
　いまここでつぶやいてしまうのは、
「麻耶っ……」
　この名前なのだから。

　いつまでそうしていただろう。
　私はフラリと立ちあがると、また歩きだした。
　……帰らなきゃ。
　また心配かけてしまう。

早く、早く、帰らなきゃ。
　でも……。
　帰るって、いったいどこへ？
　自分から家を飛び出した私が、あの家に帰ることなんてできないじゃない。
　気づいたら午後9時を過ぎている。
　迷いながらも私が向かった先は……。
「明菜……!?　どうしたの!?」
「ごめんねっ。お母さん……。帰ってきちゃった」
　自分の家だった。
　お母さんは突然やってきた私に驚くと「とにかく上がりなさい」と言ってくれた。
　約半年ぶりに帰ってきた自分の家は、あたり前だけどなにも変わっていない。
「どうしたの？　麻耶君となにかあったの？」
　なにも言えずに口を閉じる。
「……ケンカでもしたの？　一時的なものだとは思うけど、帰りづらいならここにいなさい」
「うん、ありがと……」
「まったく……。どうせ明菜がなにかしでかしたんでしょ？　しっかり謝って仲直りしなさいよ」
　ちがうんだよ、お母さん。
　ただのケンカだったらどれだけいいか。
　その日の夜はなんだかどっと疲れてしまい、お風呂に入るとすぐにベッドに入った。

久々にあの場所以外で眠るからか、なかなか寝つけない。
　麻耶……。
　私ね、嘘でもいいから『出て行くな』って言ってほしかったんだよ。
　同居生活をやめるだなんて、麻耶の口から言ってほしくなかったよ。
　無理やりにでも引きとめてほしかった。
『勝手にしたらいいじゃん』なんて、そんなどうでもいいものを扱うかのような言葉、ほしくなかった。
　麻耶にとって私との同居生活はその程度のものだった？
　こんなにも簡単に壊れちゃうものだった？
　昔みたいに戻りたくて、あんなにもがんばってきたのに。
　結局私は、この同居生活においてなにも変えることができなかった。
　ただ私は麻耶のことが知りたかっただけで、こんなつもりじゃなかったのに。
　ほんの少しの期待を寄せてスマホを取り出してみるも、麻耶からのメールも着信もない。
　もうこれで、二度と心配して電話をしてきてくれることも、迎えに来てくれることもないんだ。
　私がそうさせちゃったんだ。
　本当に終わっちゃったんだ。
「バカみたい……」
　あぁ、やっぱり。
　言わないでおいてよかった。

好きって言わないでよかった。
こんなにも悲しい結末が待っているなら。
こんなふうに壊れちゃうなら。
伝えないでおいてよかった。
幼なじみと始めた同居生活。
私は今日、自ら終止符を打った。

5章

俺にしとけよ

「ん……」

翌日、カーテンの隙間から漏れる太陽のまぶしい光に起こされた。

今日は日曜日。

手もとのスマホを見ると、時刻は午前8時。

麻耶と暮らし始めてから、平日はお弁当作りがあるから7時前には、休日は平日より少し遅めだけど朝から家事で忙しいので8時に起きるのが日課になっていた。

どうやらそんな習慣は身についたままらしい。

もう、こんなに早く起きる必要などないのに。

リビングへ降りると、お母さんがソファに座って紅茶を飲みながら朝のニュースを観ていた。

そこにいるのは麻耶じゃない。

麻耶を起こして紅茶を入れてあげると、麻耶がそれを飲みながらまだ眠たそうにニュースを観てて。

そんな朝の何気ない時間はここにはない。

あたり前に見ていた風景がないだけで、心にポッカリ穴が空いてしまったみたい。

忘れようと必死に振りはらっても、なにかをするたびに思い出してしまう。

掃除をしても、洗濯をしても、ご飯を食べても。

思い出すのは麻耶とのことばかり。

夕方頃、私は気分転換に少し散歩にでも行こうと家を出た。
　10月の空は日が落ちるのが早い。
　まだ5時半なのに、外は薄暗い。
　ここら辺を歩くのは久しぶりだなぁ。
「あれ？　明菜!?」
　ぼーっと歩いていると、後ろから声をかけられた。
　振りむくと、そこにいたのは……。
「お前なんでこんなとこいんの!?」
　……千晶だった。
　まさか会うなんて。
「えっと……まぁ……。ち、千晶は？」
「俺？　俺はそこのスーパーに行った帰り道」
「そうなんだ……」
「つーかお前、なにしに来たの？　荷物取りに来たとか？　いま帰り？　駅まで送っていってやろうか？」
　……ちがう。ちがうんだよ。
　私を駅に送ってく必要なんかないよ。
　私はもう、あの場所へは帰れないんだよ。
「早く帰らねーとまた麻耶が心配するぞ」
　もう、麻耶が私を心配する理由なんてないんだよ。
「……ふ……ぅ……」
　どうして悲しいのかな。
　どうして、こんなにもこんなにも……。
「は？　お前泣いてんの!?」

私の様子に気づいた千晶が、こちらを振り返るなりギョッと目を見開く。
「千晶……千晶っ！　ちがうの！　ちがうんだよぉ……！」
「な、なにが!?　おい！　いきなりどうしたんだよ！」
　道の真ん中で泣きじゃくる私に、千晶はなにがなんだかわからない様子。
　まわりの人にジロジロ見られ、しまいには「うわ、泣かせてる」なんて言われてしまい「ちょっとこっち来い」と私の腕を引っぱった。

「おら、泣きやめ」
「あ、ありがと……」
　千晶は人気のない公園のベンチに私を座らせると、自動販売機でお茶を買って渡してくれた。
「お前夏休みもそうだけど……いきなり泣きだすなよ。焦るから」
「うんっ……。ごめん……」
「で？　どうしたんだよ？」
　千晶がそう言いながらとなりに座る。
　千晶には言うつもりはなかった。心配かけたくないから。
　けど、黙っていてもきっとすぐにバレてしまうんだろう。
「わ、私ね……」
　私は心を落ち着かせると、ゆっくり口を開く。
「私……やっぱりダメだったんだ……。麻耶との同居生活で、なにも変えられなかった」

「え?」
「変えられないまま終わっちゃったぁ……っ」
　あぁ、また泣けてきちゃった。
　私は泣いてばかりだ。
「は?　どういうこと?　俺状況がよくわかんないんだけど。またなんかあったのか?　ケンカ?　家出?」
　ケンカや家出ならまだいいよ。
　時間が経てばまたあそこに戻れるから。
　もうそうじゃないんだ。
「ま、麻耶とのね……同居生活終わっちゃったの!　麻耶が……私なんかいらないから……!」
「……え?」
「私があのとき、なにも言ってあげられなかったからっ。私がこんなにも頼りないからぁ……!」
　お母さんが亡くなったと告げる麻耶に、あのときなにを言えば正解だった?
　千紘ちゃんは、どんな言葉で麻耶を支え続けてきたの?
　どんな言葉があれば、私は麻耶のことを知れたの……?
　私はきっと幼なじみ失格なんだ。
　はじめから、麻耶のそばにいる資格などなかったんだ。
「……明菜。話せよ。なにがあったか全部」
　千晶の優しさが身に染みて、私はすべてを話した。
　聞き終えた千晶は、
「は……?　アイツの母親……亡くなったの?」
　私と同じようになにも知らなかったみたいで。

「いつ亡くなったんだよ？」
「わからない……」
「だって、アイツは……そんなこといままで一度も言わなかったじゃねーか。引っ越した理由も、本当は父親の仕事の都合じゃなかったって……。なんでそんな嘘つくんだよ。意味わかんねーし」

　麻耶は、私だけじゃない。

　千晶にも話していない。

　麻耶にとって幼なじみは、うかつに自分のことを話せるほど、心許せる存在なんかじゃなかった。

「私……あの頃みたいに戻りたかったのに……なにもできなかった……！　なにも変えられなかった……！」

　なにもしてあげられない。

　だから麻耶は、私なんかいらない。

「嫌われたくなかった……！　本当は引きとめてほしかったのっ……！　麻耶のことばかり思い出しちゃうの！」

　それなのに、私の胸の中はまだこんなにも麻耶のことでいっぱいで。

「離れたくないのに……。大切なのに……。麻耶のことが大切なのにぃ……っ」

　伝えたかった思いがたくさんあったのに。

「どうしてこうなっちゃうの……っ。どうして戻れないのっ。どうして嫌われちゃうのっ……。どうして千紘ちゃんにはできるのに、私にはできないの……っ」

　もっとしたいことがたくさんあったのに。

「もっともっと笑ってほしかった！　もう二度と離れたくなかった……！　もっと一緒にいたかったのに……！」
　全部、私のせいでめちゃくちゃだ。
　うわーん、と子どもみたいに大声をあげた。
　ぬぐってもぬぐっても、あふれる涙は止まらない。
　後悔とか、寂しさとか、むなしさとか。
　そんな悲しい感情に胸が支配されて。
　捨てきれない気持ちがつらくて。
「私はっ……」
「明菜」
　突然、視界が真っ暗になった。
　代わりに、私の体がなにかに包みこまれた。
「もういい。わかったから。もういいから泣くな」
　千晶が、私の体を強く抱きしめていたんだ。
「千、晶……？」
「アイツのことでもう泣くなよ」
　その胸の中が、あまりにもあたたかいからか。
　その言葉があまりにも優しいからか。
「お前はよくがんばったよ」
「千晶っ……っ」
　私はまた、苦しくなっちゃうんだ。
「お前のせいじゃねーよ。頼りなくなんかねーよ。だって、お前は精いっぱいやってきたじゃん。俺はそれを誰よりも一番近くで見てきたから知ってる」
「うんっ……」

「お前が泣く理由なんてどこにもないだろ」
　背中に添えられた手がそのまま私の頭に来て、優しくなでられる。
「やっぱりあのとき、やめさせとけばよかったんだ」
「……千晶？」
「明菜がこんな泣くくらいなら、同居なんてさせなければよかった。無理にでも止めとけばよかった。だから俺は嫌だったのに。お前のそんな顔なんて、見たくなかったから」
　そう言いながら千晶は、涙でぐちゃぐちゃな私の顔を上に上げる。
「明菜」
「なぁにっ……？」
「俺の話を聞いて」と、千晶が話しだす。
　それは……。
「俺は、昔からずっと見てきた。バカみたいに仲のいいふたりを。一番そばで見てきた」
　千晶がずっとずっと胸の内に秘めていたもので。
「お前はいつも麻耶を見ていた。麻耶のことばかり考えてた。お前は、俺なんてちっとも見てなかった。そんなお前を見て……本当は、すげーやいてた」
　私が気づかなかったこと。
「麻耶が引っ越して、俺にもワンチャンあるかもなんて思ったりもした。でもお前は、アイツがいなくなってもずっとアイツのこと思ってた」
　でも、本当は私に気づいてほしかったこと。

「麻耶が戻ってきてうれしかったのはマジ。これは嘘じゃない。けど、変わったアイツを見て思った。明菜を傷つけるくらいなら戻ってくんなよ、って。言わないだけで、そんなこと思ってたよ」
「俺は最低？」と千晶がどこか切ない顔で笑う。
「はじめから反対だったんだ、同居なんか。冷たい態度で突きはなされて泣かされて。そんなことされてまで、アイツの元にいなくてもいいじゃんって。お前を応援してるふりをしてずっとそんなふうに思ってた」
　私はなにも言えずに千晶の話を聞き続ける。
「けど、明菜が幸せそうに笑うから。アイツといるときが一番うれしそうだから」
　知らなかった。千晶がそんなふうに思っていたなんて。
　私は知らなかった。
「麻耶が少しずつ変わってきて、お前が泣かなくなって、あぁこれでまた、昔みたいに戻るんだと思った。また俺は、ふたりのそばにいるだけの傍観者」
　……傍観者、だなんて。
「それでいいと思った。もうふたりは大丈夫だと思った。お前が笑っていてくれるなら、なんでもよかった。ほかにはなにもいらないから。それ以上望むのはやめようって思ってた」
「けど……」と千晶は苦しそうに顔をゆがめる。
「なんでまた泣かされてるんだよ」
「……っ」

「これじゃあ俺が我慢してきた意味がない。必死に気持ちを押し殺して、お前らのそばにいた俺はなんだったんだよっ……」
　グッと握る拳に力が込められて、
「こうなるんだったら、もっと早く言えばよかったんだ」
　千晶がいままでずっと言わなかった言葉が、いま私に向けられる。
「……なぁ、好きだよ。明菜」
「え………？」
　その瞬間、まばたきさえも忘れてしまうほどに。
「お前が麻耶のことが好きだってことは知ってるよ。けど、もう我慢なんてできるかよ」
　千晶は知っていたの……？
　私が麻耶を想う気持ちを。
　じゃあ、どうして私は気づけなかったの？
　千晶が私のために隠していたその気持ちに。
　千晶の気持ちも知らずに、私は何度麻耶のことで泣きついた？
　どれだけ千晶を苦しめていた？
　けど、それをもっと早く知れたとして……私はいったいなにが言えたのだろう？
「傷心に入りこむ最低な野郎だって思われてもいい。そんなこと、言われなくても自分が一番わかってる」
　もう一度強く強く抱きしめられる体。
　あたたかく、強く、離すまいと。

「アイツなんかやめとけよ。俺なら絶対傷つけない。泣かさないから。約束するから。だから」

　星が顔を現す夜空の下で初めて知るのは、いつだって味方でいてくれた幼なじみの悲痛な想い。

　私にとって千晶は、いつも頼れる幼なじみだった。

　そんな千晶に、私は甘えてばかりだった。

　だから、知らなかった。

　私たちを見守ってくれている裏側で、こんなにも我慢させていたこと。

　こんなにも想ってくれていたこと。

「だからもう、俺にしとけよ」

　私は、なにひとつ知らなかった。

「千晶っ……」

　悲しいことを言われているわけじゃないのに、私の目からはまた止めどなく涙があふれた。

　初めて知った千晶の本音への動揺？

　千晶の気持ちに気づけなかった罪悪感？

　千晶の優しく一途(いちず)な想いへのうれしさ？

　わからない。

　なにに対して泣いているのか、自分でもわからない。

「泣くなよ。俺はお前に泣いてほしいわけじゃないんだよ」

「うんっ……。ごめんっ……。ごめんねっ……」

「謝るのもやめろって」

　千晶が笑う。

　いつもとなんら変わりのない笑顔で。

「俺のほうこそいきなりごめん。傷ついてるお前をまた混乱させるようなこと言って。でも、俺の気持ちは知っててほしい」

　私は麻耶のことが好きなはずなのに。
　この気持ちに偽りはないはずなのに。
　いまここで傷ついた心にスーッと入りこむかのような、その気持ちを突きはなせないのはなぜ？
「アイツがいない場所で、アイツを想うお前にこんなことを言う俺を許してほしい」
　どうすればいいの……？
『明菜が嫌いだから』
　──私のことが嫌いな冷たい幼なじみ。
『俺にしとけよ』
　──私のことが好きな優しい幼なじみ。
　どっちを想っても泣いてしまう私は、いったいどうすればいい──？

忘れてしまえ

「明菜、おはよ」
「おはよ」

麻耶と同居をやめてから初めての登校日。

ふたりの家のちょうど中間地点にあるコンビニで待ち合わせをした私と千晶は、一緒に登校することにした。

昨日、あれから……。

千晶の告白になにも答えられなかった私に、千晶は『いま、急いで俺の気持ちに答えなくていいから』『ゆっくりでいいから考えて』『これからもいままで通りでいよう』って、そう言ってくれた。

今日も千晶がいつも通りに接してくれるから、お互い気まずくなることなく私も普通でいられる。

どうしてそこまで私を想ってくれるんだろう。

「久しぶりだな。明菜と一緒に登校すんの」
「そういえばそうだね。何分の電車にのってたのか忘れちゃった」
「ハハッ。マジかよ」

麻耶が東京にいた頃は、たまにふたりで登校したよね。

なんだかなつかしい気分に包まれて、私も自然と笑みがこぼれる。

学校に着いてクラスの前にやってくると、私はピタリと足を止めた。

麻耶は……もう学校に来ているのだろうか？
　顔を合わせるのがなんだか怖い。
「明菜」
　そんな私の背中を千晶がポンと軽く叩いた。
「大丈夫。お前がもう麻耶になにも言われないように守ってやるから」
　……千晶はなんでもお見通しだね。
「ありがと……」
　私は小さくうなずくと、教室のドアを開けて中へ入った。
　麻耶はまだ来ていなかった。
　私はそっと自分の席に腰を下ろす。
　でも落ち着かなくて、教室に誰かが入ってくるたびに反応してしまう。
　そして……。
　チャイムの音と同時に麻耶が教室へと入ってきた。
　いつもとなんら変わりないその姿は、なんだかすごく久々に見た気分。
　苦しいほどに胸が騒ぎだす。
　麻耶が私の机の前を通過するその瞬間、ぎゅっと目をつむった。
　でも麻耶は、こちらを見向きもせずにそのまま通り過ぎると自分の席に腰を下ろした。
　まるで、そこには私などいないかのように瞳に映さない。
　もう、あいさつすら交わさない。
　幼なじみ以下の関係。

麻耶はもう、私のことなんかちっとも気にしていない。
　……バカ、みたいね。
　私、なに勝手に意識しちゃってるんだろう。情けない。
　麻耶と同じクラスにいるだけで、麻耶が視界に入るだけで、どうしようもなくこの胸は締めつけられるのに、時間だけは正確に過ぎていく。
　千晶はそんな私のそばにずっといてくれた。
　元気のない私をたくさん笑わせてくれた。
　こんな私を好きだと言ってくれる。
　それなのに、心の隙間は埋まらないんだ。
　千晶にも申し訳ない気分でいっぱいになる。
　そんな状態は次の日も、その次の日も続いた。
　この胸がなにに対して"痛い"と主張しているのかわからないまま。

　数日後。
　最近はすっかり寒い日が続いていて、気づいたらもう11月に入ろうとしていた。
「千晶、はいこれ。お弁当」
「マジで作ってきてくれたの!?」
「うん……」
　お昼休みに屋上へとやってきた私と千晶は、フェンスにもたれかかりながら腰を下ろす。
　昨日千晶に『弁当を作ってきてほしい』と言われた。
　私からお弁当箱を受けとると、千晶はとてもうれしそう

に、おいしそうに食べてくれる。
　うれしい。
　お弁当ひとつでこんなに喜んでくれるなんて。
　うれしいはずなのに。
　思い出してる。こんなところで。
　こんなところで、麻耶に毎日お弁当を作っていたことを思い出して。
「っ……」
　私はまた、泣いている。
「明菜？」
「ごめん、ねっ……。なんでもないよ」
「泣くな」
　千晶は箸を置くと、私の体を抱きしめた。
　寒いのに不思議とあたたかい腕の中。
　千晶はきっとわかってる。
　私がずっとずっと麻耶を想っていること。
　それでも変わらずに好きでいてくれる。
　こうして抱きしめてくれる。
　せめて、千晶の前では麻耶を想って泣く姿なんか見せたくないのに。
　私はあまりにも弱すぎる。
　私はずっとこのままなの？
　私を想ってくれている千晶の腕の中で、麻耶を想って泣き続けるの？
　そんな中、転機は突然訪れた。

それは、予報外れの雨が降る下校時間。
　傘を持っていない私は、千晶の置き傘に入れてもらい学校を出た。
「麻耶君……！　お疲れ！」
　その瞬間、私の足が止まった。
　だってそこには……千紘ちゃんと麻耶の姿があったから。
　千紘ちゃんは麻耶を見つけるなり大きく手を振る。
　私はその光景に、麻耶たちから死角になる場所で足を止めた。
「……どうしたの」
「なんだか急に会いたくなって来ちゃった。麻耶君の様子がずっと気になってたから。今日学校の創立記念日で休みなんだ」
　東京という遠い場所に住んでいても、こうして積極的に来て、千紘ちゃんは麻耶のそばにいようとする。
　いま、千紘ちゃんは確実に私よりも麻耶と近い距離にいる。
「麻耶君、あれからどう？　大丈夫？」
「心配しすぎだよ。俺は全然大丈夫だから。わざわざ来なくても……」
「なんでそんなこと言うの!?　来るに決まってるじゃん！　心配するに決まってるじゃん！　だって私は……っ」
　千紘ちゃんが勢いよく麻耶の声を遮った。
　なんとなくわかった。

千紘ちゃんがいまから麻耶に言うことを。
　そして、その勘は見事にあたった。
「だって私は……私は麻耶君のことが好きなんだもん‼」
　それは私がいままでずっと伝えたかった、伝えられなかった言葉。
　いともたやすく千紘ちゃんに先を越されてしまった。
「だから私は麻耶君のそばにいてあげたいの！　支えてあげたいの！　頼ってほしいの！　こうして会いに来るの！」
　あぁ、よかった。よかったんだ。
「……いつから好きなの？　俺のこと」
「麻耶君と初めて会ったときからだよ！　初めて会ったあの日から、いまもずっと好きなの！　一度だって麻耶君を忘れた日なんかない！」
「……そう」
　もう、これで……。
「いままで気づかなくてごめん」
「ううんっ……」
「ありがとう」
　もうこれで私は……麻耶を想って泣かずに済むんだね。
「千紘、俺は──」
　麻耶がなにかを言う前に、私はとっさにその場を離れようと、元来た学校のほうへ走った。
「明菜……！　明菜、待てよ！」
　すべてを一緒に見ていた千晶は私を追ってくると、腕を

つかんで動きを止めた。
　気づいたら中庭のほうまで走ってきていて、私がその場にうずくまると千晶が私の後ろに立って傘をさしてくれる。
「なぁ、どうやったら俺は麻耶を超えられる？」
　私の背中に静かに問いかけられる。
「忘れちまえよ、もう。泣くくらいなら忘れちまえよ全部」
　綺麗事では隠せない本音が、私に好きだと言ってくれている。
「って、ごめん。急かしてるな。急がなくてもいいって言ったのに……。でももう、お前の泣き顔を見てるだけの二番手は嫌なんだ」
　謝らないで。謝らなくてもいいんだよ。
　だって、私ももう……。
「千晶、私ねっ……。私っ……」
　頬を伝うこれが、涙なのか雨なのかわからない。
　うまくしゃべれない。息が苦しい。どうしてだろう。
「私ね、ずっと思ってたの。麻耶のこと忘れなきゃって。千晶の気持ちがうれしかったから……」
「…………」
「でも、なかなかできなくてっ……」
　千晶に告白されてからも、私はずっと想っていた。麻耶のこと。
　忘れるなんて到底無理だった。
「ごめん。俺があんなタイミングで告白したから。俺が明

菜に無理やり忘れさせようとしてる。いまだって急かしてるってわかってる」
　そしてそれを千晶もわかっている。
　私の瞳には麻耶しか映っていないことを。
　私はきっと、自分が思う以上に千晶を傷つけている。
「ちがうのっ……。私がただ弱いだけなの……。千晶はなにも悪くないのっ……」
　きっと、麻耶は千紘ちゃんの告白を受けいれるのだろう。
　ずっと支えてきてもらったから、誰よりも頼れる存在だから。
　もうその瞳には、二度と私は映らないのだろう。
　それならもういいじゃん。
　あんな光景を見てなお、想い続けるなんてバカみたい。
「でも、やっとできそうだよっ……」
　忘れてしまおう。なにもかも。
　麻耶と過ごした日々も。
　麻耶との同居生活も。
　私が麻耶を好きだったことも。
　すべてなかったことにしてしまおう。
　そうすればほら、なにも悲しくない。
　こんなにも身近に断ちきれるきっかけはあったんだ。
「麻耶にはもう千紘ちゃんがいるからねっ」
「明菜……」
「これでよかったんだよ！　千紘ちゃんといれば、麻耶は幸せになれる。かわいくて、一途で、頼りになって。千紘

ちゃんは麻耶の彼女にふさわしい人だよ」
　私は顔を上げると、へへっと笑った。
　千紘ちゃんに対抗しようなんて元から無理な話だったんだ。
　本当、身のほど知らずもいいところ。
「明菜。無理して笑うなよ」
「えー……。無理して、ないよ？」
　大丈夫だよ、私なら。もう、泣かないよ。麻耶を想って。
　これでやっと、麻耶のことが好きで好きでがむしゃらにがんばってきた日々に終わりを告げられる。
「あーあ。がんばってきたつもり、だったんだけどなぁ……」
　自嘲的に笑うと、一緒になにかがあふれてきそうでグッとこらえた。
「……私、ダメだね」
「そんなことねーよ。それを言うなら俺のほうこそダメだろ。口ではお前の気持ちを尊重するようなことを言っても、本当はお前の気持ちが欲しくて焦ってる」
　こんなときにでもただただまっすぐに、私にだけ向いてる千晶のその気持ち。
　それなら私は、その気持ちに応えてあげたい。
「まだすぐには、千晶の気持ちには応えられないけど……。待っててくれる……？」
　もう千晶だけを想ってあげられる。
「私、ちゃんと千晶の気持ちに向きあうから……。時間がかかるかもしれないけど……。もう少し待っててくれる？」

「うん。待ってる。いつまででも待っててやるよ」
　できるよね、きっと。
　麻耶には千紘ちゃんがいるのだから。
　千晶はこんなにも一途なのだから。
　私は、自ら逃げ道を作り、選んでいることにも気づかずに。
　心の奥で泣いているもうひとりの自分を置き去りにしていた。

行かないで

「千晶ー！ お待たせ！ 今日寒いねー」
「だなー。最近ずっとこんな感じだよな。もうすぐ今年終わるし。なんか1年が過ぎるのってあっという間だな」
　今日は休日で、千晶と出かける約束をしていた。
　千晶のおかげで、私は麻耶を想って泣くことなく毎日を笑って過ごせている。
　千晶にだけ気持ちを向けることができている。
　そうすると千晶もうれしそうに楽しそうに笑ってくれるから、私もうれしくなれる。
「どこ行く？ 行きたいとこある？」
「んー。とくにはないけど……」
「じゃあ、映画でも行く？ お前観たがってたのあるじゃん」
　最近話題のドタバタラブコメ映画。私が気になってたこと、覚えててくれたんだ。
「行く！」
　私と千晶はその映画を観に行くことにした。
　休日で映画館は混んでいて、その中でもダントツ人気なのは私たちがいまから観ようとしている映画だ。
　だってほぼ満席状態。
「どんだけ人気なんだよ、この映画」
　千晶はそう苦笑しながらチケットを2枚買う。

「何気に感動して泣けるって評判で、リピーターもたくさんいるんだよー」
「マジかよ」
　半信半疑な千晶と私は館内に入ると、それぞれ席に着いた。
　映画の上映中、チラッと千晶を見るとかなり真剣に見入っていて、それがおかしくて私はクスリと笑った。
　映画が終わると、私たちはレストランでご飯を食べることにした。
　ふたり同じパスタとドリンクバーを注文して、たわいない会話をして。
　楽しいと思えた。たくさん笑った。
　これだけでよかったんだ。特別じゃなくていい。
　こんなふうにただ毎日を笑っていられれば。
　あれ……？
　私はいま、誰を想っている？
　誰と笑って過ごしていたかったって考えてるの？
「明菜、どうした？」
「ううん、なんでもないよ」
　私は首を振ると、ニコッと笑った。
　やめよ、余計なことを考えるのは。
　レストランを出た私たちは、行くあてもなく商店街を歩いた。
「なぁ、明菜……」
「んー？」

「好きだよ」
　……な!?
「きゅ、急にどうしたのっ」
　千晶が急にそんなこと言うから、私は恥ずかしくなって下を向いてしまう。
「なんか、急に言いたくなった」
「そ、そうなんだ……」
「ハハッ。照れてんのかよー」
「照れてないよ……！　もう！」
　千晶がからかって私の頬っぺたをつっついてくる。
　不意打ちは心臓に悪い。
「俺な」
　かと思えば、いきなり真剣な顔をするんだから。
「今日みたいにずっと笑っててほしい、お前には。お前の笑った顔を見てると、俺まで笑顔になれる」
「千晶……」
「本当に。すげー好きだよ、明菜のこと」
　ちょっと照れくさそうな千晶の笑顔に、胸がぎゅうっとした。
「私もね、千晶といるのすごく楽しいし好きだよ。私を笑顔にしてくれてありがとう」
　私もやっぱり恥ずかしくて小声で微笑んだ。
「また、ふたりで出かけような」
「うん、約束ね」
　こうして私はこのまま、千晶のことを好きになっていく

んだね、きっと。
　変わらないでいてくれる。
　いつも私の味方でいてくれる。
　好きだと言ってくれる。
　そんな千晶の彼女になったらきっと、毎日笑顔でいられるんだと思う。
　これでいいんだ、きっと。
　なにも悲しくなんかないから。
　心に大きく空いた穴が、少しずつ埋まっていくのを感じる。
　崩れかけたパズルが、ゆっくりゆっくりと完成していく。
　たったひとピースだけは、見つからないままに。

　それからも私は毎日を千晶と過ごしていた。
　ふたりで試験勉強をしたり、放課後はどこか寄り道をしたり。
　毎日が楽しいのはたしかだ。
　千晶といると笑顔でいられるのだから。
　でも、なんでかな？
　なんでいますぐ千晶に『好き』と言えないのかな。
　なにが私を引きとめているのかな。
「千晶、私いまから職員室に用があるから先に玄関に行ってて」
「うん。わかった」
　今日も放課後は千晶と一緒にケーキ屋へ行くことにした

のだけれど、現代文のノートをすっかり出し忘れていた私は、急いで職員室へ向かう。
　その帰り道。
　ノート提出を終え、急ぎ足で玄関へと向かっていると、
「明菜」
　私を呼びとめる誰かの声がした。
　その声に、私の足はピタリと立ちどまる。
　だって、この声を私はよく知っているから。
　もう二度と、その声で私の名前を呼んでくれることなどないと思っていたから。
　ゆっくりと後ろを振りむく。
「……麻耶」
　どうして麻耶が私の名前を呼ぶの。
　心の準備などないままにその声で呼ばれただけで、心臓が脈を打ち体は動かなくなる。
　……嫌だ。苦しい。
　早く早く。ここから去らなければ。
「……ないで」
「……え？」
　無理にでも歩きだそうとする私の腕を、麻耶が力なくつかむ。
　そして、消えいりそうな声で呼びとめる。
「……行かないで」
　とてもとても苦しそうに、顔をゆがませて。
　なんで、そんな苦しそうな顔で私を見るの？

「……千晶のところに行かないで」
　なんで、そんな言葉を私に言うの。
　なんで、いまさら引きとめるの。
　なんで、いまそのあ瞳ひとみに私を映うつすの。
　あのときは私を手放したじゃん。
　私には千晶がいるから自分は必要ないって。
　それなのに。
　どうして麻耶は、いつもいつもそんなふうに私の心を揺らすの。
　どうして私はいまこの手を振りはらえないの……？
「なんでっ……。なんでいつもそんなことばかりするのっ」
　やめてよ。
　捨てた気持ちを思い出したくないんだから。
「人がせっかく麻耶のことを忘れようとしているのに！ 麻耶には千紘ちゃんがいるくせにっ……！」
　もうこれ以上、惑わしたりしないでよ。
　苦しいから。つらいから。
　また思い出しちゃうから。
「離して、麻耶」
「離したら明菜は……千晶のとこに行くの？」
「そうだよ。だから離して」
「……じゃあ、離したくない。嫌だ」
　グッと私の腕をつかむ手に力が込められる。
　麻耶はいまなにを思って私の腕を握っているの？
　麻耶には関係ないんでしょ……？

私と千晶のことなんか。
　　それなのに、どうしてこの手を離してくれないの？
「なにしてんの？」
「っ……!?」
　　どうしていいのかわからず動けずにいると、突然麻耶の背後に千晶が現れて、麻耶の手が私の腕から離された。
「千、晶……？」
　　千晶に腕をつかまれたまま、麻耶は後ろを振り返る。
「明菜が遅いと思って様子を見に来たら……。なにしてんの？　麻耶」
「手、離して」
「俺の質問に答えたら離してやるよ」
　　千晶の低い声に、苦しそうな麻耶の声。
　　どうしてこんなにも苦しそうな顔や声をするんだろう？
　　……いや、ちがう。
　　さっきから麻耶の様子が変だ。
　　声も小さく、顔色がかなり悪い。
　　体も若干フラついている。
　　もしかして、麻耶……。
　　気づいたときには遅かった。
「俺は……っ」
　　麻耶の体は限界を迎えたか、力がすべて抜けたようにグラリと傾いた。
「え……？　おい！　麻耶……!?」
　　千晶は突然のことに驚きながらもとっさに麻耶の体を支

え声をかけるが、麻耶から返事はない。
「コイツ具合悪かったのかよ。ったく……。なんで言わねーんだよ」
　麻耶、とても苦しそう。
　具合が悪いのにひとりでずっと耐えてたのかな？
　倒れるほどつらい体で私を引きとめたのかな？
　……あぁ、なんだか泣きそうになる。
「麻耶……っ！　麻耶！」
「落ち着け。とりあえず保健室連れてこ。すぐそこだし」
「倒れるなんて変じゃんっ……。麻耶、どうしちゃったのっ？」
「落ち着けって。大丈夫だから」
「な？」と千晶が私を安心させるかのように笑う。
　私はコクリとうなずくと麻耶を保健室へ運ぶのを手伝った。

　保健室に養護教諭はいなかったけど、ドアは空いていたので勝手に入った。
　ベッドに寝かせる前に寝やすいようにブレザーを脱がせて、ネクタイを少し緩めてあげると、胸もとまでそっと布団を被せた。
　やっと落ち着いて、私と千晶もパイプ椅子に腰を下ろす。
「ビックリしたな。いきなり倒れるから」
「うん……」
　改めてベッドで眠る麻耶を見つめる。

眉間にしわを寄せてすごくつらそう。
　思わずそっと手を伸ばして、目にかかる前髪を払いのけてあげる。
　眠っているときくらい、そんな顔しないで。
　私までつらくなるから。
「明菜、自動販売機で水かなんか買ってきてくんない？ 麻耶が起きたとき飲めるように」
「うん、わかった……」
「そんな心配しなくても大丈夫だよ。病気とかじゃないと思うから」
　正直麻耶から離れるのが怖かったけど、私は静かに保健室を出て水を買いに行った。
　なんだかさっきから、わけもなく泣きそうだよ。
　麻耶に久々に触れられた感触が消えない。
　早く麻耶のそばに戻ってあげなきゃ……。
　私は水を買うと、足早に保健室へと戻った。
「本当、大丈夫か？　急に倒れるからビックリしたわ」
「……うん。ごめん」
　保健室に入ろうとしたとき、中からふたりの声がして思わず動きを止めた。
　少し開いた保健室のドアから中をのぞくと、麻耶は体を少し起こしてベッドにもたれかかっている。
　よかった……。目、覚ましたんだ。
「わざわざ連れてきてくれたんだ」
「あのなー。あんな豪快に倒れた人間を見捨てることがで

きると思うかよ?」
　私はなんとなく中には入らずに、外でふたりの会話を聞き続ける。
「で?　お前具合悪いの?　熱でもある?」
「ないよ」
「じゃあ、なんで倒れんだよ。ちゃんと飯食ってんの? お前、やせた気するけど」
「食べてる」
「なら、寝不足とか?　顔色悪いし」
「……たぶん」
　寝不足……か。
　とりあえずは大きな病気じゃなさそうで安心だけど。
　倒れるくらい眠れてないの?
　そんなの心配になるよ。
「ちゃんと寝ろよ」
「うん」
「はぁー。とりあえず今日は俺の親呼んでやるから。車でお前の家まで送ってってやるよ。また倒れでもしたら困るし。そんで、帰ったらすぐに寝ろよ」
　千晶はため息をつくと、自分の親に迎えを頼もうとスマホを取り出す。
　私も早く水を渡さなきゃ。
　今度こそ入ろうと再び保健室のドアに手をかけるも。
「……千晶」
「ん?」

「怒ってる?」
「なにが?」
「明菜とどっか行く予定だったんでしょ。俺、邪魔した」
　麻耶の口から私の名前が出てきて、私はまたもや中に入れなくなってしまう。
「そんなの別に怒ってねーよ。余計なこと考えなくていいから安静にしてろ」
「嫌だと、思った」
　麻耶は指を組むと少しうつむく。
　うつむいているからどんな顔をしているのかわからない。
「最近ずっと明菜が千晶と一緒にいる姿を見て、すごく嫌だと思った。というよりは、もうずっとずっと前からそう思ってる」
「まぁ、そんな態度はしてたよな、お前」
　麻耶が顔を上げて千晶のほうへ向ける。
「好きなの?」
「…………」
「好きなの?　明菜のこと」
　麻耶は不安そうに問いかける。
　まるで、大切な宝物を取られてしまうんではないかとおびえる子どもみたいな瞳で。
「好きだよ。お前が思ってるよりも、ずっとずっと前から」
　千晶は麻耶の問いに迷うことなくハッキリと答えた。
「やっぱり気づいてると思ってたよ。麻耶は」

それを聞いた麻耶には、いつものクールな態度や表情などみじんもない。
　見たことのない弱りきった表情で、布団をぎゅっと握る。
「告白したの？」
「したよ」
「なんて言われたの？」
「それは秘密」
「付き合うの？」
「お前質問ばっかだな。なんで聞くんだよ？」
　本当、だよ。なんでそんなこと聞くの……？
「嫌だ、から……」
　どうして？
　いったいなにが嫌なの？
　わからないよ、もう。麻耶のことが。
「お願い、だから……」
　冷たい言葉を吐き、大きな壁を作り拒絶して、しまいにはなにもかもなくなってしまったのに。
　いつだって、麻耶の中には私なんていなかったくせに。
「お願いだから、俺から明菜を取らないで」
　どうしていまになってそんなふうに、私よりも傷ついた顔をするの。
　締めつけられる胸。震える手。動かないこの体。
「誰のものにもなってほしくない。千晶に明菜を取られたくない」
　だって、嘘だよ。

「……返して、俺に。いつだって俺のとなりにいてくれた明菜を……。取っていかないで」

そんなこと言ったって、千紘ちゃんと付き合ってるのに。

麻耶はいつもそうだよ。

そうやって人の心を簡単に惑わせる。

意図や思いさえ口にしないままに。

「じゃあ、なんで明菜を傷つけるんだよ？　なんで家から追い出すんだよ。知ってんの？　アイツ、泣いてたよ」

「ちがう……！　追い出したわけじゃ……。あ、いや……追い出したのか……。俺が」

もう本当にやめてよ。聞きたくないよ。

「本当は傷つけたくないのに。泣かせたくなんかないのに。それなのになにを言っても傷つけてしまう。どうしていいのかわからない」

そんなこと言わないでよ。

「できない……。千晶みたいにうまくできない」

そんなこと言ったって。

どうせまた冷たく突きはなすんでしょう？

目に見えてるよ。

いつだってそうだったでしょ？

「俺はいつも自信がない。明菜や千晶が思うよりもずっとずっと弱いヤツだから」

「どういう意味だよ？」

「そのまんまの意味だよ」

窓から吹きこむ風にふわりと麻耶の髪が揺れて、それさ

えもはかなく見えて。
　立ち去ることだってできるのに、私は目が離せなくなる。
「本当はもっと大切にしてあげたいのに。前まではできたはずなのに。ちゃんとできるはずなのに。できると思ったのに」
「…………」
「大切にしようとすればするほどできなくなる」
　大切にしたい、だなんて……。
　そんな優しい言葉はずるいよ。
　人がせっかく千晶を好きになろうとしているのに。
　って、そう思ってるはずなのに、私の心がまんまとその言葉に泣きそうになるのは。
「明菜が家を出ていったとき、正直これでいいと思ったんだ。もうこれで傷つけなくて済むって」
　めったに見せないそのつらくてどうしようもない顔とか。
「でも眠れない。最近ずっと」
　すべて自分のせいだと責めるかのような小さな声とか。
「明菜が家からいなくなってからずっと、眠れない」
　私を必要とするかのような、そんな寂しさであふれる言葉とか。
　そんなものが私の目や耳に焼きついて。
　麻耶があんな顔をするのは私のせいだと、そう思わずにはいられなくなるからなんだ。
　麻耶のつらそうな顔に苦しめられる理由を。

麻耶には笑っていてほしいと願う理由を。
　千晶にすぐに『好き』と言えない理由を。
　私は知っているはずだと、誰かに問いかけられるかのよう。
　動いてよ、私の体。ここから離れよう。
　そうじゃないと私はまた迷ってしまうでしょう？
「お前がさ……。お前がそんな不本意に明菜に冷たくすんのは、おばさんの死と関係あんの？　まぁ、これは俺の勘だけど」
「明菜に聞いたの……？」
「あぁ」
　千晶が静かにうなずくと、麻耶は「そうなんだ」と再び視線を落とす。
「俺らはお前のことなんでも知ってるつもり。けど、それは"つもり"ってだけで……。たぶん俺らはお前のことなにも知らない。そうだろ？」
　怒ってもいない、低くもない優しく真剣な声で千晶は問いかける。
「本当はお前がこっちに戻ってきてすぐにわかってたよ。向こうでなにかあったんだろうって。けどお前がなにも言わないし話さないから、俺らも聞くに聞けない」
「けどな……」と千晶は麻耶の顔を見つめる。
「それじゃあ、誰も助けてくれねーよ」
「っ……」
「生きづらくねーの？　お前」

まっすぐ核心(かくしん)をつくかのように。
その問いを最後に、しばらく沈黙が走る。
そして、麻耶はたったひと言つぶやいた。
「すごく生きづらい」と。
それは、麻耶のいまの状態を表すには十分だった。
じゃあ、どうして私に話してくれないの？
千紘ちゃんがいたって、なにも解決していなかったの？
どうしてそんなに追いつめられるまでひとりで抱えこんでるのっ……。
自分はひとりでも平気だという顔をしてるくせに、全然大丈夫なんかじゃないじゃん。
私たちの知らないところで、たったひとりでボロボロになってるじゃん。
……本当、わかんないよもう。
あぁ、もう限界だ。
なんでもいい。
なんでもいいからいますぐその体を抱きしめてあげたい。
私は勢いよくドアを開けると、保健室に入った。
「麻耶！」
「明菜……」
麻耶と私の目が合う。
「麻耶、私はねっ……」
なにを言えばいいんだろう。
「私はっ……」

「ごめん……。待って……」
「……へ？」
　いきなり顔をサーッと青くしたかと思うと、麻耶は手で口を押さえ体を丸める。
「ど、どうしたの……？」
「……なんか、吐きそ」
　え、えーーー!?
　こ、こ、このタイミングで!?
「は!?　待て！　待て！　吐くなよ！　頼むからこんなとこで吐くなよ!?　やめろよ！」
「せ、背中！　背中さすったほうがいいのかな!?　あれ、それじゃあ余計に吐き気が……！」
「と、とりあえず紙袋かなんか探して……。あーもう！　倒れたり吐きそうになったり、お前は本当に忙しいヤツだな！」
「本、当……ごめん……なさい……」
　さっきまでしんみりとしていた保健室は一変。
　突然の麻耶の吐き気宣言に、私と千晶はあわてふためき保健室をドタバタ走りまわる。
「明菜！　袋まだ!?」
「え、どこにもないよ！」
「お前、絶対吐くなよ？　俺、そんなん絶対気持ち悪くなるから……」
「もう無理……っ」
「勘弁しろよ！」

麻耶がそろそろ限界そうだ。
　さっきの悲しいムードは夢かなにかですか？
　と疑いたくなるほどに騒がしい保健室。
　いろんな意味で泣きそう。
　そんな中、
「あら？　どうしたの？」
　ちょうど養護教諭が戻ってきてくれて……。
「せ、先生！　助けてー!!」
　なんとか最悪な結末を逃れることができたのでした。

『……で。まぁ、ただの風邪と寝不足が重なっただけで、深刻な病気ではないから安心してもいいらしい』
「そ、そっかぁ……。よかった」
　あれから麻耶は、迎えに来てくれた千晶の親に病院へ連れて行ってもらってきちんと診察を受けた。
　ただの体調不良で、2、3日もすればよくなるだろうって。
　先に家に帰ってきた私は電話でそれを聞いてひと安心。
『マジ、雰囲気もクソもねーな。アイツ』
　電話越しで千晶があきれたように笑う。
「そうだね」と私も軽く笑うと、ぎゅっとスマホを握った。
「千晶……。私ね、知らなかった。麻耶があんなに追いつめられているなんて」
『……うん。あんなになる前に、言ってくれたらよかったのにな……』

ぼんやりと月の輝く空を見上げる。
『すごく生きづらい』と、そう嘆くあの顔を思い出したら胸が痛い。
　麻耶のあんな顔、初めて見た。
　でも、幼なじみの私たちがいままで知らなかったあの顔は……本当は気づかれないように、隠していただけだったんじゃないだろうか。
「……幼なじみって難しいんだね」
『そうだな』
　大きな満月に、輝く星たちに、また揺れうごく自分の心に問いかける。
　千晶もきっと同じことを考えているかもしれない。
　麻耶の冷たい言葉に傷ついたと主張して泣いた私の心。
　麻耶を想う私が傷つけてしまった千晶の心。
　でも、本当は……。
　私たちのいないところで、知らないところで。
　一番傷ついていたのは、誰の心？

6章

話してもいいよ

「麻耶、また休みだったなぁ……」
　今日一日中空席を見てはため息をついての繰り返し。
　まだ、具合悪いのかなぁ。
「アイツ、今日も休んだな。電話も出ねーし」
「うん」
　ダメだね。私は。
　また千晶の前で麻耶のことばかり。
　どうして私の心はこんなにももろいのだろう。
　私と千晶はともに学校を出て下校する。
　あの日から、どことなく静かな私たち。
　そんな静けさをかき消すかのように、急に私のスマホが鳴りだした。
「あれ、双葉君だ」
「幸星？」
　双葉君から電話なんて初めてだ。なんだろう。
「もしもし？」
『あ、明菜ちゃん？　いま大丈夫？』
「大丈夫だよ。どうしたの？」
　双葉君は『あのさ』と少し声のトーンを落とす。
『今週の土曜日、明菜ちゃんと千晶、暇？　話したいことがあんだけど』
　話したいこと……？

『俺がそっち行くからさ』
　私が受話器を少し離して「土曜空いてるよね？」と小声で聞くと、千晶は少し驚いた様子でうなずいた。
「うん。別に大丈夫だよ」
『じゃあ頼むわ。千晶にも言っといて』
　そのあと待ち合わせ場所や時間などを決めて電話を切った。
「幸星なんて？」
「なんか、私たちに話したいことがあるらしいの」
「話したいこと？　アイツが？」
　千晶もなんのことかと首をかしげる。
　電話ではなくて、直接話したいことってなんだろう？ 大事な話なのかな？
　よくわからなかったけれど、取りあえず土曜日まで待つことにした。

　そして、土曜日。
　私と千晶は時間通りに双葉君との待ち合わせ場所の喫茶店にやってきた。
　すでに中にいた双葉君に「こっち」と手招きされて、私と千晶は席へと向かう。
「ごめん、急に。なに頼む？」
　双葉君の向かいに座った私と千晶は、ホットカフェオレを注文。
　どうやら千紘ちゃんはいないらしい。

注文したカフェオレがすぐに運ばれてきて、店員さんが「ごゆっくりどうぞ」と言い残していなくなると、千晶がさっそく切り出す。
「で、話ってなんだよ？」
「あのさ、アイツ……麻耶のことなんだけど」
　……麻耶のこと。
　ドキッとする。
「アイツに、東京に戻ってくるように説得してくんね？」
　な、なんて……？
　戻らせる……？　東京に？
「な、な、なんで!?　なんでそんなことしなくちゃいけないの!?　やだ、やだよ!!　まさか千紘ちゃんのお願い!?」
　私は思わず立ちあがると、声を張りあげてしまった。
　静かな店内に響きわたる私の声に、お客さんたちがこちらを振りむく。
「いや、ちがうちがう。そうじゃなくてね」
　驚いた様子の双葉君に「とりあえず座って」と苦笑され、私は再び椅子に座る。
「ご、ごめん……」
　あぁ、もう。
　こんなの、麻耶と離れたくないって言っているみたいなもんだね。私。
「戻らせるって言っても、1日だけでいいんだよ。もうすぐさ」
　双葉君はそこまで言うとひと息つく。

「もうすぐアイツの母親の命日だから」

　お母さんの命日……。

「東京にいた頃は毎年墓参りしてたんだけど、今年はなぜか行きたくないとか言いだして。まぁ、行きたくないヤツを無理やり行かせるのもどうかとは思うけど……。自分の母親の墓参りくらいは、な？」

　私、麻耶のお母さんが亡くなったことは知っていたけど、命日までは知らなかった。

　もうすぐ訪れるお母さんの命日を、麻耶はどんな気持ちで待ち続けているの？

「麻耶のお母さんは……どうして亡くなったの……？」

「は？　まさかアイツまだ言ってねーの？」

　私はコクリとうなずいた。

「まぁ、アイツはそういうヤツか」

　自分のオレンジジュースを見つめ、双葉君はフッと笑う。

「アイツの母親はさ、癌だったんだよ。アイツが中学１年の夏頃に発症したらしい。癌が見つかったときにはもう結構やばかったらしくて」

　癌……。

　あれ、待って……。

　中学１年の夏って……。

　まだ麻耶が東京に引っ越す前だよ。

　そんなにも前から、お母さんの病気のことで悩んでいたの？　ひとりで？

　千晶や私には言わずに？

「アイツは、たったひとりで母親の最期を看取ったんだって」

　ひとりでそんな悲しみにおぼれていたなんて。

　それに、気づけなかったなんて。

「それからまぁ、いろいろあってさ。家族ともうまくやれなくなって」

「お父さんと……？」

　情けなく声が震えてしまう。

「そうそう。あとは……新しい母親とな」

　新しい母親……？

「それって………」

「静香って名前だったかな……？　たしか。知ってる？」

　静香さん……。

　あぁ、そうだったんだ。

　静香さんは、麻耶のお父さんの再婚(さいこん)相手であり、麻耶の新しいお母さんだったんだ。

　麻耶は最愛のお母さんを亡くして、気持ちの整理もできないまま新しいお母さんができて、なにを感じたの？

「は？　おい、待てよ。つまりアイツの母親は引っ越す前から病気で、東京で亡くなって、それで新しい母親ができたってことだよな？」

「そうそう」

　千晶もとても驚いている。

　無理もない。いままで知らなかったことなんだから。

「アイツ、新しい母親のことをすげー嫌ってて。なんでか

は知らねーけどな。んで、家にもまったく帰らなくなって」
「そんな……」
「大学生になったら家を出るって言ってたけど、我慢できなくなったんじゃね？ 急にこっちに戻るって言いだしたんだわ」
　少しずつ見えてくる、麻耶がこっちに戻ってきた理由。
「……って、俺しゃべりすぎたわ！」
「でも、なんで幸星がそんなこと知ってんだよ。俺らは教えてもらったことないのに」
「あ？」
　双葉君はオレンジジュースを飲むと、「そんなんもわかんねーのかよ」とあきれたように笑った。
「あのなぁ……。アイツの性格考えたら普通わかるだろ。バカなのか？」
「お前、いちいち口悪いな……」
　若干、千晶の顔が引きつる。
「だって俺はすぐにわかったぞ？ アイツがお前らになにも話せないのは……アイツにとって、お前らがめちゃくちゃ大切な幼なじみだからなんだって」
　大切な、幼なじみ……。
「知ってる？ アイツは東京にいた頃、いつもお前らの話ばかりしてたよ。そりゃあ聞きあきるくらいにな。どんだけお前らのことが好きなんだよって感じ」
「麻耶、が……？」
　その光景を見たわけでもないのに。

麻耶が双葉君たちに私たちのことを笑いながら話す姿が思いうかんで、どうしようもなく泣きそうになる。
　どんな話をしたんだろう。
　どんな思い出話や私たちに対する気持ちを聞かせたんだろう。
「……戻るときも不安がってたわ。忘れられてないかな、とか。いまさら戻って受けいれてもらえるかな、とか」
「そんなのっ……」
　余計な心配しなくたって、私と千晶はずっと……。
「お前らにもあるだろ？　大切なヤツだからこそ言えねーこと。心配かけたくないとか、嫌われたくないとか、弱さを見せたくないとか、そんなくだらない意地みたいなもん」
　それを言われたとき、ハッとした。
「俺はそんなもん捨てて、すべて話せって言ったのに。……ったく、なんで俺の口から言わなきゃなんねーんだよ」
　私にも……あったじゃない。
　麻耶のファンの子に嫌がらせを受けていたとき、私は麻耶に頑なにそれを言わなかった。
　嫌われてしまうと思ったから。
　うっとうしいって、迷惑だって思われたらどうしようって。
　だからどうしても言えなかった。
　だけど、本当は言いたかった。
　そんな私に麻耶は聞いてくれた。
　何度も何度も『どうしたの？』って。

いくら私が『なんでもない』と言っても麻耶は聞き続けてくれた。
『今度嫌がらせされたら俺に言ってって言ってんの』
　あの言葉を言われたとき、すごく胸が軽くなった。
　そんなことで嫌われたりしないんだと思えた。
　中学のときだってそうだよ。
　私に元気がないときはすぐに気づいてくれた。
『俺がいるからもう大丈夫』
　そんなあたたかい言葉で守ってくれていたんだ。
　自分の悩みや胸に抱える苦しさなど、決して口にせずあとまわしにして。
　はじめから、わかっていたじゃん。麻耶はそういう人だって。
　なのに……。どうして私は気づかなかったの？
　麻耶の言う『なんでもない』なんて、そんなの嘘に決まってるじゃない。
　口ではどれだけ憎（にく）まれ口を叩き、冷たい言葉を吐いたって、本当は聞いてほしかったはずなんだよ。
　そっと手を差しのべてあげるだけでよかったんだよ。
　それだけで私も心救われたことが何度もあるもん。
　麻耶だってきっと一緒なのに。
　私は頼りないとか。なにもできないとか。
　そんなことで逃げたりしないで。
　もっとちゃんと寄りそって、向きあってあげればよかった。

それをしてあげられるタイミングはたくさんあったはずなのに。
　麻耶はいつだって……そうしてくれていたのに。
　バカだ、私は。
「まぁ、俺らも教えてもらったというよりは自然な流れで知ったようなもんだし。全部を知ってるわけじゃないし。アイツはめちゃくちゃ口ベタだからな」
　私が傷ついた顔をしていたとき、私が泣いてしまったとき……本当に泣きたかったのは、麻耶のほうだったんだね。
「……でもこれだけは素直に教えてくれたよ」
　ごめんね、なにも知らなくて。
「アイツがこっちに戻ってきた理由はさ……」
　ごめんね。
　麻耶の言う通りなにも知らないくせに、勝手なことばかり言って。
「お前らに会いたかったからなんだって」
「っ……！」
『戻ってこなかったらよかったじゃん!!』
　あんな傷つけるような言葉を吐いて。
　ごめんね。
　傷つけていたのは私のほうだったね。
「……と、俺が言えるのはこんくらいかな。まぁ、とにかくさ、麻耶をこっちに……」
「……行かなきゃ、麻耶のところに行ってあげなきゃ!!」
「うおっ!?」

勢いよく立ちあがると、机が揺れて双葉君のオレンジジュースがこぼれてしまった。
「明菜！」
「っ……」
　千晶に呼びとめられビクッと体が揺れて、動きが止まる。
　……ごめんなさい、千晶。
　千晶と向きあうと決めたばかりなのに。
　でも行かせて。私を。
　麻耶のところに行かせて。
「ごめんね、千晶……。私、ずるいよねっ……。でも、麻耶はきっとすごく寂しがってる。すごく苦しんでる……。きっと、すごくすごく会いたがってるっ……。それなら、私がそばにいてあげなくちゃ……！」
　いつだって麻耶はそうしてくれていたから。
　それなら今度は。
「今度は、私の番なのっ……！」
　きっとこの言葉でさえ千晶を傷つけている。
　どんな言葉を選んだって、私は千晶を傷つけてしまう。
「バーカ」
「……え？」
　……千晶が、笑った。
「謝んなよ。誰も止めてないだろ？」
「ちあ……」
「早く行ってやれよ。麻耶のところに」
　背中を押してくれた。

「たぶんアイツはお前とふたりきりのほうが話しやすいと思うからさ。だから、行ってやれよ。お前が。あとで俺にも教えて」
　その言葉にグッと拳を握りしめる。
「それがお前がやってあげるべきこと、だろ？」
　ごめんね、千晶。
　いまきっと、無理して笑ってるよね。
　強がってるよね。
「うんっ……。ありが、と……！」
　私は力強くうなずくと麻耶の家へと走りだした。
　麻耶、麻耶待っててね。すぐに行くから。

「はぁっ……。はぁっ……」
　駅まで全力で走る。息が苦しい。
　もう、走れない。私、体力なさすぎ。
　それでも走る。走らなきゃ。
　１分でも１秒でも早く。
　私が楽しいとき、笑っていたとき、きっと麻耶はどうしようもなくつらくて、寂しくて、泣きたかった。
　それを見ぬくことができなかった。
　大切なものは、あまりにも近すぎると気づけなくなってしまうから。
　注意深く、しっかりと目を凝らして見ていなきゃ。
　そうじゃないと、この手から消えてなくなってしまう。
　いまになって気づくなんて。

「麻耶っ……」
　電車にのって、麻耶の住むマンションの最寄り駅で降りると、私はまた走った。
　ずいぶんと久しぶりだ、こっちに来るのは。
　マンションが見えてくると、グッと足に力を込める。
　……もうすぐだ。
　マンションのエレベーターが上の階で止まったままなのを確認すると、私は階段を駆けあがり麻耶の部屋の前まで走った。
　乱れた呼吸を直さないままにインターホンを押す。
「……はぁっ……。はぁっ……。出ない……」
　いくらインターホンを押しても、麻耶は出てこない。
　家にいないの？
　とっさにスクールバッグの中からキーホルダーを取り出すけれど、この家の鍵はあのとき麻耶に投げ返してしまったんだった。
　なんで私っていつもこうなの。
　もう一度インターホンを押してみるも、一向に麻耶は出てこない。試しにドアノブをまわしてみると、
　──ガチャッ。
「あ、開いてる……？」
　私は、そのまま家の中に入りこむとドタバタと廊下を走った。
「麻耶……！」
　バンッとリビングのドアを開ける。

「麻耶……？」
　そっとソファのほうへ近づくと、そこにはちゃんと麻耶の姿があって。
　……麻耶は眠っていた。
　でも、本当に眠ってるだけ……？
　連打されるインターホンの音にも気づかないほど……？
「まさか……！」
　よからぬことを考えてしまってとっさに麻耶の胸に耳をあてる。
　──ドクンドクン。
　心臓の音はちゃんと聞こえる。
「あ、よかった………。生きてる……」
　ヘナヘナとその場にしゃがみこんでふとテーブルの上を見ると、風邪薬と水が入ったコップが置いてあった。
　薬飲んだのかな……？
　私も風邪薬を飲むとすごい眠気に襲われて、大きな物音にも気づかないほど深い眠りに入ってしまうときがある。
「まだ具合悪かったの……？」
　もしも私がまだ一緒に住んでいたら、麻耶の体調不良なんて悪化する前に見ぬけたはずなのに。
　そっとブランケットをかけてあげて、しーんと静まり返った部屋でただ麻耶の寝顔を見つめる。
　麻耶、もしかして私がこの家を出た日からもずっとソファで寝てたの……？
「ダメだよ……。風邪ひいてるときくらいちゃんとベッド

で寝なきゃ……」
　ときおり、麻耶の寝顔がゆがむ。
　嫌な夢を見ているなら、目を覚まして……。
「……ん？」
　麻耶とソファの間に挟(はさ)まっているスマホを見つけて手に取る。
　画面が開きっぱなしだ。
　そこに映るのはメールの下書きボックスで、たくさんの未送信メールがあった。
「これ……」
　宛先(あてさき)は、すべて私の名。
　震える指で画面をスクロールしながらひとつずつ見ていく。
《どこにいるの？》
《ちゃんと自分の家に帰った？》
《迎えに行ってもいい？》
　私がこの家を飛び出した日。
《さっきは引きとめてごめん》
《明菜、保健室でなにを言いかけたの？》
　麻耶が廊下で倒れた日。
《いままでずっとごめんね》
《俺、本当は、》
　そして、つい数時間前。
「麻、耶っ……」
　送ることをためらい、やめてしまったメールの数々。

口ベタで不器用な麻耶がつづった文字たち。
　そのすべてが優しくて、切なくて。
　迷って書いて消してを繰り返す麻耶の姿を思いうかべると、それだけでもうなんだか我慢できなくなって。
　起こしちゃダメだって、わかってるのに。
「麻耶ぁっ……」
　麻耶のスマホの画面が、ポロポロとこぼれ落ちる私の涙でにじんでゆく。
　ねえ、麻耶。
　麻耶は私に優しくしてあげたいと言ったけれど、もう十分されてたよ。
　いや、麻耶は優しすぎるんだよ。
　私に寄りそいながら、自分のつらさは必死に隠してこらえて。
　麻耶はとても不器用な人だから、自分の弱さを隠すために冷たくすることしかできなかったんだよね？
　……けどね。これだけはたしかだよ。
　麻耶は気づいてないかもしれないけれど、どれだけ冷たくしたって、隠しきれない優しさがたくさんあったんだよ。
　やっぱり気のせいなんかじゃなかったよ。
　ごめんね。
　抱える傷に気づいてあげられなくて。
　すべてをひとりで背負うその体を抱きしめてあげられなくて。
　けど、もういいよ。我慢しなくても。

私はいるよ、ここに。
「うわぁーんっ。麻耶ぁっ！」
　静かにしなきゃいけないのに、私の泣き声が部屋中に響きわたる。
　そうすると、私があまりにもうるさいからか。
「……明、菜？」
　麻耶が目を覚ましてしまう。
　ゆっくり目を開けると、寝起きでぼやける視界を晴らそうとするようにその目を細める。
「うんっ……。うんっ……。おはよっ……。起こしてごめんなさいっ……」
「どうしたの……？　なんでいるの……？」
　かすれたその声すら私の涙腺を刺激してくる。
「麻耶ぁ……。あのねっ……あのねです、ねっ……！」
「……はっ？　なんで泣いてるの？」
　再び大声をあげて泣きじゃくると、麻耶はギョッとした様子でとっさに体を起こした。
　私がここにいるわ、大泣きしてるわで混乱している。
「麻耶に話したいことがあってぇっ……来たんですっ……けどもぉ……！　なんか、涙が、止まんなくて……！　あと鍵開けっぱなしだと危ないよぉっ……！」
　勝手に家に入ったあげく、具合が悪くて眠る麻耶を赤ちゃん並みの泣き声で起こして。
　……私はいったいなんなんだ。
「わかった。わかったから。泣かないで」

ふわりと、頭に手を置かれる。
　そんなの逆効果だよ。
　そんな優しい手つきは、また泣けてきちゃうよ。
「……泣きやめる？」
「あと、少しかかるっ……」
「……そう。早くね」
「あ、鼻水……垂れそっ……」
「うわっ、やめて」
　結局、私が泣きやむまでに15分ほどの時間を費やしてしまった。
「泣きやんだ？」
「うんっ……」
「はい」と麻耶にティッシュボックスを渡されて、思いっきりはなをかむ。
　ソファの右側には私、左側には麻耶。
　こんなふうに並んで座っているだけで、誰よりも近くいられる気がしたあの頃。
　けど、それじゃダメだと知ったから。
「……あのね、麻耶」
「うん」
　私は体を少しだけ左側に向けると、話し始める。
「麻耶はとても優しい人だから、いつだって甘えてばかりいたの。麻耶はいつも笑ってくれていたから、泣いたりしない、強い人なんだって思いこんでいたの」
「…………」

「……でも、本当はちがうよね」
　きっと私は、どの言葉で傷つけたのか思い出せないほど、ささいなひと言でたくさん麻耶を傷つけたのだろう。
「……麻耶がいままでずっと『なんでもないよ』って言ってきたことは……。本当は、なんでもなくなんかないんでしょ？　聞いてほしかったんでしょ？　やっと気づいたの。遅いかな……」
　麻耶はうつむいたままなにも話さない。
「麻耶の家を飛び出したあの日ね、私には戻る場所があったの。帰る家があったの。麻耶にはあった？　東京にいた頃、帰る場所はあった？」
　向こうでどんなふうに過ごしたの？
　どんな思いをしていたの？
　聞きたい話がたくさんあるよ。
　その全部全部を私に、
「話してもいいよ。私に話してもいいよ」
　たとえば、つらかったとか、寂しかったとか、苦しかったとか。
　なにが嫌だったとか、なにが不満だったとか。
　たったひと言でいいの。
　話してみて。
　その心に秘めた想いを隠さないで。
「時間がかかってもいいよ、全部聞くから。寂しいとかつらいとか、ちゃんと言わなきゃわからないよ」
　もっとこうして早く、麻耶に寄りそってあげればよかっ

たね。
「麻耶がそうしてくれたように……今度は私の番だよ」
　そっと麻耶の右手に自分の手を重ねると、麻耶の右手がピクリと動いた。
　でも麻耶はその手を振りはらうことをしなかった。
　ほら、麻耶はもう私をあしらったりはしない。
「明菜……」
「うん」
　話そうしてくれる。自分のことを。
　いいよ。全部聞いてあげるから。
「俺、本当は……」
　だからもう、話してもいいよ。

いままでずっと秘密にしてた―side麻耶

　いつもそう。
　前を向けない自分を置いてけぼりに、時間は淡々と進むんだ。
　5年前。
『麻耶ー！　おはよっ！　聞いて聞いて！　今日の星座占(うらな)いね、1位だったの！』
　なにがそんなにうれしいのか。
　中学規定のおさげの髪を風に揺らして、毎朝のようにそんな報告をしてくるのは、物心ついたときからずっと一緒にいる幼なじみの明菜。
　俺と明菜は家がとなり同士で、毎日のように一緒にいた。
　それは中学生になっても相変わらずで。
『でも、俺が見た番組では明菜は今日最下位だったよ』
『……そ、そうなの!?』
　登校中、こんなふうに明菜が俺のとなりを騒がしく歩くのはあたり前の日常だった。
　途中で同じく幼なじみの千晶と合流して、『今日の試験めんどくさい』だとか。『今日は体育でバスケがある』だとか。そんなたわいない会話をして。
　毎日毎日一緒にいるのに、話題が尽(つ)きることはなかった。
　このまま学年が上がっても高校生になっても、この関係は続くんだろうと、なんとなくそう思っていた。

でも、そんな日々に終わりを告げるような出来事は突然起こった。
　中学１年生の夏。
　夜中、お父さんにリビングに呼び出されてそれを聞いた。
『母さんにな、悪性の腫瘍が見つかったんだ』
『……え？』
　おかしいな、とは思ってた。
　食欲が日に日に減って、やせほそり、体力も落ちていくその姿に不安があった。
『病院に行きなよ』と俺は何度も催促したけれど、お母さんはいつも『大丈夫』と笑っていた。
　大丈夫なんかじゃなかったじゃん……。
『お母さんは……自分でも知ってるの？　病気のこと』
　一瞬にして"死"というワードが思いうかび、情けなく声が震えた。
『……あぁ。知っているよ。すべて。泣きつかれて寝てしまった』
　お父さんはそっとお母さんの眠る寝室を見つめる。
『これから治療が始まる。家族三人で力を合わせてがんばっていこう』
　がんばったら治るの？
　癌治療ってつらいんじゃないの？　耐えられるの？
　俺のせい？
　俺がもっと早く病院に行かせていれば、こんなに悪化することはなかった？

いろんな感情がごちゃ混ぜになって、俺はお父さんのその言葉にうなずくことさえできなかった。
　　次の日からさっそく、お母さんの癌治療は始まった。
　　その姿は見るに耐えられなかった。
　　お父さんはかげで泣いていた。
　　でも、見舞いに行くとお母さんは毎日、
『麻耶の笑顔を見てるとね、がんばれそうな気がするの』
　　そう言って微笑んでくれるから。
　　俺は決して泣かなかった。
　　9月に入った頃。
『もう、暑いよー』
『明菜、さぼんなよ』
『千晶だってさぼってるじゃん！』
　　俺と千晶と明菜は、なにかしらやらかして中庭掃除を言いつけられ、炎天下の中雑草抜きをしていた。
『ねぇ、今日の放課後アイス食べに行こー！』
『いいよ。麻耶も行く？』
『え……？』
　　千晶と明菜の視線が同時にこちらへ向き、俺の手が止まる。
　　放課後は……無理だ。
　　病院へ行かなきゃ。
『あー……。俺はごめん。用事ある』
　　俺がそう言って苦笑し雑草抜きを再開させると、明菜は不満そうに頬を膨らませた。

『最近の麻耶さぁ、毎日すぐに帰っちゃうよね。どうして?』
　病院だよ、病院。
『家の用事』
『本当にー?』
『本当だよ』
　お母さんの病気のことは言えなかった。
　言ったら絶対に気を使わせてしまうと思ったから。
　心配かけると思ったから。
　いつだって俺は、明菜にとって優しく頼れる幼なじみでありたい。
『優しいね』って、『いつもありがとう』ってそう言ってくれる明菜をガッカリさせたくない。
　せめてふたりとはいつも通り笑っていたい。
　言わなければきっとわからない。
　大丈夫。お母さんの病気がよくなればいいだけの話。
　そう言いきかせて。
　でも……。
　そんな気持ちとは裏腹に、お母さんの病態は日に日に悪化して行った。
『麻耶、最近母さんの状態があまりよくないのに気づいているか?』
『うん』
『それで、新しい治療を始めようと思って。東京の病院を紹介されたんだが……』
　東京の病院……。

『有名な癌の専門医がいるらしいんだ。父さんは母さんと一緒に東京へ行こうと思ってる』
　お父さんは俺に問いかけた。『麻耶はどうする？』と。
『麻耶はここに残りたいか？』
　どうするって、そんなの……。
　ここにいたいに決まってる。
　千晶と明菜がいるこの町から離れたくないに決まっている。
　こんな日々の中、あのふたりがいなければ俺は笑うことすらできない。
『もしも麻耶がここに残るなら、叔母さんが預かってくれるそうだ。だが、父さんとしては麻耶にも来てほしい。麻耶にも母さんを支えてあげてほしい』
　だけど、自分のお母さんを見捨てることなどできるはずもなくて。
　残るかついていくか。
　早く答えを出さないと。時間がない。
　相談、してみようか。千晶と明菜に。
　ふたりはなんて言うだろうか。
『あのさ』
　自分では選びきれずに、初めてふたりに打ちあけてみようと口を開くも。
『なんだよ？』
『どうしたのー？』
『あ……。えっと……』

いざふたりの顔を見てしまうと言葉がつまってしまう。
　こんな重すぎる相談をされたら、うっとうしいんじゃないだろうか？
　余計な心配をかけて、悲しい思いをさせるんじゃないだろうか？
『ううん。やっぱりなんでもない』
　俺は首を横に振ると気丈(きじょう)に笑った。
『ねぇ、麻耶……。麻耶はお母さんのそばにいてくれる？』
　病院へ行けば行ったで、お母さんは俺に不安そうに問いかけてくる。
　だから、まだわからないんだって。
　そんなに急かさないで。
　そんな思いはあったけれど。
『お母さんね、麻耶がいなきゃがんばれないの……』
『うん』
『麻耶が必要、なの……』
『うん。わかってるよ』
　そんな弱々しい姿を見せられたら、離れてはいけないような気がして。
　……やっぱり俺も東京へ行こう。
『行くよ、行く。俺もちゃんとついていくから』
『……そう、ありがとう』
　俺は自ら東京へついていくことを決めた。
『ひ、引越しっ……？』
『そう』

ふたりには引越しのことをすぐに伝えた。
『ど、どうして……？　どうして引越ししちゃうの？』
『お父さんの仕事の都合で』
　　……そんな嘘をついて。
　　引越し当日はふたりとも見送りに来てくれた。
　　でも……。
『うわぁぁぁあん。やだよぉー。行かないでよ！　私も行く！　連れてって！』
　　泣きじゃくる明菜に胸が痛んだ。
　　初めて明菜を泣かせてしまった。
　　嘘ついている自分が弱くて情けなかった。
　　そんなに……。そんなに泣かないでよ。
『麻耶だけでも残ってよ……』
　　それができないから行くんだよ。
　　俺だって明菜と離れるのは、すごく苦しい。
　　それでも行かなくちゃならないんだって。
　　最後くらい笑ってほしいんだけどな。
　　一向に泣きやまない明菜に困ってしまう。
　　どうやったら笑ってくれるだろうか……。
　　あぁ、そうだ。じゃあ、約束しよ。
　　これが最後じゃないんだって。
『いつか会える日が来たのなら、誰よりも一番に会いに来るよ。千晶よりもね。約束』
　　……そんな約束を。
　　いつか奇跡でも起きてお母さんの病気が治ったら、すぐ

に戻ってくるから。
　そのときに、明菜に伝えたい言葉があるから聞いてよ。
　俺はがんばるから。
　だから、そのときまではさよならで。
　千晶と仲よくね。
　明菜たちに別れを告げた俺は、東京へとやってきた。
　はじめは右も左もわからずになかなか慣れなかったけれど、そんなときに千紘と双葉が声をかけてくれてなんとか毎日を過ごしていた。
　ふたりにはお母さんの病気のことは自然の流れで知られてしまったが、親身になって応援してくれていた。
　お母さんはというと、東京に来た当初は回復の兆しが見えたりもしたが……。
　やはり奇跡は簡単には起こらなかった。
　病状は悪化し、しまいには癌が全身に転移してしまった。
　もう手のほどこしようがなくなってしまい、宣告されたのは余命わずか。
　命が尽きるその日を待ち続けるお母さんのそばにいることは、想像以上につらかった。
　それを言える相手もいない。
　そして、その日はすぐに来た。
　いまでも覚えている。
　あの日は12月でとてもとても寒くて、いまにも雪が降りだしそうな空をしていた。
『もうすぐお父さんが来るよ』

『麻耶、ごめんね……。ごめんね……』
『どうして謝るの』
『麻耶を、明菜ちゃんたちと離しちゃったのに、いっぱい支えてくれたのに……。お母さん、がんばれなかった』
　俺の手を握り、何度も何度もお母さんは謝り、泣いていた。
　様子がおかしかった。
　たぶん、わかっていたんだと思う。
　今日が自分の最期の日だと。
　俺もわかった。
　もう、ダメなんだと思った。
　覚悟はしていたつもりだった。
　でも、いざそのときになると冷静ではいられなかった。
『麻耶、幸せになるんだよ……』
『なるよ、なるから……』
　もう少しがんばってよ。
　お父さんも、もう少しで来るから。
　まだ、まだ逝かないで。
　ひとりで見送る勇気などないから。
　だからまだ……。
『お母さんのこと忘れないでね……』
　——ピーーーー。
　部屋中に鳴り響いた無機質な機械音が、お母さんの心臓が止まったことを知らせる。
『お母、さん……』

スルリと俺の手から抜けていくお母さんの手をもう一度握り、自分の胸に強く押しあてた。
　お父さんが病室に来たのは、それから数分後のことだった。

　お母さんがこの世を去って、俺とお父さんのふたり暮らしになった。
　時間はいつも通り過ぎていく。
　人ひとりこの世からいなくなったくらいで、時間は待ってくれない。
　お父さんは、お母さんがこの世を去ってからすっかり元気がなくなってやつれてしまった。
　お父さんがそんなんだから、家での会話はなくなってしまった。
　たったふたりしかいない家族なのに。
　それから、3年後のことだった。
　高校2年生になった俺に『麻耶に紹介したい人がいる』と言って、お父さんがひとりの女性を家に連れてきた。
　それは……俺の新しい母親にあたる人。
　そんなもの、受けいれることなどできなかった。
　だって、たった3年じゃん。
　たった3年でお父さんの愛はほかの女にうつるの？
　3年も経ったら、人は忘れられてしまうの？
　……なんで？
　毎年結婚記念日を祝ってたじゃん。

あんなにも仲よかったじゃん。
　こんなふうに時間が経てば、全部なかったことになるの？
『幸せになって』なんて、そんなこと言えるわけなかった。
　その日から俺の気持ちなど置き去りにして、新しい家族の生活は始まった。
　あの人はとても優しい人だった。
　それでも俺は、それを受けいれることを拒否した。
　受けいれてしまったら、本当のお母さんのことを見捨てるのと同じことなんじゃないだろうかって。
　だから、食事のときお母さんが元気だった頃に座っていた位置に、あの人が座っていることも。
　お母さんのお気に入りだったキッチン用品で、あの人が料理をしていることも。
　お母さんの作る料理とあの人の作る料理の味が似ていることも。
　なにもかもが気に食わなかった。
　そこはいつだってお母さんの場所なのに。
　この人が奪っていく。
　お母さんの存在がなかったことになってしまう。
　お母さんはきっと寂しがってる。
『自分の居場所がないよ』と泣いている。
　この人のせいで。
　だから俺だけは、お母さんの味方でいてあげなくちゃ。
『麻耶君、今日お弁当を作ったんだけど……』

『いらない』
　これは毎朝お決まりだった。
　あの人は毎朝毎朝お弁当を作ってくれたのに、俺はそれを一度も受けとることなく、ときにはその場で捨てることもあった。
『でも、お母さんね、麻耶君に食べてほしくて……』
　"お母さん"なんて言うなよ。
　お前は俺の母親なんかじゃない。
　母親はふたりもいらないよ。
『うるさいな！　母親づらするなよ!!』
　お前がお母さんの居場所を奪ったくせに。
『あ……』
　しまった、と思った。
　つい発したその言葉は、容赦なくその胸を突きさしてしまう。
　吐いた言葉は戻ってこない。
『ごめんねっ……』
　………泣かせてしまった。
『麻耶、いい加減にしなさい。いつまでそうしているんだ？』
　見かねたお父さんが俺とこの人の間に割って入る。
『なんでお父さんがそんなこと言うんだよ……』
『いつまでそうしている』だなんて、そんな言葉をお父さんに言われるのはつらかった。
　俺を置いてけぼりにして、お父さんは次の道を進んでいる。

この家に俺の味方がいない。
　なんで。どうして。
　俺はこんなふうになるために東京に来たわけじゃないのに。
　なんの……なんのために俺はいままでずっとがんばってきたんだよ。
『俺はちがう。お母さんを簡単に忘れて捨てられるお父さんとはちがう』
　俺はそう言うと、家を出た。
　その日からあまり帰らなくなった。
　家に帰らない日は、千紘や双葉の家に泊めてもらっていた。
　ふたりがいなかったら、俺には本当に居場所がなかった。
　だからすごく感謝してる。
　そんな生活の中で思った。
　俺はあの人をこの家から追い出そうとしていたけれど。
　あの家で邪魔者なのは、俺のほうなんじゃないだろうか。
　俺がいないほうがあのふたりは幸せなんじゃないだろうか。
　だって、家族はそこだけで成りたっていた。
　そのとき思いうかんだのは、あのふたりの顔だった。
　大切な幼なじみ、千晶と明菜。
　会いたい。
　戻りたい。
　話を聞いてほしい。

無性に。
もうここにはいたくない。
ふたりのいる場所にいたい。
それをお父さんに伝えると、思ったよりもあっけなく受けいれられた。
やっぱり俺はいらなかったんじゃんって鼻で笑った。
お父さんたちに最後に言い残したのは『もう二度と会いたくない』という言葉だった。
明菜たちに会って今度こそ本当のことを話せば、この気持ちも少しは和らぐと思った。
双葉や千紘だって大切な友人だけれど、あのふたり以上に大切なものが見つからない。
高校は、明菜の母親に電話して明菜たちの通う高校を聞いて、そこを選んだ。
ふたりがいるなら俺もそこに行きたかったから。
明菜は覚えているだろうか。
あの日の約束を。
一番に会いに行くという約束を。
俺は覚えていた。
だから俺は、なによりも先に明菜の家に向かったんだ。
言わなかったけど。
４年ぶりに戻ってきたこの町は、なにも変わっていなかった。
お母さんの病気が治ったら戻ってこれると思っていたのに、まさかこんな形で戻ることになるなんて思わなかった

けど。
　早く会いたくて、早歩きで明菜の家に向かった。
　でも……。
　いざ明菜の家を目の前にすると、急に怖くなって、体が動かなくなってしまった。
　いまさら戻ってきた俺は、受けいれてもらえる？
　だって俺は知っている。
　たった３年で、まるではじめからいなかった者のようになってしまったお母さんを。
　自分を置き去りにして新しくできあがってしまった家族を。
　本当はふたりもそう思っているんじゃないだろうか？
　ふたりの中でも、俺の存在なんてなかったことになってしまってるんじゃないだろうか？
　俺が戻ってきて、迷惑じゃないだろうか？
　だってきっとこの４年間、俺なしで幼なじみは成りたっていた。
　千晶のことだから、俺のぶんも明菜を笑わせてあげていた。
　いまさら戻るなんて……できない。
　あぁ、怖い。どうしよう。ふたりはなにも知らないから。
　嘘ついて東京へ行ったくせに。
　明菜をたくさん泣かせたくせに。
　耐えられなくなったからまたふたりの元に戻ってきただなんて、こんな俺、知られたら幻滅される。

いまさら戻ってきてしまったことを後悔した。
　それならもう、ひとりでもいいや。
　こんな嘘つきで弱虫な俺は、きっともう明菜には必要とされないから。頼ってもらえないから。
　でも、それを言われたら俺はきっと耐えられないから。
　自分が傷つく前に、自分からふたりと距離を置いてしまえばいい。
　せめてふたりの仲を邪魔しないでいよう。
　幼なじみの関係なんて、はじめからなかったことにしよう。
　すべて言わないままでいよう。
　……もう、どうでもいいや。
　俺はあの日、そんなふうに心に頑丈(がんじょう)な鍵をかけて、明菜の家のインターホンを押した。

だけど、本当はずっと―side麻耶

「だからあのとき、俺の胸に飛びこんできた明菜を冷たく突きはなした」

　車が走る音が聞こえてくるほど静かな部屋で、中学時代からこっちに戻ってくるまでの出来事をひと通り話し終えると、そっと視線を落とした。

　となりで、ずっと黙って俺の話を聞き続けていてくれる明菜の顔は怖くて見れない。

「４年ぶりに再会した明菜は、なにも変わってなかった」

　……いや、ちがうか。

　肩下辺りまでしかなかった髪は胸下まで伸びて、背も少し高くなって、顔立ちも大人っぽくなって。

　明菜はもう、俺の知るおさげの似合うかわいらしい中学生じゃなかった。

　俺と同じように高校生になった明菜は、とても大人びて綺麗になっていた。

　思わず息をのむほどに。

　そんな変化にすら、自分が明菜とどれだけ長い時間を離れていたのかを思いしらされた。

「冷たくしないと、離れておかないと、すべて言ってしまいそうだった」

　同居を断ったのも。一緒に登下校をしなかったのも。

　大きな壁を作り明菜たちを遠ざけたのも。

全部弱虫な自分を隠すための手段だった。
　それに、怖かったから。
　明菜の母親は『家族とみんなで』って言ってくれたけど、本当の家族でもない俺が明菜の家で同居したら、また東京にいた頃みたいに自分だけ邪魔者になってしまうんではないかって。
　俺は大切なお母さんを亡くして知った。
　大切なものをちゃんと大切にしていたら、それをなくしたとき、大きな悲しみを味わうことになるのだと。
　あんな思いはもう二度としたくない。
　それなら、大切なものはいっそ、自ら手放してしまえばいいんだと。
　でも……。
「でもふたりは、『おかえり』『会いたかった』って言ってくれた」
　本当はすごくうれしくて、泣きそうになっていた。
「本当は俺のほうが、ずっとずっと明菜たちに会いたかったんだよ」
　……なんて、いまさらこんなこと言うなんてズルすぎるね。わかってる。
「俺……自分は必要ないんだって思ってた」
　俺がいない間もずっと一緒にいたふたり。
　それが、俺なしでも幸せそうなお父さんとあの人の姿に重なって見えた。
　明菜には千晶がいればいい。

そう思ってた……はずだったのに。
　それなのに俺は、ふたりの変わらぬ仲のよさにやいていた。
　俺のいない間もふたりはずっと一緒だったんだと聞いたとき、明菜が俺に嫌がらせのことを頑なに言わなかったとき、自分は必要とされていないのだと、あまりにも寂しく感じた。
　本当は必要とされたかった。
　本当に、ワガママ。あまりにも矛盾しすぎてる。
「それでも明菜は、こんな俺を必要としてくれた。俺がいないと幼なじみは成りたたないと言ってくれた。どれだけ冷たくしても、ふたりは変わらないでいてくれた。だから、わからなくなった」
『俺がいつ明菜に会いたかったなんて言った？　うぬぼれるなよ』
　ちがう。こんなことが言いたいんじゃない。
　優しくしたいんだよ、本当は。
『だから、嫌だったんだよ。明菜に会うのは』
　ちがう。こんなの俺の本心じゃない。
　会いたかったんだよ、本当に。
「……本当は、うれしかったんだよ」
　もっと早く言ってあげたかったのに。
　終わってしまう前に。
「こんな俺と一緒に住みたいと言ってくれて、うれしかったよ」

これが本音だと、正直に。
　　一緒に夕飯を食べたこと。
　　毎朝起こしてくれたこと。
　　お弁当を作ってくれたこと。
　　文化祭をまわったこと。
『おはよう』とか、『おやすみ』とか。
『ただいま』とか、『おかえり』とか。
　　そんな何気ないあいさつを毎日聞けたことも。
　　その全部がうれしかった。
　　どうしようもないほどに。
　　お母さんが亡くなってなくしたそれらを明菜がくれて、俺にはもったいないほどに毎日が輝いていた。
　　この家に明菜がいると安心できた。
　　忘れかけていた家族の温もりを思い出していた。
　　千晶の言う通り。いますごく生きづらくてたまらない。
　　明菜と同居している中で感じていた喜びや安心感を、無理に感じていないふりをし続けることは、とても疲れることだった。
　　いつまでこんな自分でいなくちゃいけないんだろう？
　　本当は、してあげたいことがもっとたくさんあるはずなのに。
　　ずっと前から、いまでも伝えたい言葉があるはずなのに。
「嫌いだなんて、そんなの嘘だよ。そんなこと、一度だって思ったことない」
　　はじめは"こんな弱い自分を知られたくない"というた

だのちっぽけなプライドだったのに、いつしか手のつけられないほどに膨大なものになって、『世界で一番明菜が嫌い』だなんて言ってしまった。
　けれど、あんなの嘘だ。
　本当は、こんな自分が一番嫌い。
「嫌われることが怖いのは、いつだって俺のほうだよ」
　だってもう明菜は、俺の中でなにと引きかえても満足できないほどに、自ら手放すことができないほどに、あまりにも大きすぎる存在なんだ。
　そんな明菜がこの家を出ていくと言ったあの日。
　当然の結果が訪れたのだと思った。
　自業自得。
『出て行くな』なんてなぜ言える？
　引きとめる資格も勇気もない。
　それなのに……。
　たとえば、朝起きたときにキッチンでお弁当を作っている明菜の姿がないだとか。
　明菜が毎晩アイロンがけをしてくれていた制服のシャツが、朝になってもしわがついたままだとか。
　家に帰っても部屋の明かりがついていないだとか。
　そういうことに気づくたび、明菜はもうこの家にいないのだと実感してつらくなる。
　本当の俺は明菜が思う以上に、どこもかしこももろくて、頼りなくて、弱くて、どうしようもないよ。
　こんな自分を……どうして隠さずに吐き出せると言うの

だろう。
「嘘だって思われてもいいよ。信じなくてもいいよ。いまさらだって突きはなしてもいいよ。ただ………」
　なぁ、明菜。
　いまさらこんなこと言ってごめんね。
「ただ、知ってて。俺の本当の気持ち」
　明菜はいま、なにを思ってる？
　下げていた顔を上げて、ゆっくりと明菜のほうへやる。
　俺の話をすべて聞いてくれた明菜は……。
「ふぅ……っつぅ」
「……は？」
　……なぜか、またもや大号泣していた。
「な、なんで？　え？」
　あまりにも静かだったから、泣いていることに気づかなかった。
　声を殺しながらポロポロ泣いている明菜に、俺はギョッとして目を見開く。
「なんでそんなに泣くの」
「うんっ、うんっ……」
「なにがそんなに悲しいの」
「悲しくないよっ。悲しくないけどもぉっ……！」
　じゃあ、泣かないでよ。
　俺は明菜を泣きやませる方法を知らないんだって。
「うわぁーん！　麻耶ぁ！」
「ちょっ……」

しまいには声をあげて泣きだしてしまった。
　……とりあえず落ち着かせよう。
「ちょっと待ってて」
　俺は立ちあがるとキッチンのほうへ行き、ホットココアを作ると戻ってきた。
　温かいものを飲めば、少しは落ち着くだろうから。
「ほら、飲んで」
　明菜に入れたてのホットココアを差し出すと、
「お、おいしいっ……」
　それを泣きながら飲む。
　かわいい。
　……いや、そうじゃなくて。
「泣きやんでよ、早く。なんで泣いてるの？」
「だって。だってぇ……。うれしいからぁ！」
　……うれしい？
「麻耶の本当の気持ち、ちゃんと伝わったっ。麻耶のこと、やっと知ることができたっ。私のこと、嫌いじゃないって言ってくれた。それが、うれしくてっ……！」
　……そんなに泣かなくても。
「話してくれてありがとうっ……」
　ありがとうなんて俺の言葉なのに。
「麻耶、気づけなくてごめんね。たったひとりで寂しい思いをさせてごめんね……。頼ってばかりでごめんねっ。泣きたいときにそばにいてあげられなくて、ごめんね」
　……そんなこと、泣きながら言うなよ。

なんか俺のほうが泣きそうになるから。
「ありがとうっ……。会いたいと思ってくれて、ありがとうっ……」
　明菜がぎゅっと俺の体を抱きしめる。
　小さな小さな体で。
「麻耶、弱くてもいいんだよっ。幼なじみの前では強がらなくてもいいんだよっ。だって私はそれだけで麻耶を嫌いになったりしないもんっ」
　……あぁ、いままでの俺はいったいなんだったんだろう。
　たとえ俺の話を聞いたって、明菜はなにも変わらなかったじゃん。
「何度だって言うよ。麻耶は……麻耶は私にとってたしかに必要な存在なんだよっ……！」
「……っ」
　そんなこと言われたらもう限界だった。
　気づいたら俺の目からもひと筋の涙があふれて、頬を伝っていた。
　……不覚。
　つい、もらい泣きしてしまった。
　明菜にバレないように体の震えを必死にこらえるも、無理だった。
　いままで我慢してきたぶん、次々とあふれてきてしまう。
　……なんか、いまならわかる気する。
　明菜が泣きやめない理由。
「麻耶も泣いてる、の……？」

「泣いてないよ」
「麻耶……？」
「こっち見ないで」
　自分の泣き顔は見られたくないので、顔を上げようとする明菜の頭をつかみ自分の胸に強く押しあてた。
「く、苦しいよぉ……」
「しばらくこうしてて」
　俺、本当はこのときを待っていたんだと思う。
　なにもしてくれなくていい。
　となりに座って、ただ話を聞いてくれるだけでよかった。
　その聞いてほしい相手は、いつだってとなりにいてくれた。
『話してもいいよ』と、そう言って寄りそってくれる、泣き虫で大切な幼なじみが。

　しばらくこの状態が続いた。
　気づいたら空はもう暗くなっている。
「……ねぇ、麻耶」
　泣きすぎて少しだけまぶたの腫れた明菜がそっと笑う。
「本当はもうわかってるよね」
「え……？」
「麻耶は自分の気持ちに本当は気づいてるはず」
　その問いかけに、もう首を横に振ることはできなかった。
「本当はもうとっくの前から静香さんのことを、自分の家族として認めているんでしょう？」

だって、その通りだから。
「だから、麻耶は静香さんに冷たい言葉を吐いたことをすごく後悔している。そうだよね」
　本当はわかっていたんだ、全部。
　あの人が俺に認められるために毎日毎日精いっぱいに努力して、俺を本当の息子のように思ってくれていることを。
　最愛の人を亡くしボロボロになったお父さんを支えてくれていたのが、あの人だったんだってことも。
　お父さんはお母さんを忘れて捨てたわけじゃなくて、ちゃんと前を向いて歩きだそうとしているんだってことも。
　お母さんを愛していたからこそ、幸せになろうとしている。
　それがたとえちがう人とでも。
　それがきっとお母さんの最期の願いだから。
　そうじゃないと、悲しみにおぼれたままでは少しも前へ進めないから。
　心ではちゃんとわかっていた。
　わざわざふたりが文化祭の日付を調べてまでこっちに会いに来てくれたときも、本当はとてもうれしかったのに。
　それなのに、俺はひどい言葉を吐いてしまった。
　本当はもう……あの人だって俺にとって大切な家族のひとりなのに。
「いいの……？　俺はそれをしてもいい……？」
　そう不安げに問う俺に、明菜はしっかりとうなずいた。

「静香さんを受けいれたって、お母さんを捨てたことにはならないよ。忘れない限り、お母さんは麻耶たちの心の中で生き続ける」
「…………」
「自分のせいで麻耶が前を向けずに幸せになれないなんて。家族がバラバラになってしまったなんて。それこそお母さんは悲しいよ」
『幸せになるんだよ』
『忘れないで』
　お母さんのその願いの意味を、明菜が教えてくれる。
　そっか……。よかったんだ。
　新しい家族を受けいれても。
　俺もあそこにいたいと、そう思っても。
　俺も、次に進んでも。よかったんだ。
「静香さんにとって麻耶は、血はつながっていなくとも大切な家族……我が子なんだよ」
　わかってる。
「もう一度ふたりに会ってあげて。静香さんをお母さんって呼んであげて」
　もう、あの人を悲しませたくないから。
「過ぎた時間は巻きもどせないのなら、もう前を向こうよ」
　前を向かなきゃ。しっかりと。
　もう一度あのふたりに、会いにいこう。
　ずっと避け続けていた。あのふたりの元に戻ることを。
　でももう、なにも怖くない。

「麻耶には私がいるから、もう大丈夫だよ！」
　だって、明菜が背中を押してくれるから。
「ありがとう……。明菜」
「へへっ。麻耶の真似してみたよ」
　明菜が自慢げに笑う。
「俺の真似……？」
「麻耶がいつも言ってくれた『俺がいるからもう大丈夫』って言葉。魔法みたいに勇気をもらえるんだよ！　だから私も、麻耶に勇気をあげる！」
　……なんだ、それ。
　あぁ、でもなんか、すごく勇気をもらえた気がするよ。
　俺がいなきゃなにもできなかったくせに。
　いつの間にそんなことを言う子になったの？

　明菜に背中を押してもらった俺は、その日お父さんにメールを送った。
《12月26日のお母さんの命日に、ふたりに会いに行ってもいい？》
　いままでずっと、こんな簡単なことができなかった。
　するとすぐにお父さんは電話をかけてきてくれた。
『あのメールは本当か!?』と大げさに喜んで、『待っている』と言ってくれた。
　三人でお母さんの墓参りに行こうと約束を交わした。
　ふたりに会える日が、心から待ち遠しく思えた。

そして、12月26日。
「麻耶、忘れ物ない!?」
「ないよ」
　東京に行くこの日、明菜と千晶がわざわざ駅まで見送りに来てくれた。
　すぐ帰ってくるのに、大げさ。
　……でも、うれしい。
「しっかりな、麻耶」
　新幹線がやってくると、千晶がポンと俺の肩に手を置いて笑う。
　たぶん、明菜にすべて聞いたんだと思う。
「なぁ、千晶」
「あ？」
「いままでごめん。それと……ありがとう」
「なんだよ急に。気持ち悪いな」
「それから……」
　千晶は俺にとって、明菜と同じくらい大切な幼なじみで、明菜と同じくらい手放したくない存在で。
　できれば一生、お互いにとって一番の男友達でいたいと思う。
　だって俺、千晶に俺よりも仲のいい男友達ができたらやくかもしれない。
　……って、これは言うのやめておこう。
　なんか告白みたいでそれこそ気持ち悪いから。
「ううん。なんでもない。じゃあね」

俺は首を横に振ると、新幹線にのりこもうとふたりに背を向ける。
「麻耶、行ってらっしゃい！」
　そんな俺に明菜が大きく手を振った。
「気をつけてねっ！　すぐ帰ってきてね！　迷子にならないようにねっ！　それから……」
　……泣きながら。
「おい、明菜！　お前なんで泣いてんだよ！　アホなのか!?」
　明菜の涙腺はいったいどうなってるんだろう。
　いま、泣く要素がまったく見あたらないんだけど。
　本当、どれだけ泣くの。
「なんで千晶は泣かないのぉ……!?」
「あーもう！　うっせーな！　麻耶、コイツも連れてけよ！」
「やだよ」
　なんだかとてもなつかしいやり取り。
　三人がそろうといつもこうして騒がしくなって、笑いが絶えなくて、ただ楽しくて。
「フハッ……」
　気づいたら俺は笑っていた。
　その瞬間、ふたりが同時にこちらを見る。
　目を丸くして心底驚いた様子で。
　な、なに……？
「ち、千晶……いま見た!?　麻耶が笑ったよ……！　笑っ

た!」
　そんなめずらしいものを見るような顔しなくても。
「やっと、麻耶の笑顔を見れた……こっちに戻ってきてから、初めて笑ってくれたねっ!」
　そう、だっけ……。
　そう言われたらそんな気もするけれど。
　そんな、あんまり見ないで。
「私たち、やっと元に戻れたね!」
　俺の笑った顔ひとつでこんなにもうれしそうにされたら、異様に恥ずかしくて。
「お前はやっぱりそっちの顔のほうがいいよ。仏頂づらは似合わねー」
「……も、もう行くから」
　俺はフッと顔をそらすと、逃げるように新幹線にのりこんだ。
　……いままでたくさんごめんね。
　変わらないでいてくれてありがとう。
　また戻ってくれてありがとう。
　そう、胸の内でつぶやきながら。

　新幹線の中では緊張でいっぱいだった。
　ふたりにはずいぶんと久しぶりに会うから。
　なんて言おう。なにを話そう。
　頭の中でたくさん考えたのに
「麻耶!」

「……麻耶君！」
　いざ東京に着いてふたりを目の前にすると、考えた言葉なんてすべて飛んでいってしまった。
　でも、いらなかった。
　用意した言葉なんて必要なかった。
「会いに来てくれてありがとうっ……。麻耶君っ」
　言葉の代わりに抱きしめてくれたから。
　もう、大丈夫。今度こそ。
「久しぶり。……お母さん」
　呼んであげられる。
　お母さんの背中に手を添えながら、久しぶりに口にしたその言葉は妙に照れくさくて。
　すると、お母さんはバッと勢いよく顔を上げた。
　驚いたような表情で、目にいっぱい涙をためて。
「お母さんって……。お母さんって、呼んでくれるの？」
「……自分の母親をほかになんて呼ぶの」
　まだ照れくさいし慣れないけど。
　これからいくらでも呼ぶよ。
　いままで呼べなかったぶんも。
　母親がふたりいるのも……まぁ、悪くはないから。
「……うんっ、うんっ。そうだねっ……！　ありがとうっ。ありがとうっ……」
「泣きすぎだよ」
　明菜といい、お母さんといい……。
　俺のまわりにはすぐに泣いてしまう人が多いんだから、

困る。
「麻耶」
　そんな俺とお母さんのやり取りを見ていたお父さんが口を開く。
「麻耶が向こうに戻りたいと言ったときな、父さんは止めることができなかった。父さんたちの存在が麻耶を苦しめているのならと、麻耶の気持ちを受けいれることしかできなかった。けどな……」
「…………」
「けどな、父さんたちは麻耶がいないと全然ダメなんだ。本当に麻耶が大切なんだ。大切な我が子なんだっ」
　泣きそうなお父さんから初めて聞くその気持ち。
「向こうでの暮らしは楽しいか？　元気にやっているか？　進路のことで悩んでないか？　話したいことがたくさんあるんだ」
「……うん。俺も。俺もたくさんあるよ」
　だから俺も、自分の気持ちをいまやっとすべて話すことができる。
　もう、隠すものはなにもないのだと知ったから。
　墓参りに向かう途中、俺とお母さんとお父さんはいろいろな話をした。
　いままでのこと、これからのこと。
　たくさんたくさん話して。
「これからも家族"4人"で幸せになろう」
　お墓の前でそう言葉を交わした。

そんな俺たちを、天国にいるお母さんが笑って見守ってくれているような気がして、見上げた空がいつもより青く見えた。
　あぁ、早く向こうに戻らなきゃ。
　明菜が待ってるから。
　俺が笑えるのは明菜のおかげなんだよ。
　戻ったら、明菜に言いたいことがあるよ。
　止まっていた時間が動きだしたいま、もしもまだ間にあうのなら。許してもらえるのなら。
　もう一度俺と……。

素直になれよ

　あの日、麻耶は自分の胸のうちに秘めた想いをすべて話してくれた。
　冷たさの中に隠されていたのは、触れたら壊れてしまいそうなほどにあまりにも繊細な気持ちと、不器用に幼なじみを思う心だった。
　すれちがって道がバラバラになってしまうこともあったけれど、結局またみんな同じ場所に戻ってこれたんだ。
　昔みたいに笑いあうことができた。
　私はずっと、あの笑顔が見たかった。
　私たちはまたあの頃みたいに戻れた。
　もう、きっとこれで大丈夫。
　でも、なんでかな。
　なにかが……。
　なにかが足りない。
　麻耶が東京へ行ったあの日から、数日が経った。
　まだ東京にいるのか、戻ってきているのかわからない。
　もしかしたらもう帰ってきているかもしれないし、冬休みの間は向こうで過ごすのかもしれない。
　きっと麻耶は、家族といろいろな話をするだろう。
　そんな時間を邪魔したくないから連絡はできずにいた。
　でも、もしも麻耶がこのまま、また家族の元で暮らすことになっちゃったらどうしよう。

東京にいるということは、千紘ちゃんとも会ったのかな。
　会うよね。
　だって、千紘ちゃんと麻耶は付き合ってるんだから。
　そう考えたら、ズキズキと胸が痛んで。
　いいんだ。麻耶が幸せなら。
　千紘ちゃんが麻耶に告白したあのときから思ってた。
　麻耶が千紘ちゃんと笑っていられるなら、それでいい。
　私がずっと伝えたかった言葉は届けることなく、胸の内にしまって、なかったことにするの。
　それに……千晶の想いにもしっかり向きあわなくちゃ。
　だから、もういいの。
　もういいのに……。
　さっきから、ずっと同じことを考えては泣きそうになっている私はなんなのか。
　──ピンポーン。
　……あれ、誰か来た。
「明菜ー。ちょっと出て」
「うん」
　お母さんに言われて重い腰を上げて、玄関へと向かう。
　ドアを開けると……。
「よう」
　そこに立っていたのは千晶だった。あわてて外に出る。
「ど、どうしたの？　急に……」
「んー？　まぁ、ちょっとお前に話と用事があって」
　話……？　話ってなんだろう。

「……よかったら上がる？」
「いや、いいわ。ここで。あのさ……」
　千晶はひと息置くと、意を決したように口を開く。
「やっと決意できたから直接言いに来た。たぶんこれを逃したら、俺は言えなくなるから。アイツが戻ってくる前に言っておかないと」
「なぁ」と千晶が笑う。
「お前、もういいよ」
　眉を下げてとても寂しそうな……でもいつもよりも優しい顔。
「え……？　なにが？」
「お前はもう、俺を無理に好きになろうとしなくてもいいよ。今日はこれを言いに来た」
　ど、どういうこと……？
「いきなりどうしたの!?　私、千晶の気持ちとちゃんと向きあうよ？　そうするって約束した……！」
　千晶が私に好きだと言ってくれたから、私はその気持ちに応えると約束したはず。それなのに。
「ん。だから約束は破棄ってことで。だってさ……」
　なんでかな。
　本当に不思議だよ。
「お前はまだ麻耶のことが好き、なんだろ？」
　なんで千晶という幼なじみには、私のすべてがお見通しなのかな。
「……っ」

言葉が出なかった。
ビックリしてなにも言えなかった。
核心を突かれてしまったから。
あきらめたつもりだった。
麻耶と千紘ちゃんの恋を応援するつもりだった。
でも本当は、心の奥底ではまだ麻耶を想っている自分がいる。
でもそれじゃあ、私はまた千晶を傷つけてしまうから。
「はじめからわかってたよ。アイツには敵わないって」
千晶はわざと明るく言っているように見えた。
「まぁ、最近は優位に立ててたと思ってたんだけどさ。あんな瞬殺級スマイルを取りもどしたアイツに、勝てるわけないわ。アイツ笑うとあんなかっこよかったっけ？」
千晶はハハッと冗談交じりに笑うが、私はそんなの全然笑えなかった。
……だって千晶のそれは、精いっぱいの思いやりだもん。
「千晶……。私……」
「けど、それでいいんだよ」
千晶が私の頭の上に手を置いた。
「言っただろ？ 俺はお前に笑っててほしいって。俺の一番好きなお前の笑顔はさ」
千晶がこっちをのぞくようにしたので、少しだけ顔が近づく。
「いまも昔も、麻耶のとなりで幸せそうに笑ってるお前の顔なんだよ」

本当に君は、どうして私をこんなにも想ってくれてるんだろう。
　私、千晶にこんなにも大切にしてもらえるようなこと、なにひとつしてあげてないよ。
「俺の一番好きな笑顔は、きっと麻耶にしか作れない」
　千晶はいつもそう。
「お前のこと好きだよ、本当に。けど、好きだからこそそう思う」
　いつも私の笑顔を守ろうと、自分を犠牲にして平気なふりをして。
「だから、もういいよ。明菜。俺とはずっと幼なじみでいよう。しばらく引きずるかもだけど……。まぁ、それも悪くないわ」
　千晶は迷うことなくそう言う。
　まっすぐに私を見つめて。
「もう俺のことは気にしなくてもいいから。その代わり、俺のとなりでずっと笑ってろよ。明菜も麻耶も。俺はふたりが本当に大事なんだ」
　それじゃあ、千晶の気持ちはどうなっちゃうの……？
　消えてなかったことになっちゃうの……？
「千晶、そんなこと言わないでっ。私はちゃんと千晶のことっ……」
「明菜」
　煮えきらないままでいる私の声が遮られる。
「素直になれよ」

もう本当にっ……。
　いいのかな？
　千晶の優しさに甘えてもいいのかな。
「わ、私は……」
　この言葉をいまここで、千晶の前で口にしてもいいのかな。
　迷いはあるけれど、そんな優しいことをまっすぐに言われたら。
「麻耶とまた一緒に暮らしたい……」
「それで？」
　嘘、つけない。
「麻耶が……。麻耶のことが好き……っ……！」
「ん。それでいいんだよ、お前は。今度こそもうふたりは大丈夫だろ」
　千晶は私に向けた恋心と同じように、まっすぐな気持ちで受けとめてくれた。
「でも、でもね……麻耶は千紘ちゃんと付き合……」
「はぁ？　誰と誰が付き合ってるって？」
　……え？
　聞き覚えのある声が、私の声を遮った。
「私がいつ、そんなこと言ったの？」
「ち、千紘ちゃん……？」
　向こうから歩いてきたのは、なんと双葉君と千紘ちゃんだった。
　なんで千紘ちゃんがここに……？

「幸星たちが、お前に話があるから家まで連れていってほしいって、今日急に電話が来たかと思ったらこっちに来たんだよ。お前に用事ってのはこれ」
　わけがわからずに千晶の顔を見ると、軽く笑いながらそう教えてくれた。
「つーか、ここに来る途中まで一緒だったのにいつの間にはぐれたんだよ？」
「あぁ？　知らねーよ！　千紘が急にそこの電柱のかげに隠れだすし。そもそも明菜ちゃんに話があるのは俺じゃなくて、千紘だろ？　俺は無理やり連れてこられたの！　新幹線代バカになんねーんだぞ」
　双葉君がイライラした様子で千紘ちゃんをにらむ。
「おら、千紘。明菜ちゃんに言いたいことあるんだろ？」
　ポンと、千紘ちゃんの背中を押した。
「あ、謝りに来たの。ごめんっ」
　あまりにも予想外な言葉に、目が点になる。
「え……？　な、なにが……？」
「バカなの!?　明菜ちゃんにたくさんひどいこと言ってごめんねって言ってるの！」
　カッと千紘ちゃんが目を見開く。
　そして、その目はすぐに下を向いた。
「でも、しょうがないじゃん！　悔しかったんだもん！　だって、麻耶君……東京にいた頃も、こっちに戻ってきてからも、明菜ちゃんのことばかりなんだもん！　明菜ちゃんのこと本当に大切にしてるんだもん！」

相変わらず強い口調は変わらないけれど、でもそれがいつだって強気な千紘ちゃんの、精いっぱいの謝罪の仕方なんだろう。
「私、振られてんの！　麻耶君に！　私とは付き合えないって言われてんの！　だから、麻耶君とは付き合ってないから！」
　そう、なんだ………。
　あのとき、千紘ちゃんが麻耶に振られていたなんて。
　私はてっきり……。
「だから、明菜ちゃんはさっさと麻耶君に告白すれば!?　好きなんでしょ!?　お似合いだよ！　ふたりはね！」
　千紘ちゃんは腰に手をあてて、フンと鼻を鳴らす。
　そんな千紘ちゃんを見て私はつぶやいた。
「千紘ちゃん。ありがとう」
「……はぁ？　なにが!?　もしかして私が明菜ちゃんのために麻耶君をあきらめたとでも思ってんの!?　勘ちがいしないでよね！　明菜ちゃんのためじゃなくて……」
　ううん。ちがう。そうじゃなくて。
「麻耶を……麻耶を支えてくれてありがとう。麻耶をひとりぼっちにしないでくれてありがとう」
　いま心から思うよ。
　4年間、私と千晶ができなかったぶん、麻耶のそばにいてくれてありがとう。
　東京で千紘ちゃんと双葉君と出会えなかったら、麻耶は本当にひとりぼっちだった。

「な、なんなのよ！　もう！　麻耶君と同じこと言わないでよ！　振られたときのこと思い出しちゃうじゃん！」
　うん。だって麻耶もきっとすごく感謝している。
　千紘ちゃんと双葉君には。
「あのときの麻耶君もさっ……」
　千紘ちゃんは泣きそうになりながら話してくれた。
　あの日のことを。
　雨が降る中思いきって告白した千紘ちゃんに、麻耶はこう言ったという。
『好きになってくれてありがとう。気づいてあげられなくてごめんね』
『いままでずっと俺を支えてくれてありがとう。頑固で強気で。それでも一生懸命な千紘といると、嫌なことがあっても笑っていられたよ』
　そんな麻耶らしい、千紘ちゃんを傷つけないための優しい言葉。
　そして……。
『けど、俺にはもうずっとずっと前から好きな人がいるんだ』
　麻耶が、ずっとずっと前から好きな人……。
「振るときの言葉も優しいんだから、ズルくない……!?　あーあ！　こんなにもいい女を振るなんて……麻耶君は一生後悔すればいいんだから！」
　そんなことを言う千紘ちゃんは。
「でも、大好きだったぁ！」

ついに我慢ができなくなってしまったのか、ポロポロと大粒の涙をこぼす。
「泣くなよ」
　そんな千紘ちゃんの涙をぬぐったのは、双葉君。
「麻耶じゃなくても、お、お前には……その……俺がいる、だろ……」
　首の後ろに手をあてて、途切れ途切れで言葉をつなぐ双葉君の顔は真っ赤だ。
「どういう、意味……？」
「だから……！」
　きょとんとする千紘ちゃんに、双葉君はここで覚悟を決めたのか、はたまた勢いあまってか。
「お、俺がお前を愛してやるっつってんだよ!!」
　大胆な告白をしてしまった。
　しばらくこの場がシーンとなる。
　どうなるのかハラハラドキドキ。
　それを聞いた千紘ちゃんは、目をまん丸くしたかと思うと……。
「……はぁ？　あんたに言ってんの？　頭大丈夫？」
　いつもとなんら変わりない態度で毒を吐いてみせた。
「あんたなんか、麻耶君の足もとにもおよばないから！　幸星に愛してもらうくらいなら、イヌに慰めてもらったほうがマシ！」
「な……!?　い、イヌ……!?　俺はイヌ以下かよ！」
　双葉君は「なんなんだよ！　お前！」とキレだした。

「言っとくけど、私はチャラチャラしたヤツが大嫌いなの！ あんた本当に無理！」
「ふざけんな！ 俺はチャラチャラしてねーよ！ 一途だから！ マジで！ なぁ！」
「もう、いい!!」
「あ、おい！ 待てよ！」
　顔をそらして千紘ちゃんが歩きだすと、双葉君はあわてて追いかけようとするが「あ」となにかを思い出したように私のほうを振りむいた。
「麻耶を東京に連れてきてくれてありがとね！」
　そう言い残すと、走って千紘ちゃんを追っていった。
　私はそんなふたりの背中に「またね」と小さく手を振った。
　本当に相変わらず騒がしいね、あのふたり。
　どうやら双葉君が千紘ちゃんに振りむいてもらうには、先が長そうだ。
　けど、私は見逃さなかった。
『バカじゃないの……』
　そう言いながらも、恥ずかしそうに、そしてうれしそうに、口もとを緩めて頬を赤色に染める千紘ちゃんを。
　どうやら、こちらの恋も動き始める予感。
　双葉君、がんばれ。
「ハハッ。なんだアイツら。もう付き合えよ。なぁ？」
　双葉君たちがいなくなり再び静かになると、千晶はおかしそうに笑った。

そのときだった。
「……明菜！」
「……え？」
　……声がした。
　その声はまちがいなくいま一番聞きたい声。
　あぁ、もう。なんなんだ。
　本当に今日は騒がしい日だよ。
　さっき千晶がやってきて、双葉君と千紘ちゃんが来たかと思ったら……。
「麻、耶……」
　入れちがうように、今度は麻耶が来ちゃうんだもん。
　走ってここまでやってきて、息を切らす麻耶。
　そんな姿にどうしようもなく胸が締めつけられて。
「おぉ、麻耶」
「はぁ……っ。はぁ……っ。あれ……千晶？　なんでここにいるの……？」
「ん？　まぁ秘密」
「秘密って……」
　膝に手をあてて苦しそうに呼吸をしながらも、麻耶は不安げに私たちを見る。
「お前は？　どうしたの？　そんな走って」
「俺はたったいまこっちに戻ってきて……。それで明菜に話があってきた。戻ってきたら一番に聞いてほしいことがあったから」
　東京から戻ってきて、すぐに私の元へ来てくれたの？

「わ、私も！　私もあるよ！」
　私も麻耶に聞いてほしい話がたくさんたくさんあるよ。
「んじゃあ、俺は帰ろうかな。がんばれよ、明菜」
「うん！　ありがとう、千晶！」
　ありがとう。
　想ってくれて。好きになってくれて。
　本当にありがとう。
　私もちゃんと素直になるよ。
　千晶の想いを無駄にしないよ。
「あー。でもなんかこのまま帰るのは、すんげームカつくから……」
　去り際、ニヤリと千晶が笑う。
「これくらいはしておかねーと」
　──ちゅっ。
　私の髪にキスを落として。
「なっ……!?　千晶っ……！　な、なにして……！」
　思わぬ千晶の行動に、麻耶はこれでもかと大きく目を見開く。
「じゃーな！　また新学期！」
　そんな私たちに、千晶はそれはそれは満足そうに笑うと颯爽と去っていった。

君が伝えたかったことはなんですか？

　皆がいなくなり、私と麻耶のふたりきり。
「いま、千晶にキスされた……」
「え？　あ、うん……。髪にね」
　ビックリしすぎて声も出なかったよ。
「ほかには？　ほかにはなにかされてない？」
「されてないよ……？」
「本当に？」と疑い深い麻耶。
　しまいには「なんで千晶といたの？　さっきまでなに話してたの？　もしかして、もう付き合ってるの？」なんてことまで言いだして、まさに質問攻め。
「つ、付き合ってないよ」
「……もう、千晶本当やだ」
　やいてるの……？
　ねぇ、そんなふうにされるから私は期待しちゃうんだよ。
　うぬぼれちゃうんだよ。
　……そういうことは好きな子にしかしちゃいけないんだよ。
「……あー。もういいや。ねぇ、明菜」
　千晶の行動に若干イライラしている様子の麻耶は、それを無理やり振りはらうと「話がある。場所、移動しよ」と言って私の顔を見た。

私たちがやってきたのは、近所の公園だった。
　今日はとくに寒いからか、誰もいないようだ。
　麻耶は「あのさ」とさっそく口を開く。
「俺、家族に会ったよ。ちゃんと。いろいろ話した」
「うん」
「ありがとう」
　麻耶がいままでしてきてくれたことに比べれば、私は"ありがとう"なんて言われるようなことはしてあげられてないよ。
「あとさ」
　麻耶はなにを言いに来たんだろう。
　もう一度家族の元で暮らすのかな？
　ううん。そんなことを思って寂しくなるのはやめよ。
　まずは自分の気持ちを伝えてからだ。
　でも、麻耶はそんな私の思いとは反対の言葉を口にしたんだ。
「もう一度、俺と一緒に暮らしてほしい」
「え……？」
　嘘だと思った。
「高校を卒業するまであのマンションで暮らしていいって、お父さんが言ってくれたんだ。だから、迎えに来た。遅いって言って怒るかな？」
　だってそんなの、私が麻耶に言ってもらえるような言葉じゃないから。
「いつもひとりで買い物させて、重い買い物袋を持たせて、

いつも一緒に帰ってあげなくてごめん。あの家で寂しい思いばかりさせてごめん。たくさん傷つけて泣かせてごめんね」
「麻耶……」
「嫌いだなんて言ってごめんね」
　そんなにたくさん謝られると、胸がつまって、苦しくなってしまうのに。
「俺には明菜に謝らなきゃいけないことが多すぎるね。でも謝るから。いくらでも。明菜の気が済むまで。もう絶対に傷つけたりしないから」
　私だってたくさん麻耶を傷つけたのに。
　謝りたいのに、言葉が出てこない。
「だから、戻ってきてよ」
　もう一度、私はあの家に戻ってもいいの……？
「だって、俺は明菜がいないとやだよ。明菜がいないあの家に帰りたくない。いる意味がない。明菜がいないとなにもできない」
「……でもっ」
「俺にはどうしても明菜が必要なんだよ」
　まっすぐに私を見て、精いっぱいに自分の気持ちを伝えてくれる麻耶の瞳に、私が映る。
「でも……でもねっ……」
「うん。でも、なに？」
　そんなこと言われたら本当に戻りたくなっちゃうよ。
「私、麻耶にひどいこと言ったよっ……」

「けど背中を押してくれたでしょ」
　麻耶の優しさに甘えちゃうよ。
「私からあの家を出てった……」
「でも俺は戻っておいでって言ってる」
「でも……っ」
「あーもう。でもでもって。なんでそんなことばかり言うの」
　麻耶が私の両頬を包みこむ。
　ひんやりとした大きな手の感触が伝わってくる。
「俺は明菜がいないとダメになんの」
　そんな言葉を言われると、もう願わずにはいられなくなっちゃうよ。
　もう、ダメだ。
　いっぱいいっぱい想いがあふれてくる。
　ワガママになっちゃう。
「麻耶が……麻耶が笑ってくれてうれしかったから……もっと笑ってほしいっ……」
「うん」
「麻耶と作りたい料理があるのっ……」
「うん。知ってるよ。作ろう。料理教えて」
「また麻耶の作った辛い卵焼き食べたいっ……」
「あんなのいくらでも」
　いままでできなかったこと、これからしたいこと。
　そんなものがたくさんあるんだって。
「毎日起こしてあげたいっ！　ご飯作ってあげたい！　また昔みたいに手をつないで帰りたい……！　麻耶とふたり

で、いっぱいいっぱいしたいことがあるよ……！」
「うん。やろう。全部一緒にやろ」
　だって、私も。
「私も麻耶と一緒の家がいいっ……！」
　ずっとずっとあの家に住んでいたいから。
　麻耶のいるあの家で、ふたりずっと一緒に。
「これからまた迷惑かけちゃうかもしれないけど、バイトもするし、もっとがんばるからぁっ……。だから私をあの家にいさせてくださ……」
「バーカ。バイトなんてそんな余計なことしなくていいよ」
　いまにも泣きだしそうな私の声を遮って、麻耶がそっと笑った。
　あの頃と変わらぬ私の大好きな優しくやわらかな笑み。
「バイトなんてしなくてもいいから、俺があの家にいるときは明菜も必ずいて。『ただいま』って帰ってきたら、『おかえり』って出迎えて。『おはよう』って俺を起こしたら、『おやすみ』って1日を終えて。そんな毎日を俺にちょうだい」
「……麻耶」
「なにがあってもちゃんと帰ってきてよ、あの家に。俺の許可なしに、勝手にあの家からいなくなるなんて……そんなのナシだよ」
　あぁ、なんだ。そうなんだ。
　麻耶も同じだったんだ。
　あの頃のように戻りたいという一心で始めた同居生活。

そんなふたり、ひとつ屋根の下で過ごしたあの日々は意味なくなんてなかったんだ。
「これ、もう一度受けとってくれる？」
　麻耶がポケットから取り出したのは、私が投げ返したあの家の合鍵。
　一度終わりを告げたあの日々が、また私の元へ戻ってくる。
「はいっ……」
　私はそれを麻耶の手のひらから受けとると、ぎゅっと握りしめて力強くうなずいた。
　もう、絶対手放さないように。
　あと、ひとつ……。
　あと、ひとつ言わなくちゃ。
　私にはなによりも聞いてほしいことがあるの。
「麻耶、あともう１個聞いてっ……」
「うん」
「あのね……あのねっ……」
　あれ、おかしいな。
　毎日毎日思っているくせに。
　ずっとずっと伝えたかったくせに。
「あの、ねぇ……っ、聞いてる……？」
「うん、ちゃんと聞いてるよ」
　まるでなにかにふさがれているかのように言えない。
　胸の奥が熱くなって、うまく息ができない。
　こうやって、いままでもずっと一番言いたいことは言葉

にできずにいた。
　……でも、言わなくちゃ。いまここで。
「私ね……麻耶と千紘ちゃんが付き合うことになったんだって勘ちがいして、千晶に告白されて千晶を好きになろうとしたのっ……。麻耶をあきらめようとしたのっ……。でも、できなかったんだよ……！」
　独(ひと)り占(じ)めしたい。
　誰にも渡したくない。
　幼なじみ以上になりたい。
「……き、だから」
　いまなら言える、この気持ち。
「だって好きだからっ……！　私が麻耶のことをすごく好きだと思うからぁっ……！」
　もう逃げたくなんかないから、素直にまっすぐ言葉にしてこの想いを届ける。
　麻耶はとても驚いたような表情で私を見下ろしている。
「それが、明菜が俺に伝えたかったこと？　あのときからずっと、いまでも変わってないの？　好きなの？　俺のこと」
「うんっ……。そうっ……」
「千晶じゃなくて？」
「ちがう！　麻耶が……麻耶が好きなんだよ！」
　ずっと伝えたかったんだよ。
　あの日キスを拒まなかったのは。
　また会えたら伝えたかったのは。

この言葉。
　４年間の……それ以上の想いが募ってやっと言えたのに。
「好きっ！　ずっとずっと麻耶が好き！　大好き……！」
「うん。わかったよ。いま聞いた」
　もう、なんで泣けてきちゃうのかな。
　こんなこと泣きながら言うことじゃないのに。
　悲しいわけじゃないのに。
　どうして私は、麻耶を目の前にすると泣いちゃうの。
「好き、なのっ……」
　今度はなにかに押し出されるように同じ言葉を繰り返す。
　愛おしくて、ほかにはなにも考えられない。
「そんなに何回も言わなくても、もうわかったから」
　ちがうよ。
　麻耶が思うよりもずっとずっと好きだよ。
　優しいところも、クールなところも、笑った顔も。
　やわらかな髪も、料理がヘタくそなところも、頭がいいところも、朝起きるのが苦手なところも。
　口ベタで不器用なところも。
　言いだしたらキリがないほどに全部好き。
　好きでたまらない。
「私は本当に――」
「明菜」
　また、同じ言葉を言おうとした私の体がグラリと動いた。

「もう十分わかったって」
　長い腕にふわりと体が包まれる。
　こんなにも寒いのに、あたたかい麻耶の腕の中は心地いい。
　思わず、麻耶の着ているコートをぎゅっと握った。
「ありがとう、明菜。ビックリした。もう嫌われてるかと思ってた」
　こんなことされたら、こんなふうに抱きしめられたらまた泣いちゃう。
　麻耶の服が涙で濡れちゃう。
『俺にはもうずっとずっと前から好きな人がいるんだ』
　……期待、しちゃう。
「麻耶は……っ？」
「うん？」
「麻耶が私に伝えたかったことはなに……？」
　教えて。聞きたい。麻耶の言葉で。
　いつも思わせぶりなことばかりする君だから、直接聞かないとわからない。
　ねぇ、あの日あのとき。
『もしもまた会えたら、俺から明菜に伝えたいことがある』
　麻耶が伝えたかったことはなに？
　私の問いと同時に、空をオレンジ色に染める夕日がキラリと麻耶の黒髪を綺麗に光らせた。
「明菜と同じことだよ」
　後頭部に手を添えられ、顔が私の耳もとまで降りてくる。

そのあまりにも近い距離でそっとささやかれたのは、
「好きだよ」
　世界で一番大好きな人から贈られる、甘い甘い魔法みたいな言葉。
「本当にいっ……？　嘘……？」
「嘘じゃないよ。本当だよ」
「し、知らなかったよっ……」
「だっていま初めて言ったから」
　あぁ、期待してたくせに改めて言われると信じられないや。
「こっちに戻ってきて、もう伝えられないと思ってた。伝えられなくてもいいと思ってた。それなのに明菜は、中学のとき以上にかわいくなってるし、なにも変わらないでいてくれるから。そんなことされたら、あきらめられなくなるじゃん」
　……それを言うなら麻耶だって。
「でも、もう隠さなくていいからね」とその顔が笑う。
　そして、
「料理がうまくて、一生懸命で、けなげで。小さくて、かわいくて、よく笑う。そんな明菜が昔からずっと……世界で一番好きだよ」
　そんな言葉をくれたんだ。
　あぁ……やっと聞けた。
「好きなところ、たくさんあるっ……」
「そうだね、全部好きだね」

クスッと笑う麻耶が「顔を上げて」と私を見つめる。
　涙でぐちゃぐちゃな顔を上げると、おかしそうに笑ってきた。
「本当、泣き虫」
「だって、うれしいもん……」
「じゃあさ」
「え……!?」
　突然、体が少し離れて顎をつかまれたかと思うとグッと顔を近づけられる。
　私の顔の前に黒いかげができて。
　その瞬間、
「これをされたら、うれしくてまた泣いちゃう？」
　薄くてやわらかな唇が私の唇に触れた。
「なっ……」
　いま、キス……された……？
　触れるか触れないかくらいのキスだったけれど、カーッと私の顔が赤くなって、せっかく泣きやみそうだったのにまた瞳がうるうると潤んでゆく。
「ほら、また泣いちゃった」
　綺麗な顔がちょっぴり意地悪になって、心臓がひと際飛びはねた。
　ドキドキと鳴るこの音が、麻耶にまで聞こえてしまいそうで。
「な、泣いてないよ……！　ビックリしただけだよ！」
「でも、いまから泣くでしょ？」

……お見通し。
　麻耶の言う通り、私の目からはまたポロポロと涙がこぼれ落ちる。
　だってだって、そんなの仕方ないじゃん。
　いままでずっと幼なじみだった男の子から……。
　ずっと好きだった人からファーストキスをもらえるなんて、こんなにうれしくて幸せなことはないんだもん。
　不意打ちでそんなの、ずるい。
「いつもこんなふうに無防備で危機感ゼロ。だから、早く俺のものにしておかないと」
　その言葉もずるい。もう全部全部ずるい。
「俺たち、付き合お。幼なじみじゃなくてさ、彼女になって。大切にするから」
「うんっ……うんっ……」
　もう私はうなずくことしかできないじゃん。
「あーでも、俺すごくやくよ。めんどくさいかも。大丈夫？」
「好きぃっ……」
「ハハッ。答えになってないし」
　麻耶があたり前のように笑ってくれる。
　うれしい。本当にうれしい。
「麻耶……」
「ん？」
「１個だけお願い。もう１回ぎゅってして」
　あぁ、本当に愛おしすぎて。
　ワガママになっちゃうな。

「……ちょっとだけでいいよ」
「ちょっとだけ？　そんなのやだよ」
「これからいくらでも」と、もう一度私の体を抱きしめてくれる。

　背中と後頭部に添えられる手のひら。
　大きな体がすっぽりと私の体を包みこむ。
　この香りも、あたたかさも、風になびくその髪も、なにもかもが愛おしい。
　誰かをこんなにも愛おしく思うことがあっただろうか。
「俺ら両想いか……。そっか。なんか……照れるね」
　私を抱きしめたまま、麻耶は少し顔を上げて空を見る。
　そんな顔で改まって言われたら、胸がキュッてしちゃう。
「本当はもっとかっこいい言葉で告白するつもりだったのにできなかった。明菜に先を越されちゃうし。けど」
　コツンと私のおでこに自分のおでこをあてて、照れくさそうに笑う麻耶。
「なんかもう、明菜のそばにいられるならなんでもいいや」
　そう言うと優しい手つきで私の髪を耳にかけて、
「だってこれでやっと、明菜にキスする理由ができた」
　また私にキスを落とした。
　二度目のキスは……一度目よりもとろけるような、甘くて優しい味。
「に、二回もしたぁっ……！」
「ダメなの？」
「ううんっ。ダメじゃ……ダメじゃないっ」

「じゃあ、問題ないね」
　あるよ。大ありだよ。
　うれしくてうれしくてどうにかなっちゃいそうだもん。
「麻耶！　もう１個……お願いがあるっ！」
「明菜の１個は１個じゃないね」
「ダメ……？　麻耶は２回もキスしたよ。だから私もあともう１個聞いて」
「そうだね。聞いてあげる。なに？」
「好きって言って」
「うん。好き。すごく好き」
「……へへっ。そっか」
「笑ってるし」
　照れくさそうに私が笑ったら、麻耶もクスリと笑った。
　笑顔って伝染しちゃうんだ。
「寒いね。そろそろ帰ろっか」
「あ、待って。あとね」
「またお願い？」
「ううん。そうじゃなくて」
　しっかりと麻耶を見据える。
　麻耶の頬がほんのり赤く染まって見えるのは、オレンジ色の空のせいかな？
　たくさんたくさん遠まわりしたけれど、いま私はこうして麻耶の腕の中にいられる。
　その喜びを胸いっぱいに感じて、また再スタートを切る前にもう一度この言葉を言おう。

「おかえり……！」
　私の元に戻ってきてくれてありがとう。
　そうしたら、麻耶がそっと目を細めてこの時間を愛おしむように微笑んだ。
　もう絶対にふたりが離れないように、初めて返してくれるその言葉。
「ただいま」

手をつないで帰ろうよ。

「な、なんだよ。そのドス黒いぐちゃぐちゃな卵焼き……」

　あれから数日が経って、新学期に入った。

　1月の外は凍えるように寒いのに、私と麻耶と千晶はお昼休みに屋上に来ていた。

　私と麻耶のお弁当に入っている卵焼きを見て「イヌのエサかと思った」なんて失礼なことを言ってくる千晶。

　千晶とは、私と麻耶が付き合いだしてからも以前と変わらぬ関係が続いている。

　幼なじみとして私と麻耶の関係を応援してくれている。

　そんな千晶がいてくれたからこそ麻耶と再び始められた同居生活は、私の想像以上に日々が輝いていた。

　毎日何気ないあいさつを交わし、登下校も一緒にするようになった。

　お買い物へふたりで一緒に行って、ときには一緒に料理や家事をしたり。

　休日は遠出をして、たまにはテレビを観ながらまったり過ごしたり。

　あとは……同じベッドで一緒に寝るようになっちゃったり……。

『これからは一緒に寝よ』って言われたとき、恥ずかしくて『絶対無理！』と全力で断ったけれど。

『俺、ずっとひとりで寝てるの寂しかったんだよ』

『付き合ってるんだから問題ないでしょ』って。

そんなこと言われたら断りきれるはずもなく……。

あとはいろいろ、そのまま流されちゃいました。

いまでは毎晩麻耶に腕枕をしてもらいながら『おやすみ』ってささやいて、ぎゅーって抱きついて寝るのがなによりも幸せなひととき。

こんな時間がずっと続けばいいのに……。と思うけど、朝目が覚めて『おはよう』って起こす瞬間も好き。

そんなあたたかい生活は、私にとってまちがいなく宝物のようにキラキラしているんだ。

そんなことをぼーっと考えながら幸せに浸っていると。

「めずらしいな？　明菜が料理失敗するなんて」

千晶は菓子パンをほおばりながら私を見るが、ちがう。これは私が作ったんじゃない。

「あーこれは……」

「俺が作ったんだよ」

私が言い終えるよりも先に、麻耶が自ら名のり出て千晶を横目でにらむ。

そう、この卵焼きは麻耶が作ったんだ。

今日はふたりで早く起きて一緒にお弁当作りをしたの。

相変わらず慣れない手つきで四苦八苦している麻耶は、見ていておかしかったなぁ。

「ぶっ……！　お、お前かよ……！」

「なんでそんな笑うの」

噴き出す千晶。

笑いすぎ……。
「お前、相変わらず料理ヘタくそだよなー。ていうか不器用？　だから、家庭科だけ３なんだよ。イタリアンとかバリバリ作れそうな顔してんのに」
「どんな顔だよ」と麻耶は言うが、それはなんかちょっとわかるかもしれない。
「千晶、笑いすぎだよ。味はすごくおいしいんだよー」
　私は卵焼きを箸でひとつつまむと口に入れた。
　……うん。
　相変わらず辛いね、麻耶の作る卵焼きは。
　しかも今回は見事に殻入りだ。
「明菜が好きっていうからたくさん練習したんだよ」なんてちょっと自信ありげに言ってるけど、さらに味が濃くなっちゃってるよ。
　麻耶は適量っていうものを知らないのか、ドバドバと塩コショウを入れちゃうから。おかげで色も黒い。
　でもね、
「……麻耶、今日の卵焼きもおいしいよ！」
　すごくすごくおいしいんだ。
　どの料理よりもこの辛い卵焼きが一番好き。
　だって、私は知っているから。
　不器用にフライパンを扱って、卵焼きを作るその姿を。
　私のために卵を何個も何個も使って一生懸命練習してたその姿を。
　これが麻耶の味だから。

「ほら、明菜もおいしいって言ってんじゃん」
「……マジかよ。味覚大丈夫か、お前……」
「千晶も食べてみなよ」
「……やだよ！　食わねーし！」
　ブンブンと勢いよく首を横に振る千晶に、麻耶は自分の卵焼きを無理やり食べさせようと近づける。
「うわっ！　なんかすげー塩コショウのにおいやばいんだけど！　絶対まずいやつじゃん！」
「そういうのは食べてから言うもんだよ。ひと口でいいから。ほら」
「や、やめろー！　近寄んな！」
　意地になって食べさせようとする麻耶に、千晶は必死に抵抗するあまりそのまま後ろに倒れて、麻耶もバランスを崩して千晶の上にのっかりそうになってしまう。
　すると、ふたの空いたペットボトルのお茶に千晶の肘があたって倒れてドボドボこぼれちゃった。
　もう、しっちゃかめっちゃか。
　そんな騒がしい光景を見て、高校生になってもこういうところは中学生の頃となんにも変わってないなぁって。
　なんだか微笑ましくなって、私はふふっと笑った。
「おい！　笑ってねーで助けろよ！」
「えー。やだよ。食べてあげなよー」
　きっと、私たちの関係はこれからまた少しずつ変わっていくんだろう。
　もうすぐ高校を卒業したら、進学や就職があって、また

交友関係が広がって。
　新しくできた友人といるのが楽しくなって、私たちの関係は薄れていくかもしれない。
　連絡する暇すらないほど忙しくなって、疎遠になってしまうかもしれない。
　そんなふうにして、あたり前のように三人でこうして笑いあっているこの時間も段々と減っていくんだろう。
　そう考えると、いままでずっと一緒にいたぶん寂しいけれど、それでも変わらない関係だってここにあるから。
　いつか大人になった私たちが『あんなこともあったね』と笑えるように、私はそんなあたり前のようで特別な毎日を一日一日大切にしていきたいな。
　幼なじみというこの絆をずっと感じていたいって。
　千晶と麻耶も……そう思ってくれていたらうれしいな。
　そして、訪れるたくさんの変化にも見落とすことなく触れていきたい。
　変化といえば、こんなこともあった。
『あの、俺……。ずっと前から五十嵐のこと好きだったんだ……！』
　ある日の放課後。
　クラスメートのタカハシ君という男の子にいきなり空き教室に呼び出されたかと思うと、告白をされてしまった。
　ど、どうしよう……。
　深く深く頭を下げるタカハシ君は本気だ。
　そんな彼にとまどいながらも、傷つけないような言葉を

あれこれ考えるけれど、うまい言葉が見つからない。
『え、あの……顔上げて……』
　とりあえず顔を上げさせる。と、そのときだった。
『ダメだよ、明菜は』
　グイッと誰かに腕を引っぱられ、バランスを崩した私の体がふわりと包みこまれた。
『麻耶……！』
　身をひねって振りむくと、麻耶がタカハシ君をにらんでいた。
　どうしてここに私がいるってわかったんだろう。
『渡さないよ、誰にも』
　そんな言葉にいちいち胸がときめいたりして。
『ほら、行くよ』
『あ、ちょっと……！』
　まだ、タカハシ君にちゃんと断ってないのに私は無理やり連れていかれそうになる。
　これじゃあ仮にもクラスメートなのに気まずくなっちゃうよ……！
『え、あ……あのさ！』
　そんな私たちをビックリしたように見るタカハシ君に呼びとめられ、麻耶がピタリと足を止める。
『も、もしかして成海と五十嵐って……』
『そーだよ。付き合ってるよ。だから手出すの禁止』
　タカハシ君が言い終わるよりも先に答えると、また歩きだした。

そのまま私は教室まで連れもどされたかと思うと、麻耶はスクールバッグを手に取って足早に学校を出る。
　その間、麻耶は無言。
　麻耶が私の腕をつかみながら早歩きをするから、転びそうになってしまう。
『麻耶……！』
『…………』
『麻耶ってばぁ……！』
『なに』
　うわっ。
　急に振りむくからビックリした。
　やっとこっちを見てくれたかと思えば、なんとも不機嫌そうな顔。
『ど、どうして怒ってるの……？』
『怒ってるように見える？』
『えっと……。うん……』
　頬を人さし指でポリポリかきながら苦笑する私に、麻耶は『はぁ……』とため息ひとつ。
『一緒に帰るって約束したのに、明菜は教室にいないし。やっと見つけたかと思ったらタカナシ君に告白されてるし。なんなの』
『え、あの……』
　……なんなのって言われても。
『本当に無防備だし危機感ゼロだよね、明菜は。何度も注意してるのに。そんなんだからあのときも千晶にキスされ

ちゃうんだよ。……なんか思い出したらイライラしてきた』
　それ、根に持ちすぎだよ！
『……ま、麻耶？』
『なに』
『タ、タカナシ君じゃなくて……タカハシ君だよ』
『……どっちでもいいよ』
　なんとなくさっきから気になってたまちがいをこのタイミングで指摘すると、ギロリとにらまれてしまった。
『とにかく』
　あぁ、そっか。これがそうなんだ。これが……。
『絶対に俺以外の男に振りむいたらダメだよ』
　……独占欲っていうやつなんだ。
『ねぇ、わかってる？　聞いてるの？』
　茶色い瞳が私の顔をのぞきこむ。
『それとも、俺よりもかっこいい男に告白されたら振りむくの？　タカナシ君のほうがかっこいい？』
　あ、ムスーッてしてる。
　か、かわいい……！
『ま、麻耶が一番好きだよ……』
『バーカ。知ってるよ、ていうか……二番も三番もいらない。明菜には俺だけいればいいでしょ』
　——きゅーーん。
　もうなにこれ……。……かわいすぎる。
　ヤキモチ焼きで、独占欲強め。
　麻耶って、彼女にはこんなふうになっちゃうんだ。

幼なじみのときとはまるでちがうその一面が、私の胸をこんなにもドキドキさせてくる。
　たしかに麻耶はあのとき『すごくやくよ』って言ってたけど……。
　幼なじみの関係だったあの頃とは全然ちがいすぎて、そのギャップにやられてしまう。
　これがいま、私が一番強く感じている麻耶の変化だったりする。
　こんな姿は、きっと彼女の私しか知らない。
　ううん、ほかの人は知らなくてもいいね。
　こんな麻耶、ほかの人に知られたらそれこそ取られちゃうから。
　だから、しっかりとつかまえておかなきゃ。
『ご、ごめんね。麻耶……』
『バカ』
　拗ねた顔をした麻耶は一向に笑ってくれない。
『どうやったら機嫌直るかな……？』
『はい』
　え……？
　ぶっきら棒に差し出される麻耶の手。
　白くて細い指が私に伸びる。
　えっと……これは……。
　握れってこと……かな……？
　そっとその手に触れてみると、麻耶はそのまま私の手をぎゅっと包みこむように握って、

『ん。これで許してあげる』
　満足げに笑うとそのまま歩きだした。
　もう〜っ！　なんなんだよ。
　やっぱり麻耶はずるい。
　そんな顔で笑われたらたまらなくなるよ。
　手をつないで仲直りだなんて、女の私よりもかわいいんだもん。
　かと、思えば。
『明菜』
『ふぇ？　……なっ！』
　麻耶が私の手をつないだまま体を少しひねってしてきたのは、不意打ちのキス。
『隙あり』
　そっと離れたあと口角がニヤリと上がる。
　意地悪な笑みに、今度は頭がクラクラする。
　さっきまでヤキモチ焼いてたくせに、それとはまったくちがった色っぽい笑みが胸を刺激してくる。
　麻耶は私の知らない顔をあといくつ隠しもっているのだろう。
『ま、麻耶の意地悪……!!　いきなりずるい！』
『えー？　意地悪かな？　あー。そうかも。そうだね』
　ひ、開きなおってる……！
『そこが好きなくせに』
『っ……』
　うぅ、ごもっともです。

けど、ここでうなずくのはちょっぴり悔しいからだんまりを決めこもうとするも。
『好きだよね？』
　そんな顔で見つめられて問われたら、勝てるはずないんだって。
　どうあがいたとしてもこの胸の音は加速する一方。
『す、好きぃ……』
『そっか。そっか。俺も好き』
　観念した私の頭を、麻耶がつないでいないほうの手でポンポンとなでる。
　今度は、優しい顔なんだ。
『もう、なんでそんなにイジワルなの……』
『だから、好きだから』
『……す、好きなのにイジワルするの？』
　好きだから意地悪するだなんて矛盾してる。
『わかってないね、本当に』
　納得いかない顔をする私に『たとえばさ』と麻耶はあきれた顔をしながら言う。
『明菜はよく、やせたいって言ってるけど、アイス食べちゃうでしょ』
　な……！
　そ、そんなところ見られてたの？
　なんか恥ずかしい……。
『どうして？』
『す、好きだから……。アイス、好きだから食べちゃいま

す……』
『そーだよね。それと一緒』
『……なるほど』
　……って、なるほどじゃないよ！
　麻耶がいかにも正論述べました、とでも言うかのような顔をするからついうなずいちゃったけど、まったく意味がわからないよ！
『俺、いつかイジワル通り越して悪党になっちゃうかも』
『だから気をつけて』とククッと笑って、麻耶はまた歩きだす。
　どうやら麻耶は……これ以上私のことを好きになったら悪党になってしまうらしい。
　本当、麻耶だけはいつもいつも余裕があってずるい。
『ねぇ、明菜。俺今日オムライス食べたい』
　麻耶のいろんな顔に翻弄されて、ドキドキしてばっかり。
　そんな私などおかまいなしに発せられるマイペース発言にさえ胸が踊ってしまう。
　私って本当に単純だなぁ。もてあそばれているみたい。
『しょうがないなぁ……。じゃあ作ってあげる！』
　けど、仕方ないね。
　私はそんな麻耶のことが、好きで好きでたまらないんだから。

　ねぇ、麻耶。覚えてる？
　あの頃の君は、あまりにも冷めた目をしていたね。

大きな壁を作り、近づくことすら許してもらえなかった。
　でも、その中に隠されたとても不器用な優しさに触れて、君が抱えていた傷を知った。
　一緒にのりこえて、いまここにいる。
　幼なじみだった君は、いまでは私の同居人でもあり大切な彼氏になった。
　そんな君は優しくて、嫉妬深くて、甘くて、意地悪で、マイペースで、ちょっぴり甘えん坊で。
　幼なじみの私がいままで知らなかった顔をたくさん隠しもっているんだから、本当に困る。
　でも、ほかにも見せてほしいな、私だけに。
　また悲しいことに出会ったら、私にも分けてほしいな。
　私もそうするから。
　全部全部分けあって、そうしていつの間にか知らないことなんてなにひとつ見あたらなくなるまでお互いを知ろう。
　ゆっくりでいいよ。
　急がなくてもいいよ。
　君と帰る場所は、いつだって同じだから。
　ふたりだけのあの家で、ゆっくりと過ごしながら知っていこう。
　だから、ほら。約束だよ。
　これからケンカしちゃってもすぐに仲直りして。
　また離れちゃっても、すれちがっちゃってお互いが見えなくなってしまっても、すぐに見つけ出して。

苦しいときも、泣きたいときも、うれしいときも、笑いたいときも、その全部を共有するように。
　ずっとずっとこんなふうに。いつだって。
　ふたり足をそろえて、君と住むあの家へ。
「やっぱり今日は麻耶がイジワルだからピーマンの肉づめにする！」
「え、やだよ。ごめんね？」
　手をつないで帰ろうよ。

あとがき

　こんにちは。嶺央です。
　このたびは『手をつないで帰ろうよ。』をお手に取っていただきありがとうございます。
　この作品は幼なじみの絆や恋愛をテーマにキュンとするだけでなく、ちょっぴり切ない要素もたくさん取りいれながら執筆しました。また、同居というテーマにも初挑戦してみました。同居しているからこそ起こるドキドキやハプニングを書くのはなかなか難しかったです。どうでしたか？

　頼りになって力強い千晶、口ベタで不器用な麻耶、けなげで一生懸命な明菜。改めて思うと、本当にまったくタイプのちがう三人でした。だけど、共通する部分もあります。それは、幼なじみを心の底から大切に想う気持ちです。それぞれの個性をいかしつつ、そういった部分も大切に書きました。
　それぞれのキャラに思い入れはありますが、執筆中一番気を使ったのは麻耶でした。読者様には「優しいの？　冷たいの？　どっちなの？」と振りまわされてほしかったので、「世界で一番嫌い」だなんて冷たい言葉を吐かせながらも隠しきれない優しさを不意に見せたり、言葉は冷たくてもどこかやわらかい口調は昔のままだったり。たくさん

こだわりました。
　私の思惑通り、麻耶に振りまわされていたらうれしいです。
　麻耶のように〝自分の弱いところや涙は見せたくない〟〝いつだって頼れる優しい人でいなくちゃ〟というプライドや強がりは皆様にもあると思います。だけどそれって実は自分が思うよりもずっとちっぽけなものなのではないかなと思うのです。余計な心配などしなくとも、麻耶にとっての明菜や千晶のように自分の弱さを受けいれてくれる人はきっといます。
　そして、今回サブキャラにもかかわらず「その後の関係はどうなったの？」とある意味一番大きな謎を残したままの千紘と幸星。幸星の気持ちは千紘に伝わるのか……。それはまたいつか書ければなと思います。そのときはチラッとでもサイトの方をのぞきに来ていただけたらうれしいです。

　最後になりますが、今回お忙しい中素敵なイラストを描いてくださった朝吹まり様。書籍化に携わってくださった皆様。そして、この本を読んでくださった皆様。本当にありがとうございました。
　またどこかでお会いできることを願っています。

2017年11月　嶺央

この物語はフィクションです。
実在の人物、団体等とは一切関係がありません。

嶺央先生への
ファンレターのあて先

〒104-0031
東京都中央区京橋1-3-1
八重洲口大栄ビル7F

スターツ出版(株)書籍編集部 気付
嶺央先生

手をつないで帰ろうよ。

2017年11月25日　初版第1刷発行
2018年8月21日　　　第2刷発行

著　者	嶺央
	©Reo 2017
発行人	松島滋
デザイン	カバー　金子歩未（hive&co.ltd）
	フォーマット　黒門ビリー＆フラミンゴスタジオ
DTP	朝日メディアインターナショナル株式会社
編　集	相川有希子　八角明香
発行所	スターツ出版株式会社
	〒104-0031 東京都中央区京橋1-3-1　八重洲口大栄ビル7F
	TEL 販売部03-6202-0386（ご注文等に関するお問い合わせ）
	https://starts-pub.jp/
印刷所	共同印刷株式会社

Printed in Japan

乱丁・落丁などの不良品はお取り替えいたします。上記販売部までお問い合わせください。
本書を無断で複写することは、著作権法により禁じられています。
定価はカバーに記載されています。

ISBN 978-4-8137-0353-2　C0193

ケータイ小説文庫　2017年11月発売

『地味子の"別れ!?"大作戦!!』 花音莉亜・著

高2の陽菜子は地味子だけど、イケメンの俊久と付き合うことに。でも、じつは罰ゲームで、それを知った陽菜子は傷つくが、俊久と並ぶイケメンの拓真が「あいつ見返してみないか?」と陽菜子に提案。脱・地味子作戦が動き出す。くじけそうになるたびに励ましてくれる拓真に惹かれていくけど…?
ISBN978-4-8137-0354-9
定価:本体 550 円+税

ピンクレーベル

『手をつないで帰ろうよ。』 嶺央・著

4年前に引っ越した幼なじみの麻耶を密かに思い続けていた明菜。再会した彼は、目も合わせてくれないくらい冷たい男に変わってしまっていた。ショックをうけた明菜は、元の麻耶にもどすため、彼の家で同居することを決意!ときどき昔の優しい顔を見せる麻耶を変えてしまったのは一体…?
ISBN978-4-8137-0353-2
定価:本体 590 円+税

ピンクレーベル

『あの日失くした星空に、君を映して。』 桃風紫苑・著

クラスメイトに嫌がらせをされて階段から落ち、右目を失った高2の鏡華。その時の記憶から逃れるために田舎へ引っ越すが、そこで明るく優しい同級生・深影と出会い心を通わせる。自分の世界を変えてくれた深影に惹かれていくけれど、彼もまた、ある過去を乗り越えられずにもがいていて…。
ISBN978-4-8137-0355-6
定価:本体 590 円+税

ブルーレーベル

『また、キミに逢えたなら。』 miNato・著

高1の夏休み、肺炎で入院した莉乃は、同い年の美少年・真白に出会う。重い病気を抱え、すべてをあきらめていた真白。しかし、莉乃に励まされ、徐々に「生きたい」と願いはじめる。そんな彼に恋した莉乃は、いつか真白の病気が治ったら想いを伝えようと心に決めるが、病状は悪化する一方で…。
ISBN978-4-8137-0356-3
定価:本体 590 円+税

ブルーレーベル

ケータイ小説文庫　2017年2月発売

『好きになんなよ、俺以外。』嶺央・著

彼氏のいる高校生活にあこがれて、ただいま14連続失恋中の翼。イケメンだけどイジワルな蒼とは、幼なじみだ。ある日、中学時代の友達に会った翼は、彼氏がいないのを隠すため、蒼と付き合っていると嘘をついていた。彼氏のフリをしてもらった蒼に、なぜかドキドキしてしまう翼だが…。
ISBN978-4-8137-0208-5
定価:本体 590 円＋税
ピンクレーベル

『たとえば明日、きみの記憶をなくしても。』嶺央・著

高3の乙葉は、同級生のユキとラブラブで、楽しい毎日を送っていた。ある頃から、日にちや約束などを覚えられない自分に気づく。病院に行っても記憶がなくなるのをとめることはできなくて…。病魔の恐怖に怯える乙葉。大好きなユキに悲しませないよう、自ら別れを切り出すが…。
ISBN978-4-8137-0186-6
定価:本体 590 円＋税
ブルーレーベル

『クールな君を1ヶ月で落とします』嶺央・著

学校中の女子のあこがれの的、イケメンの黒瀬を本気で好きになってしまった高2の柚子。思い切って告白するも、あっけなく振られるが「努力して1ヶ月で好きにさせてみせる」と宣言！　だんだん彼の素顔が見えてきた柚子はもっと好きになる。一方黒瀬は一途な柚子が気になりだして…。
ISBN978-4-8137-0029-6
定価:本体 570 円＋税
ピンクレーベル

『あの子の代わりの彼女』嶺央・著

人見知りで引っ越してきたばかりの菜都希は、高校で出会った一真に一目惚れする。距離を縮めるごとに好きになっていく菜都希。思い切って告白しようとするが、彼には忘れられない元カノがいると知り…。野いちごグランプリ2015実話賞受賞作！菜都希のその後を描いた文庫だけの番外編を収録！
ISBN978-4-8137-0021-0
定価:本体 560 円＋税
ブルーレーベル

ケータイ小説文庫　好評の既刊

『ほんとのキミを、おしえてよ。』あよな・著

有紗のクラスメイトの五十嵐くんは、通称王子様。爽やかイケメンで優しくて面白い、完璧素敵男子だ。有紗は王子様の弱点を見つけようと、彼に近付いていく。どんなに有紗が騒いでもしつこく構っても、余裕の笑顔。弱点が見つからない上に、有紗はだんだん彼に惹かれていって…。

ISBN978-4-8137-0336-5
定価：本体590円+税

ピンクレーベル

『日向くんを本気にさせるには。』みゅーな**・著

高2の雫は、保健室で出会った無気力系イケメンの日向くんに一目惚れ。特定の彼女を作らない日向くんだけど、素直な雫のことを気に入っているみたいで、雫を特別扱いしたり、何かとドキドキさせてくる。少しは日向くんに近づけてるのかな…なんて思っていたある日、元カノが復学してきて…？

ISBN978-4-8137-0337-2
定価：本体590円+税

ピンクレーベル

『今宵、君の翼で』Ｒｉｎ・著

兄の事故死がきっかけで、夜の街をさまようようになった美羽は、関東ナンバー1の暴走族phoenixの総長・翼に出会う。翼の態度に反発していた美羽だが、お互いに惹かれあい、ついに結ばれた。ところが、美羽の兄の事故に翼が関係していたことがわかり…。壮絶な愛と悲しい運命の物語。

ISBN978-4-8137-0320-4
定価：本体590円+税

ピンクレーベル

『無糖バニラ』榊あおい・著

高1のこのはは隣のケーキ屋の息子で、カッコよくてモテるけどクールで女嫌いな翼と幼なじみ。翼とは、1年前寝ているときにキスされて以来、距離ができていた。翼の気持ちがわからずモヤモヤするこのはだけど、爽やか男子の小嶋に告白されて…？　クールな幼なじみとの切甘ラブ!!

ISBN978-4-8137-0321-1
定価：本体590円+税

ピンクレーベル

ケータイ小説文庫　好評の既刊

『ぎゅっとしててね?』小粋・著

小悪魔系美少女・芙祐は、彼氏が途切れたことはないけど初恋もまだの女子高生。同級生のモテ男・慶太と付き合い芙祐は初恋を経験するけど、芙祐に思いを寄せるイケメン・弥生の存在が気になりはじめ…。人気作品『キミと生きた証』の作家が送る、究極の胸キュンラブストーリー!
ISBN978-4-8137-0303-7
定価:本体600円+税
　　　　　　　　　　　　　　ピンクレーベル

『岡本くんの愛し方』宇佐南 美恋・著

親の海外転勤のため、同じ年の女の子が住む家に居候することになったすず。そこにいたのはなんと、学校でも人気の岡本くんだった。優等生のはずの彼は、実はかなりのイジワルな性格で、能天気なすずはおこられっぱなし。けど、一緒に暮らしていくうちに、彼の優しい一面を発見して…。
ISBN978-4-8137-0304-4
定価:本体560円+税
　　　　　　　　　　　　　　ピンクレーベル

『新装版　続・狼彼氏×天然彼女』ばにぃ・著

可愛いのに天然の実紅は、王子の仮面をかぶった狼系男子の舞と付き合うことに。夏休みや学園祭などラブラブな日々を過ごすが、ライバルが出現するなどお互いの気持ちがわかずすれ違ってしまうことも多くて…?　累計20万部突破の大人気シリーズ・新装版第2弾!! この本限定の番外編も収録♪
ISBN978-4-8137-0312-9
定価:本体620円+税
　　　　　　　　　　　　　　ピンクレーベル

『俺様王子とKissから始めます。』SEA・著

高2の莉乙は、「イケメン俺様王子」の翼に片思い中。自分の存在をアピールするため莉乙は翼を呼び出すけど、勢い余って自分からキス!　これをきっかけに莉乙は翼に弱みを握られ振り回されるようになるが、2人は距離を縮めていく。だけど翼には好きな人がいて…。キスから始まる恋の行方は!?
ISBN978-4-8137-0289-4
定価:本体590円+税
　　　　　　　　　　　　　　ピンクレーベル

ケータイ小説文庫　好評の既刊

『この想い、君に伝えたい』善生茉由佳・著

中2の奈々美は、クラスの人気者の佐野くんに密かに憧れを抱いている。そんなことを知らない奈々美の兄が、突然彼を家に連れてきて、ふたりは急接近。ドキドキしながらも楽しい時間を過ごしていた奈々美だけど、運命はとても残酷で…。ふたりを引き裂く悲しい真実と突然の死に涙が止まらない！

ISBN978-4-8137-0338-9
定価：本体590円＋税

ブルーレーベル

『この胸いっぱいの好きを、永遠に忘れないから。』夕雪＊・著

高校に入学した緋沙は、ある指輪をきっかけに生徒会長の優也先輩と仲良くなる。優しい先輩に恋をする。文化祭の日、緋沙は先輩にキスをされる。だけど、その日以降、先輩は学校を休むようになり、先輩に会えない日々が続く。そんな中、緋沙は先輩が少しずつ記憶を失っていく病気であること知り…。

ISBN978-4-8137-0339-6
定価：本体570円＋税

ブルーレーベル

『叫びたいのは、大好きな君への想いだけ。』晴虹・著

転校生の冬樹は、話すことができない優夜にひとめぼれする。彼女は、双子の妹・優花の自殺未遂をきっかけに、声が出なくなってしまっていた。冬樹はそんな優夜の声を取り戻そうとする。ある日、優花が転校してきて冬樹に近づいてきた。優夜はそれを見て、絶望して自ら命を断とうとするが…。

ISBN978-4-8137-0322-8
定価：本体580円＋税

ブルーレーベル

『恋結び』ゆいっと・著

高1の美桜はある事情から、血の繋がらない兄弟と一緒に暮らしている。遊び人だけど情に厚い理人と、不器用ながらも優しい翔平。美桜は翔平に恋心を抱いているが、気持ちを押し殺していた。やがて、3人を守るために隠されていた哀しい真実が、彼らを引き裂いていく。切なすぎる片想いに涙！

ISBN978-4-8137-0323-5
定価：本体590円＋税

ブルーレーベル

ケータイ小説文庫　2017年12月発売

『お前だけは無理。』 *あいら*・著

大好きだった幼なじみの和哉に突然「お前だけは無理」と別れを告げられた雪。どうしても彼をあきらめきれず、彼と同じ高校に入学する。再会した和哉は変わらず冷たくて落ち込む雪。しかし雪がピンチの時には必ず助けてくれる彼をどうしても忘れられない。和哉の過去に秘密があるようで…。

ISBN978-4-8137-0369-3
予価:本体500円+税

ピンクレーベル

『新装版 地味子の秘密』 牡丹杏(ぼたんきょう)・著

みつ編みにメガネの地味子・杏樹の家は、代々続く陰陽師の家系。美少女の姿を隠して、学校の妖怪を退治している。誰にも内緒のはずなのに、学校イチのモテ男子・陸に正体がバレてしまった！そんな中、巨大な妖怪が杏樹に近づいてきて…。大ヒット人気作が新装版として登場！

ISBN978-4-8137-0370-9
予価:本体500円+税

ピンクレーベル

『涙星』 白いゆき(しろいゆき)・著

過去のいじめ、両親の離婚で心を閉ざしてしまった凜は、高校生になっても友達を作れず、1人ぼっちだった。そんな凜を気にかけていたのは、同じクラスで人気者の橘くん。修学旅行の夜、星空の下で距離を近づける2人。だけど、凜には悲しい運命が待ち受けていて…。一途で切ない初恋ストーリー。

ISBN978-4-8137-0372-3
予価:本体500円+税

ブルーレーベル

『イジメ返し2（仮）』 なぁな・著

正義感の強い優亜は、イジメられていた子を助けたことがきっかけでイジメの標的になってしまう。優亜への仕打ちはどんどんひどくなるけれど、担任は見て見ぬフリ。親友も、優亜をかばったせいで不登校になってしまう。孤立し絶望した優亜は、隣のクラスのカンナに「イジメ返し」を提案され…？

ISBN978-4-8137-0373-0
予価:本体500円+税

ブラックレーベル

書店店頭にご希望の本がない場合は、
書店にてご注文いただけます。

恋するキミのそばに。
野いちご文庫

手紙の秘密に泣きキュン

だから俺と、付き合ってください。

晴虹（はるな）・著
本体：590円＋税

「好き」っていう、
まっすぐな気持ち。
私、キミの恋心に
憧れてる——。

イラスト：埜生
ISBN：978-4-8137-0244-3

綾乃はサッカー部で学校の有名人・修二先輩と付き合っているけど、そっけなくされて、つらい日々が続いていた。ある日、モテるけど、人懐っこくてどこか憎めない清瀬が書いたラブレターを拾ってしまう。それをきっかけに、恋愛相談しあうようになる。清瀬のまっすぐな想いに、気持ちを揺さぶられる綾乃。好きな人がいる清瀬が気になりはじめるけど——？ ラスト、手紙の秘密に泣きキュン!!

感動の声が、たくさん届いています！

私もこんな恋したい!!って思いました。
／アップルビーンズさん

めっちゃ、清瀬くんイケメン…爽やか太陽やばいっ!!
／ゆうひ！さん

私もあのラブレター貰いたい…なんて思っちゃいました(>_<)♥
／YooNaさん

後半あたりから涙がポロポロと…感動しました！
／波音LOVEさん